浙江文化研究工程成果文庫

浙江文獻集成

浙江文叢

錢陳群全集

〔第六册〕

〔清〕錢陳群 著　張猛 點校

浙江古籍出版社

香樹齋文集卷十一

序一

近思録序

朱子既編定《小學》，以訓童蒙，復取濂溪、明道、伊川、横渠四子集中精義，于學問思辨最切者，訂爲《近思録》十四卷。當時學者，類能博覽群書，或有病其簡約者。此朱子自序以爲窮鄉晚進，有志于學，而無明師，以此爲入門之始，蓋謙言也。原本流傳日久，則刻者衆，有删至十卷、八卷、六卷者。條目少，則服習易。乃周循所至，進諸生問之，通其義者十不得二三。問其故，則曰：『僻處村壤，無從購處，至有終身不得一見者。』朱子編輯本意，原爲後進入學初級，是在司教者廣布遍示，勸令誦習，庶不負昔賢啟牖苦心。予刊《孝經》《小學》告竣，急取聊城鄧氏藏本，付梓以行之。曩予奉使關中時，偕行者有國子監肄業選拔貢生數人，鞭鐙之餘，偶論及是編，諸生則應曰：『奉先生教，已誦習年餘矣。』且有出諸袖中者閲之。則今制府、宫保、尚書孫公兼攝祭酒時所授也。諸生于軍需旁午中，猶不忘先生之教，固爲善學，亦由宫保以身示範，實有以啟迪之致其信從也。越今未十年，而向之誦習是編者皆通仕版，有循聲，此又是編之有功于學人其最著者。因并及之，以勸諸生之讀是編者。

渭南縣志序

皇上御極以來，諸政具舉。六年冬，詔天下纂脩通志，所以重文獻，示褒揚，紀因革，典至鉅也。顧通志體例，曰簡，曰該。挈領振衣，非即領以爲衣也。綱舉目張，非廢目以爲綱也。故言志者，必自州邑始。余幼時見老儒宿學，每從書肆購得州縣舊志，雖鼠侵蠹蝕、殘缺失次者，輒展閱不忍釋手。先河後海，彼誠有取焉爾矣。渭南邑侯岳子子賓，與余遇于萬年客邸，出所纂縣志稿示余，且請爲序。子賓之言曰：『冠華承乏兹土已三年矣。適大兵西討，軍興旁午，期會織絡，日且不給，又何暇弄柔翰爲？乃翻閱舊志，自順治丙申至今七十餘載，其間政治、人物，皆缺焉未備，冠華惴惴焉，惟文獻失傳之是懼。爰採輯舊聞，詢于衆，勿敢以臆見參也。稽于册籍，勿敢以無據入也。討論于邑之縉紳賢士，勿敢以私智自矜也。夫邑當三輔孔道，包下邽，并蓮勺，延袤二百餘里。此七十餘年中，世際文明，休養生聚，寬征薄賦，添户闢田者幾何？事忠孝，節義吏，治文學，維持風俗者幾何？人積之愈久，傳之愈難。非令之責，而誰之責耶，烏可當吾世而勿亟亟于此也？』噫，若子賓者，可謂知先務之爲急者矣。余繙閱志稿，服其考据詳贍，不滲不支，不冗不鑿，誠徵信之書也。且余祇役關中，數往來境内，見城郭完固，府庫充滿，田野修治，民氣和樂，則知子賓之爲政，務實而不務名。其爲是志也，又非循蹈故事，以博淹雅通方之目者，所可同日語矣。

湖南鄉試録序

欽惟我皇上仁風翔洽，文治光昭，普天士子莫不奮興鼓舞，以仰副聖天子樂育人材之至意。即至重洋遠島，版籍未隸之區，朝貢僅通之地，聲教所敷，悌航重譯而至者，喁喁然以觀德橋門，授經請業，得近天子之光爲厚幸焉。洵乎《菁莪》《棫樸》之化，歌詠所傳，史册所載，無以方斯盛也。兹值己酉鄉試届期，禮臣臚考官名以請。皇上命閣臣子考取諸臣中掣籤，臣陳群與焉。次日召見勤政殿，跪聆天語，訓諭周詳。蒙皇上欽定，臣陳群偕刑部候補主事臣世往典湖南試事。伏念臣一介微賤，九載詞垣，愧無報効。恭遇龍飛之初，臣以撰擬文字進呈御覽，頻奉恩旨褒嘉，特賜内府緞疋，叨沐異數，感切舉家。今復畀以衡文重任，苟不精白乃心，尚得齒于人類乎？用是冰兢自凛，星馳載道。比入闈，監臨則巡撫湖南等處地方、提督軍務兼理糧餉、都察院右副都御史臣國棟，整飭綱紀，内外肅清。提調則督理湖廣湖南驛鹽糧儲道、按察使司副使臣謐，經畫精詳，庶務釐舉。監試則護理湖南布政使司分守黄常駐劄澧州道、長沙府知府臣元，防範謹嚴，恪勤襄事。臣陳群、臣世率同考官、舉人、候選知縣臣尚才、臣望魯、臣懋官、臣瞻林、臣彩、臣翻、臣象山、臣待緯、臣朝朗、臣祚綸、臣祺共矢公慎，昭告神明，務洗心滌慮，敬慎精詳。俾雪案芸窻、敦品勵行之士，悉登賢書，以圖報稱，並語臣尚才等曰：『皇上以本省知縣一經入闈，地方政務勢艱兼顧，且平日料理簿書、錢穀，文藝未免荒疎，特用爾等在家候選人員，以備衡文之任。既使政務鮮遲誤之虞，復使科場有得人之效，睿慮周詳，斟酌盡善。今令典伊始，務加意詳慎，以稱明旨。』臣尚才等皆感激惶悚，惟恐隕越。于是進督學上雋所遴士五千七百餘人，扃闈而三試之。焚膏繼晷，殫力蒐羅，所得士四十七人，五經三人，貢成均者十一人。謹録其文之尤雅者二十篇以獻，臣例得颺言于簡端。

竊惟爲治莫先于得賢，養士必本于復性。復性者，復其所固有非，强其所本無也。古者自小學而入大學，其所講求而服習者，皆以復性爲孜孜焉。性復則明體適用，大而展經綸之具，小而釐庶職之司焉，往而不得其當哉。我國家設立制科以來，仁漸義摩，禮陶樂淑，所以涵濡而長養之者，至深且厚。恭遇我皇上德並生成，恩隆教育，至于整飭士風，砥礪士行，視三代盛時，尤加詳明而愷切。惟天生民，厥有恒性，皇上以天亶聰明，綏猷建極，深見夫輕薄誕妄之習，奔競祖護之私，皆生民所本無，洗滌不可以不盡。孝悌忠信之事，禮義廉恥之防，皆人心所固有，培植不可以不深。且去其所本無，正以存其所固有，俾旋復其秉彝之性，以歸于蕩平之路而已。是役也，臣于楚南士子，首策之以存誠去僞，務本重農，所以明其體也。次策之以治民之道，知人之識，所以適其用也。五倫者，德行之原，士必明倫而後可以安身。六經者，文章之祖，士必窮經而後可以華國。理學所以明道，而聖學必本于實踐，虚談心性，不流于僞，即入于誕。經濟所以幹事，而經濟必驗於民物，侈言事功，不失之迂，即失之雜。凡若此者，皆不能格致誠正，以復其性之所致也。

蓋士子之大端，不外文、行二事，聖天子殷勤告誡，委曲詳明，無非欲多士之文行兼優，爲國家有用之才，而又以化導之事，分任諸臣，蓋先其行而後其文者，大吏之表率，有司之勸諭是也。試其文而并勵其行者，學臣之去取，司鐸之教授是也。至于即其文而徵其行，則主考官有專責焉。《詩》曰：『鶴鳴于九皋，聲聞于天。』又曰：『他山之石，可以攻玉。』顧臣才識淺陋，謬膺衡文之任。惟是珥筆侍從以來，親承訓誨，至再至三，聖人之道，幸得入乎耳，敢不存乎心，而藴之爲德行，行之爲事業。臣所夙夜自勉者于斯，所策勵諸生者亦于斯，更期諸生于家人父子之際，友朋講習之時，所相勖而相勸者亦于斯，他日者通籍筮仕，内而獻納論思，外而宣猷亮采，亦無不于斯，是則臣之志也。臣既以語多士，因即以載之于篇。翰林院編修加一級臣錢陳群謹序。

直隸試牘二編序

文所以載道也。道不列于經則不明，文不稟于經則亦不正。考漢初郡國未有學校，然諸儒以經教于其鄉，從之者約數百人。燕趙間如毛萇、董仲舒、韓嬰輩，各以《易》、《詩》、《書》、三禮、《春秋》名其家。爲弟子者皆世守師説不敢變，多以經明至大官，國家有大議，必令傳經義以對，其業專，故其説足述也。我皇上崇儒重道，頒賜諸經，貯之學校，俾學者研味精藴，發爲文章，麟麟炳炳，意誠渥矣。群奉簡命視學畿輔，所至廣宣德意，日以經明行脩，砥礪多士。先是，曾遴所録文付剞劂，多士亦漸知祈嚮，弗蹈故常，亦弗務纖巧，卓然一軌于正。夫文以明道，道具于經，經學醇則文必可觀。乃直隸士子，讀書作文之弊，約有二端，所急欲揭示者。其一，少事呫嗶，不從源頭上用工夫，輒襲取坊刻時藝，機調稍得師承，亦取高等，至叩以經業，終無實獲。其一，窮鄉僻聚間，有能自樹立、守一經而終誦者，至握管爲文，則又詞累句礙，不能入目。作文與讀書歧而二之，甚至荒經者得以藉口，曰：『吾未嘗治經，而博取科名易易耳。』此予所日夜憂思而不能釋者也。以故使車所指，凡離經而炫異者黜勿進，本經以立義者録必先，童子中有能熟諸經者，亦必多方奬勸甄拔之，復反覆開導，示以作文之法，至脣焦吻燥而不敢倦。蓋欲使諸生知六經之外無文章，志壹專向，然後以其餘力，旁搜諸子百家，以博其趣。譬之草木，其本既茂，其枝自繁，其棄自沃，未有離本而能立者。諸生誠遵而行之，毋以積習自錮，毋以小成自囿，不數年間，經學湛深，文風日盛，使採風者稱『西京人物復見于今』，用以副聖天子稽古右文之至意，使者願與多士共勉之。

松桂堂文集序

康熙己未，詔舉博學鴻詞。是時國家治化翔洽，文教覃敷，海宇人文，彬彬日盛。老宿名士，雲集輦轂，月給司農錢以膳，凡試人高等者，授爲翰林。及期御賜體仁閣下，傳餐給札，恩遇隆渥，實唐宋制科所未有也。于是，海鹽羨門彭先生裒然舉首，命下之日，自王公九列及庠序諸生，思先睹試帖以爲快，流播鈔謄，長安爲之紙貴。

聖祖仁皇帝孝養重闈，豫順之氣洋溢海内。兵革既休，獄訟平息，敕詞臣釐定樂章，象功昭德。先生夙有撰著，繕録進呈，屢邀獎賞。嗣是，眷注日隆，不十年間，由編修而至少宰。未幾，抱疾歸里。時群方髫齔，粗解四聲，隨先王父詣先生，因得親先生議論風旨，請學爲詩，則曰：『讀萬卷書，行萬里路，下筆便有奇氣。』蓋先生自道閱歷也。與先生同舉諸公，其年陳君有《檢討集》，次耕潘君有《遂初堂集》，大可毛君有《西河全集》，鈍翁汪君有《堯峰集》，竹垞朱先生有《曝書亭集》。他如施愚山、龐雪崖、王華亭、湯睢州諸君子，以專集行世者數十家，亦既飈馳天下，幾幾乎人懷盈尺矣。獨先生手訂《松桂堂全集》，授令子承祚。承祚胚胎前徽，能讀父書，想鋟木以垂久遠。居無何，家日益貧，方拾橡蘗松以自給。厥後出宰三晉，擬儲俸錢謀付剞劂。忽遘師門波累，流離瑣尾，幾瀕于危，承祚處之夷然，去官日，家事一切不問，獨抱遺集詣京師。已而事白，擢任别駕，屢有遷轉，皆在畿輔，所至以清白稱。陳群與承祚中表弟兄，生同里，長同仕，又先後同事畿輔者六年。承祚刻先生遺集既竣，索陳群弁言。昔東坡生平以不得見范文正爲憾，及與其季子德孺同僚，因序其集。況陳群得見先生于里第，請業請益，在少時已切嚮往者乎。先生學問該洽，于書無不讀，所著詩賦，莊雅典麗，又復春容流動，而于舘閣諸體尤爲瓌瑋，絶特一時，奉爲圭臬。在唐則如張燕公、蘇許公，在宋則如晏元獻、周必大、樓攻媿諸公。先生没後垂五十年，而是集始出。向使承祚于顛狽中稍弛寶護，則吉光懸黎，方湮没于荒烟白草，世又烏睹所爲珍貴者耶？新城王尚書于明季諸詩人獨愛徐昌穀、高蘇門二家，曾爲評次手定而傳之，後之君子讀先生之集者，或亦有斯趣焉。

董孝廉文集序

余于役三輔，既集父老于會城之明倫堂，敦勉孝悌力田、急公奉上諸大義，復循行鄉曲，徧歷周諮。三輔村連堡接，凡余所經處，父老子弟雲集霧簇，環立而聽。聽畢，相率而送者，多不忍舍去，至馬不得前。秦民奉上德意，樂聞訓誨，大率如是。一日盛暑，過薦福寺旁舍，聞讀書聲，音節瀏亮，至則下馬小憩，酌泉老樹下。董子安若即出寺門相見，其色盎然，其氣冲然，殆有養之士也。問之，曰：『吾自庚子舉于鄉，至京師，得與一二大人先生遊，示以讀書之法，遂謝絶酬應，下帷于此者十年矣。』因閲其所著制義一帙，理明詞達，不支不雜，不詭不詖，知其爲肆力于古者。既而事竣，請旨恭候進止，留會城月餘。則又知安若居家孝友，里閈以醇謹稱焉。今春安若公車來京師，榜發後下第歸里，詣余寓齋告别。辭色雍和，若無得失之意介然于中者，蓋恬退士也。因問余制義必何如方可，余曰：『自度可以載道焉止矣。道之所寄，大而天地萬物，微而身心性命。古聖賢立言簡要，道無不該。後之學者，非精思沉慮，篤嗜深契，豈能有所發明？ 須知制義與漢唐之注疏、宋之訓詁同一指趣，若徒事繁縟綺麗，雖博取功名，于聖賢道理毫無裨補，吾不取也。 制義豈易言哉。 安若其務窮理以致其知，涵泳以養其氣，篤行以厚其本，無安于小成，亦無望其速成焉可矣。』安若然予言，命綴其文于後云。

汪舜陶范湖詩集序

昔者吾友鶴桴先生，既得曹侍郎范湖别業，以其地爲鄉先進釣遊之所，風流餘韻，猶有存者，乃購書數千卷弆其中，延致諸名士，唫賞無虚日。 令子舜陶、子堅方弱冠，追陪几席，每擘箋分題，詩成輒見許老蒼輩，時論方軾、轍焉。 余官翰林時，曾奉母假旋。 鶴桴出令子詩讀之，曰：『仲也平澹清遠，幽澗泉也。 叔也排宕奔注，江河水也。 詩道性情，而性之所近，固各有所成就，不能强之使同。』座客數輩多然余言者。 昨歲冬，余銜恤里居，感舊嘆逝，馬策叩門。 時子堅以公車北上，舜陶以余先友之末，且衡宇相望，凡所撰著，率録見遺，彙爲一帙，題曰《范湖詩集》。 蓋不忘先人之訓，亦以志親仁取友，其所得于耳濡目染者，有自來也。 舜陶將遊京師，日與當代名公卿往復，資其識見，師其格律。 余向所謂幽澗泉者，方濺落雲表，噴珠激雪，他日讀舜陶詩，如觀廬山瀑矣。

戴生窻藝序

己酉秋，余奉命典楚南試事，戴子中程詣余于星沙客舍。接其貌，闇然也，挹其言，藹如也，殆所稱樸誠者耶？既而戴子來京師，復攜其窻藝就余。余以修纂事繁，未得竟讀，隨手披閱數首，則能芟去支辭浮響。其同舍吴子序云：『大司農趙恭毅公性介而寡合，撫楚南時，雖達官名士少所接見，而獨契吾友之文。』因思趙公不妄許可人者，戴子之受知，豈獨以文哉。夫文以載道，制舉之業，其所以去取天下士者，誠以道爲鵠焉。必有羽翼經傳之功，發明忠孝之旨，而後其人傳，其文亦傳。是故其皆醇矣，猶懼其行之不能掩也，而不敢肆焉，況敢敷衍，輒自塗抹以貽譏當世哉。雖然，難言之。顧余不能文，自成童至三十，事呫嗶未售，所爲文不下數百首。踰數歲，或從破甕中檢出，或從坊刻選本中閲之，必涔涔汗下，蓋深見載道之難，而陳言未能悉去也。戴子其知之乎？載道之言，其言必艱，所謂『吉人之詞寡』也。矜才之言，其言必易，所謂『躁人之詞多』也。文豈在多哉。惟由多以至于不能多，而後其所爲多者，庶可免于躁人之誚矣。趙公所與士人皆信之，以其不苟合也，積學之士所爲文，世共傳之，以其不妄言也，戴子勉乎哉。

李奕夫吏部詩文集序

余同年中以詩名者，江右粱子仙來、鄧子乃夢，南海關子淩雲，平湖陸子聚緱，華亭黄子石牧，武原馬子墨林，德州盧子抱孫，安居王子中安，山陰胡子鏡舫，長洲沈子子大、蔣子迪夫，商邱宋子西玒，或世其業，或得師承，因自名其家。其以制義名者，難更僕數，而宜興儲子六雅，江右馮子夔颺兄弟、晏子虞際、謝子古梅，孝感夏子觀川其尤也。兼是二者，時論所許，亦有數家。以予觀之，未有出奕夫右者。奕夫之詩，渾厚深雄，不可方物。于唐賢中，在陳拾遺、張曲江之間。故初見之則不甚愛，再見之，得其到古人處，三見之則神味與古爲徒矣。奕夫之文，簡貴高華，殆荆川、石簣之亞也。往予與奕夫同舘，分肆清、漢書，多不得同，課後各散去。歲辛酉，予校士瀛郡，令子敬亭從平鄉調任于此，奕夫就養官署，數歲常不出户牖，手自訂其詩文若干卷示予，因爲之序。隨筆記同年諸子之善詩文者十數人，或存或没，或顯或晦，蓋不能無聚散之感焉。

衍聖公孔裕齋停軒集序

《停軒集》者，上公裕齋先生赴闕謝恩，自發軔迄乎成禮，言情紀事、寫景懷人之所作也。其音和，其體正，其節舒以安，蓋不失温柔敦厚之旨焉。夫詩以言志，志猶水也，詩猶舟也。試取三百篇讀之，駕萬斛之舟，衝萬里之波，驚濤颶風，千態萬狀，莫能測其津涯者，變風、變雅是也。至若二南諸詩，《小雅·鹿鳴》以下，《大雅·卷阿》以上諸什，依永和聲，音諧倫理，何异澄川如練、風正揚帆時景象？水與舟豈有二哉。其平險殊致者，時爲之也。今先生遠紹家學，遭際聖明，以唫嘯爲鼓吹，以聲詩爲被服。吉甫奚斯，後先同軌。集中如舉子志喜，有秩斯干之流韻也，大捷鐃歌，《六月》《吉日》之餘響也，紀恩入覲，《湛露》《彤弓》之遺音也。他日編次成帙，以備輶軒之採，方且與韓碑、魯鼓同列。職方此集，其初波矣。

小蘭陔詩集序

詩本性情，學者出其性情以爲詩，即以詩自治其性情。而凡讀其詩者，引伸觸類，莫不以其性情受治于詩焉，此詩之所由以作也。余同年友古梅謝君，孝友沉摯，幼奉母太夫人教惟謹，成進士，官翰林，數歲移疾歸里。温清之餘，益肆力于古。考鏡古來名帖、金石諸刻，流連研辨，終日不倦，若將終老焉。

皇上御極以來，文治日隆，天下俊乂，師師在位。古梅應召詣京師，由翰編洊登台輔，官祭酒。歲餘，多士蒸蒸向化，黜浮華，崇樸實，居南學之西偏，數椽僅蔽，不爲鐍鑰。與六堂諸生講經説詩，宵分乃寢，蓋其性然也。今年七月，古梅抱病將革之日，屬其子孝廉璈曰：『吾所爲詩雖不多，吾之志也。知其志者，爲吾序之，其吾友香樹乎。』又數日而没。璈扶櫬歸里，行有日矣，出《小蘭陔集》二卷，問序于余。余受而讀之，真懇渾厚，其《白華》《華黍》之遺乎？他若碑版、題識若干卷，獨想遠契，詰屈屼嵂，皆從性情流出，未嘗步趨古人，而音節自中。往余與古梅同官友善，見其爲詩，喜道人忠義，憑弔遺蹟，輒命筆千言，躊躇滿志。其或同遊接席，氣類稍不合者，雖促之爲詩，終日不得一字，性固有不可强者耶。夫性情之事，貴其深也，尤貴其正也。古梅惟不輕用其性情，故發爲詩歌，類能得性情之深且正者如此。讀古梅之詩者，知見性之地，不假强爲。當其深時，雖鏤肝琢髓，不得以雕刻病之。如其靈府無程，競争藻黼以求工，未有不流于風雲月露、繁縟綺靡者也。昔唐虞命官，獨于典樂、教胄三致意焉，必曰『直而温，寬而栗，剛而無虐，簡而無傲』，然後命之，曰『詩言志，歌永言，聲依永，律和聲』。夫亦謂出其直温寬栗、無虐無傲之性情，而即詩以見志，俾人自易其惡以自至于中者，教胄之職也。今之司成眎此矣，使以古梅之志，操風化之柄，與多士教忠教孝，多士亦自出其性情，以受治于古梅，如是者數年，其所成就必更有可觀者。余所爲序其詩，而三歎不置也。

入蜀紀行合編序

余與瓜田張兄幼侍先大夫講席，課餘命題作詩，不下數千餘首，多不自愛惜，輒散去。後余官京師，瓜田亦負米四方，舉鴻博不第，四川學使蔣公蔚延至蜀中。凡所經處，一一紀行，得五古詩若干首，蔣公序而梓焉。胡子書巢，瓜田高第弟子也，壬申成進士，即試宰蜀中，亦得紀行五古詩若干首。瓜田遊蜀在癸亥歲，與胡子相距十載，先後留詠，詩體若合一轍，彙而梓之，真棧閣一段韻事也。嗟乎！瓜田既歿，憶幼時所作，百不得一。余歸田後，瓜田倦遊里居，間有倡和之作，不能專刻。《香樹齋集》《强恕詩鈔》，僅各附數篇耳。觀此合編，不禁老淚涔涔，而歎胡子之能繼音繼志也。時敏姪請序於余，聊綴數語志感云。

香樹齋文集卷十二

序二

東溟先生又存詩稿序

東溟所著《玉紅草堂詩》若干卷，太史陳君子翽未第時爲之序，好事者請以千金付梓，梓成，東溟亦不復作詩。其明年，余適遊木門，欲一識東溟，聞其善懶不堪，未敢一詣。木門距京二百里，冠裳紛馳，相望于道。貴客某某耳其名叩之，則辭以疾，輒懷刺而返。其他落落不偶，能以酒自豪者，東溟亦召之飲，群以是知不見絶于先生也。飲必醉，醉餘作詩，多見性語，然皆不存。從遊弟子讀其詩，有所得，退而録之，東溟知之，猶正色相戒。一日，余遊香林道院，見一人白袷朱履，與道人欹坐庭樹間，作吟聲者，余亦遂入就坐，因識東溟，與語相得。明日，東溟邀飲，留數日歡甚，東溟亦偕其同志，詣予後遊香林，東溟每設餺飥寒具相餉焉，歲餘無間。其所得詩百餘首，亦不存，則知東溟非不作詩也，不存也。因問其故，東溟曰：『人之于詩，猶蟲鳥之有聲音也。蜩嘒午風，鶯嚦高柳，要皆自適已耳。必欲執管而傳之，操縵而調之，是豈蟲鳥之性哉。其與刻舟以求劍也何異。』余笑謂東溟曰：『先生達則達矣，然世所稱達者，莫如莊周。其言崇虛無，齊得喪，一死生，豈尋常争尺寸之名者哉。而内外諸篇，必假孔、顔之徒以自伸，其意誠懼其説之不傳也。且余聞之大人先生，往往輕其少年時所作，至垂老著書，多不忍棄去。閲世久則見理真，讀書多則造詞淡，彼誠有所得于中也。』東溟默然良久，曰：『子言是也。』遂從弟子請，于所遊歷處得詩若干首，彙爲帙，後作詩亦不廢稿，曰『又存稿』。其自題詩，有『人壽不如紙』之句，則東溟亦自知其言之可以傳且久也。昔老氏不能却關吏之請，卒以五千言見于世，他日讀東溟詩者，其亦無忘余今日之一言乎？

沈隱士茣菴集序

吾郡土地平衍，無崇山峻嶺之勝，素號澤國。長水源出天目，徑峽石、練浦，會滮湖，又北東徑角里，分二支，由松江、黄浦入海。無驚湍巨塹之奇，然百餘里清流窈窕，林木蓊蔚，恬鱗泳沫，潛禽息瞟，往往幽人廉夫窟宅于此，樂天知命，以養天和。蓋川澤之氣，毓秀含華，發爲人物，其致率相肖也。晉韓氏績，宋顧氏謙，元路氏清、吴氏鎮，明初氏啟隆、錢氏鈞、周氏履靖、邵氏貞四，其尤也。茣菴先生丁明季末造，决意肥遯，以道繩己，陶然自得。時殷氏仲春、吴氏麟玉、包氏麟趾、屠氏爌、項氏元汴，皆以同里志節相尚，華亭陳氏繼儒以隱逸負重望，折節來訪先生，留數日遣去。諸貴游聞之，争致羔雁，輒不省録，曰：『吾處約奉母，寤言邱樊，非欲以此致聲譽也。』先生詩筆沖澹，如其爲人，尤工于詞，所著有《籟閣詞箋》《琹嘯軒樂府》《遊天台武彝羅浮詩》《名山詩》等集，郡《文藝志》内載弔古紀遊數詩，本朝《御選詩餘》載長短調凡十餘闋，餘皆散逸，郡中士大夫家多藏鈔本。小長蘆竹垞朱先生每自道所長，則曰：『吾八分行草不如詩，詩不如筆，筆不如詞。』然評隝鄉里先民曰：『荑菴，吾師也。』先生文孫艮思參藩關中，政事之餘，手録家集一帙，將付剞劂。適余于役三輔，屬爲之序。夫懸藜青萍，世皆知其可以珍也，當其沉重淵，蔽泥土，何嘗汲汲焉求自見耶？先生修志意，重道義，蟬蜕鴻冥，以自謝于旌帛蒲車之會者，幾于隱身無文、絶塵疵物者矣。卒之，其人傳，其文亦傳，彼執裾而强觀者，亦何爲耶？獨是殷、吴諸君子，與先生同時耽隱，各有論著可以傳世。如殷氏仲春有《棲老堂集》，吴氏麟玉有《醉月軒草》，包氏麟趾有《浮峰閣倡和稿》，屠氏爌有《郊居集》，項氏元汴有《朗雲堂集》，今皆不傳。豈川澤之秀鍾于先生者，視諸人爲獨多與？抑先生純孝隱德，至行過人，而天欲大其報，乃昌其後以永其傳與？固不可得而知也。

李孝廉哀鳴集序

客有問于余曰：『詩何爲而起乎？』曰：『起于情之不能已也。』曰：『情有七，皆可以爲詩乎？』曰：『可。』曰：『詩以何爲工？』曰：『情之長者是。』曰：『情以何爲長？』曰：『哀。』曰：『哀可以長矣。哀可以工乎？』曰：『不可。方其哀也，不知其哀也。不知其哀，又安能計其工乎？凡見爲工者，非作者之旨也。』曰：『哀不可極，任之乎？抑止之乎？』曰：『不可任，亦不可止。』曰：『若之何？』曰：『以詩鳴之，可也。任其哀而傳于詩，詩傳而哀可止矣。』曰：『詩可以止哀乎？』曰：『不可。古孝子悌弟，登高臨水，望雲撫樹，悲號涕泣，以鳴其不能自已之情。』曰：『吾以是止吾哀乎？亦何忍而出此也？』推其心則曰吾哀可任也。任而不已則止，止不可也，庶乎以詩傳之。夫人終日哭則無泪，三日號則無聲。無泪無聲，是滅性也。當是時也，使有人焉以大義責之，曰：『爾甘食，爾安寢，庶幾爲孝子悌弟矣，其誰從之。』則必曰：『某水某邱，爾先人釣遊處也，盍一省之，則愴然起，愾然思，此詩之所以作也。故有今日之詩，異時讀之，潸然出涕者矣。有一人之詩，千萬人讀之，悲不自勝者矣。不止而止，止而不止，此詩之所以教也。』適取向臯李君所寄《哀鳴集》讀之，客亦在坐。讀至首章，曰：『薦几筵兮不御，承顔色兮何依。』客爲泪下，余亦不知涕之何從也。客起而謝曰：『善，夫子之言哀也。』因爲識其後云。

滄溟女子詩序

女子不知何許人也。美容色，寡言語，少學女經，窮師氏術。好讀書，博獵經史，尤喜弄柔翰，無粉黛習氣，里媒奇之。一日謁女子，若私有所請者，女子不答，輒白眼相視。如是者有年，里媒請絶，遂終身不嫁云。所居瀕海之北，自號曰滄溟女子。滄溟爲瀛洲津涯，神人之所遊化，霧仙之所窟宅。女子以時登樓，遐睇風雨出没晨夕異景，翩然承遺世絶粒之思。讀《列仙傳》，慕毛女之仙也，而作詩以況之。時略序名媛，俯仰悲歌，凡得詩三十首。其詩未嘗示人，人亦無從見其詩者。楚睫巢子，女子之侄，余年輩友也。就選人，需于吏局，徜徉郊畿間，與余往來甚密。余嘗詣睫巢，座間得讀女子詩，并得女子狀甚悉。其詩似諷似嘲，似怨似慕，大旨守孤芳之獨賞，而悲以色事人者之不可長久也。余讀而感焉，謂睫巢曰：『女子不嫁，于禮未適。然而《詩》曰「不從」，《易》曰「不字」。當踰墻窺穴時，得一女子可以風矣。使其詩傳于世，將見怨妃棄妾讀而思之，蛾眉能讓人矣，老女少嫠讀而思之，遲暮其何傷矣。』睫巢然余言，請于女子。女子曰：『是細行也，是拘方也，是所謂天之刑人也。彼節如巢由，而談濟時者外之，隱如荷蓧，而遊聖門者譏焉。是區區者，曾何足挂士林之餘頰，而隸風人之末議乎？顧謝爾友，毋汙我耳。』明日，睫巢復以告余。余諒其志之無他，而竊笑里媒之請爲唐突也，遂爲序以傳之。

樗亭詩集序

揚子雲曰：『高文典册用相如，戎馬之間用枚皋。』蓋馬遲枚疾，賦于天者各殊，而學之所詣，亦緣此而判。兩者不相兼，亦不相下也。又子雲工賦，王君太習兵，桓譚欲從二子學，子雲曰：『能讀千賦則善賦。』君太曰：『能觀千劍則曉劍。』習伏衆神巧者，不過習者之門，精能之至，變化生焉。業固未有不精于專者，惟詩亦然。予向官翰林，即耳薩君名。每當刻燭擘牋，出句輒驚壇坫，一時號稱能詩者多宗之。洎予入直內廷，復得同趨禁籞，昕夕晤對。偶于公餘與之揚扢風雅，知君之萃力于斯已非一日，固有篤嗜深契而不能自已者矣。君以郎官進納封事，日近天子之光，退食之暇，汲古研鍊，愈益淬礪，作爲詩歌，大雅春容，宮商協應。所謂和其聲以鳴國家之盛，即古卷阿矢音，梧菶鳳喈，不是過也。乾隆辛酉冬十月，君出詩示余，余受而卒業，知君忠孝之思流于至性，次及兄弟、夫婦、朋友，感遇述懷，纏綿悱惻，蓋于倫紀之間，其情有深焉者矣。他如即景賦物，才思雄渾，絶類岑、王、韋、孟諸家，特其餘事耳。《書》曰：『詩言志，歌永言。』《詩》曰：『吉甫作頌，穆如清風。』惟君有焉。夫百爾臣工，幸逢聖天子天亶聰明，右文稽古，又得入承明著作之庭，恭聆謨訓，肄業雅南，可不謂極盛者歟。君抱負瓌瑋，大用可期，建樹勳業，又不僅以文章比美馬枚也。即以詩文言之，君之萃精肆力于斯者，雖出入楓宸，扈侍法駕，幾于不遑寧處。而數年之間，奚囊所積多至若干卷，且所師所友，半屬大江名宿，宜其久而儁上若是也，巧不愈習，殆謂是歟。

祖席送馮樹臣少司寇歸長水序

少司寇樹臣馮先生奉職數月，適秋審届期，先生詳慎精密，以求明允，勞勩特甚，偶感寒疾，請去職調治，奉旨俞允。凡三閱月，病少差，于是先生年七十有二矣，上章陳衰老狀，上鑒其意，命回籍調治。次日詣宮門叩謝，出治裝，從水路歸里。其鄉人錢陳群置酒取別，舉觴正席而祝曰：『先生是行也，有二美焉。不慕禄以曠官，讓也。念主恩深厚，未忍引年去，以疾請假，視精力强弱爲去就，忠之屬也。』先生再拜受觴。群答拜，又進爵而言曰：『二美具矣，復陳五樂可乎？』先生曰：『何如？』曰：『先生服官二十餘年，如督蘇松四郡糧儲，總上江藩，皆俗所稱爲肥膩者。先生歷居數載，鄉人故舊，或使創闢田園，或勸興立邸店，或欲舳艫運致，先生距而不納。官府闃然如僧舍，囊無餘貲，有子賢，不以多財損其志。一樂也。先生曾令關中矣，群于役三輔，父老爲群言先生宰長安時寬仁正獄，外猛内慈，擁護百姓，無異慈母。又嘗牧膠州矣。先生去膠十餘年，膠民每問歲輒徒跣詣先生他任所存問，率以爲常，被徵後亦如之。群以是知先生之入人者深矣。《詩》云：「樂只君子，民之父母。」先生有焉。二樂也。先生恬澹寡營，衛攝甚固，雖衰疾之餘，談笑講論，引日亘時，未嘗有倦容。今以暇日登臨佳勝，如温公居洛時同范景仁輩登嵩嶺，凡所經從，多乘馬，路險策杖以行，士大夫争傳爲盛事。先生精力，殆不減于是。三樂也。先生雅好柔翰，愛畫山水，彷彿丹邱倪迂，無時下習氣，澹遠疎落，如其爲人。昔人爲繪畫之道與造化同功，煙雲供養，胸次自别。先生自公車至爲卿貳，篋中惟古硯數方，船唇車尾，輒載與俱。凡世俗嗜好之端，無毫末可以撓其天者。四樂也。吾郡地介吴會，俗儉而朴然，縉紳大夫政成引退、懸車視履者，代不乏人。我皇上尊崇碩德，惠養老臣，視前古爲加隆焉。時則儆巖陸先生、省齋范先生、皞田張先生輩，皆先後歸里。先生到日，杖履相接續，耆英盛事，歌詠昇平。五樂也。』先生欣然舉觴，屬群序之，乃敷列如右。

宋雅伯視學蜀中序

教化之權，操于上，而習尚之移應于下，則士習民風，其大者矣。二者各有專司。于是以賦役、户口、獄訟、盜賊之事，自州縣及藩臬分司之，而總其責于中丞。以崇文興行之舉，設教授、學正、教諭、訓導俾分理焉，而受其成于視學使者。夫士爲四民之首，則士又爲民之表率，士習端而民風亦正，視學之官，厥任亦殊重矣。任既重，則其責不得不專。責既專，則其體統不得不尊。舊例直隸、江南、浙江用詞臣中贊以上爲之，其餘以編修、給事中、侍御史當是役者，與三省埒，以部院郎中于進士出身中較奉擢用，以僉事道告身爲之，位次藩臬下。夫學者，正己率物，即一邑之長，推而至于一族之師、一黨之正，安在不可以移易風俗。然而勢之所在，文移限之，體統隔絶，一切舉劾，或有不能自主者矣。我皇上右文重道，御極之初，即分别教官流品，俾明經術者爲之。又命督撫舉所在賢良方正，召見而即任之以官。凡所以振興文教者至詳且悉，而遴選學臣，尤加慎重。今雍正四年冬，宋君雅伯膺簡命視學蜀中。于是，雅伯以提學僉事道入謝恩，上諭閣臣等曰：『董學之官，凡所以考課士子，及所舉行事，宜從便宜，其毋使制于大吏。且天下士子一也，其許宋在詩以吏部郎中視學蜀中後，部院郎中膺視學之選者，皆以原銜去。著爲令。』余同年中爲吏部者不下十餘人，其以翰林去者，則安居王君恕、大埔楊君纘緒、貴陽程君仁圻、諸城王君歛福、濟寧喬君世臣、吴下沈君起元洎雅伯凡七人。時遂寧張公、陽城田公、高安朱公相繼爲總宰，吏治稱極盛。雅伯年少于諸君，而首膺衡文之擢，其所以舉賢才、教不能、黜無良者，當必有道矣。夫史稱蜀自文黨起學宫造士，每行縣，敕明經修行者與俱，聲教追踪齊魯，是以後代有名人。余嘗論次蜀才，以内行稱者莫若姜士游、杜孝寒宜之，以政事顯者莫君范景仁、張德遠，理學則數譙允南、張敬夫，文章則數陳承祚、陳伯玉、蘇氏父子，虞氏、陳氏兄弟。其他以愷直名者，又不可勝指，而司馬相如、揚雄之徒，余皆未深取。李文忠云：『古今人不相及。』信然。如其有之，雖古人不及也。雅伯存此意以造就人才，移風易俗，爲國家收得人之慶，其于德行、文章、理學、政事，各有所樹立，安見後起者之不遠過乎昔賢？余聞雅伯奉命後，悉出奉錢，又稱貸數十金，入書肆購全史、經解及諸性理書，以致于蜀。曰：『吾所以教蜀人者，在是矣。』昔人謂蜀人爲學之病有二：一曰無師，二曰無書。無師則道不能傳，無書則業不能廣。豈特蜀爲然哉？蜀爲尤甚耳。今上方擇雅伯爲蜀人師，而雅伯又致藏書千百卷，與蜀士子講明而力行之，吾知二者之病，不足憂者矣。抑余更有豔于雅伯者，雅伯銜命入蜀，道經珂里，錦衣謁省兩高堂，鮮腆致酒，爲二親壽甚歡。于是帶星而往，此又人子極愉快之事，是有天焉，又不可强也，而雅伯之荷聖恩，益深且重矣。

曹翁壽序

史稱三皇之時如春，人多百歲。蓋運際郅隆，萬物昌遂，其于人也，爲仁厚，爲永年。《洪範》載：『五福曰壽，曰攸好德。』《集注》曰：『人有壽而後能享諸福。』又曰：『攸好德者，樂其道也。』二者固有若感應者。我皇上御極以來，仁風翔洽，善氣萃聚，太和在宇宙間，自畿輔以逮山陬海澨，人之登百歲者，所在多有。蓋聖天子斂福于上，備嚮用之餘，于是敷錫于下，亦隨其善之量以爲施。所謂而康而色，曰『予攸好德，汝則錫之福』是也。如我近翁老年伯者，其無愧于《書》所云『攸好德』者矣。翁少穎悟，讀書不事章句，每尋味貫穿義理，有會通處乃已。年十五即工制義，折節下帷，然以攻苦，體爲之瘠。事親極孝，年二十居太先生憂，哀毀逾節，里人稱之。先是太先生寢疾，輒召翁諭曰：『汝兄蚤世，奉先人祀者惟汝。汝體弱，吾甚念汝。汝當以守身爲孝，事呫嗶，取科名，非吾期于汝也。』後遂罷制義，壹志奉母，不敢有進取志。督家中人服農力穡，以供甘旨。稍有餘，即以周宗黨之貧乏無養者，又有餘即以濟道路之孤遺者，自奉惟蔬食而已。尤不樂與人較量曲直，人有悔之者，每自解曰：『若答他，便與他等。吾始忍于色，終忍于心，久乃曠然矣。』間以暇時寄情唫咏，或進一觴以自怡悦。喜作書，不爲美觀，秦碑漢碣，雖蟲餘土蝕，猶珍玩臨摹，不能去手。其于古人名筆，不惟辨其源流，亦且契其神理。又好畫，筆力深厚，有夏圭、馬遠之風，至于畫竹，則烟雲動宕，興會標舉，直追吴仲圭，所謂寸縑尺幅，人皆什襲者也。

翁所居武清縣之王慶坨里，素號水鄉，聖祖仁皇帝以水圍駐蹕于此，先後幸翁家。翁以鄉善士得召見，寵賚優渥，有所獻，亦蒙嘉納。召翁子涵入御園讀書，存問備至。又翁進呈手書，復蒙嘉納，旋被命供奉内廷，翁以體疾固辭，更蒙俞允。歲辛丑，翁子涵成進士，爲翰林有聲，邑之人無不以翁之樂善不倦爲可法，又以翁之遭際隆遇爲獨厚，而益信爲善之無不報也。向也矻矻孜孜，不求聞達，惟期孝于親、睦于族鄙，以冀爲一鄉之善士而已。而實至者名必彰，積厚者流亦光，則天之福善人，而使之享遐齡，其理固有可信者歟。抑余聞之繪畫之道，所謂宇宙在乎手者，眼前無非生機，故其人往往多壽。米友仁八十餘，神明不衰，黄一峰九十，而貌如童顔，沈石田、文衡山皆臻大耋。蓋筆端造化，吐納萬象，烟雲供養，胸次自别也，則翁之壽，又于筆墨間遇之矣。翁子涵，余同館友也。今春二月下浣，爲翁六十誕辰，同譜諸子製錦稱觴，屬余爲之序云。

田贈公乞言小序

贈公陽城田先生，諱雨時，字霖商，明末諸生也。性剛辨，于學無所不通，尤精于《易》，素以德行推重里閈。闖逆之變，邑中人見賊勢披猖，欲迎之以免禍，問計于公。公曰：『死生，命也。迎賊失節，非正命也。盍避諸。』邑人從之，賴以全節。時贈公攜幼子及兄之遺孤以行，至城外，賊黨猝至，遂棄幼子而負其兄之孤入風神嶺，竄身崖谷。無何賊去，見幼子匍匐草間，亦免于難，乃攜之俱歸。邑人多其義。贈公曰：『吾非學鄧伯道也。子與姪均耳，方吾棄吾子時，非薄于吾子也。念伯氏早世，遺此孤露，事起倉卒，勢無兩全。棄姪存子，吾何以見伯氏于地下乎。今幸幼子無恙，所獲多矣。願諸公勿復言。』終贈公之世，未嘗言及此事。嗚呼，仁之至，義之盡矣。天下豈有外仁以求義者哉？贈公之存孤姪，義也，棄幼子，聽其自全，仁也，卒之孤姪存，而幼子亦免于難，天也。闖賊既平後，又數年，生吾師相國文端公。遭際聖明，位至宰輔，立朝清節，終始不渝。田氏之族，于是乎大，此又天之所以福善最彰明較著者矣。憶先師在日，每退食燕見諸生，道述先德，引日亘時，未嘗有倦容，曾出小宰仇滄桂先生所撰《贈公墓表》，洎澤州相國所撰《陽城二鄉賢祠記》授諸生讀之，語至棄幼子存孤姪遺事，爲之泫然流涕，曰：『此先公之隱行也。懼其無傳，或傳之失其實，後之人以疑伯道者疑先公，則又滋懼。』群等謹識之不敢忘。今年春，文端公子懋應京兆試來京師，欲丐當代大人一言，以表祖德，以成先志，乃屬群爲之序云。

夏柳倡和詩序

人之發乎情者，春士能歌，秋女能怨，感時觸緒，往往而然。然而時之相感，每因乎物而動焉。當其淑景暄和，朱朱白白，繁葩競秀，則有向榮之觀。若夫天宇蕭森，霜寒木脱，又不勝摇落之傷矣。至如夏雲多奇，炎暉未卻，雖桐陰覆户，竹翠當牕，不過追新涼，消溽暑，臨流莎，坐其所謂『感於物而後動』也。雖然，不物於物而能物物，則亦何物不可托興，何物不可寄懷耶？同里金子際和，雅材也，偶詠《夏柳》一章，清詞麗藻，一時和者響應，蓋不減王漁洋《秋柳》風致也。昔稱王孝伯姿容濯濯，如春月柳。兹之露葉繁條，依依可愛，不可髣髴其人耶？金子具此興會，築室深柳，讀書其中，收稽古取友之益，是詩其筌蹄矣。

香樹齋文集卷十三

序三

送羅生還江右序

退之詩云：『嗟哉，今之人，食君之禄，而令父母愁。』旨哉斯言，教忠勸孝，盡于是矣。羅子奉母命復游橋門，歲餘，以教職旋里。從此禄養，以菽水當甘旨，愉色婉容，方潔白華，樂何如也！彼日用三牲之養，稍不職則愁且無已時矣。何去何從，必有能辨之者。抑余更有爲羅生進者。教官職雖卑，而所操甚大。一不職，則士習終不可淳也。每見秉鐸者自安卑下，不克樹立，遂使大吏目爲冗閑，諸生視爲具文，是誰之過歟？雖然，羅子勿亟亟焉，曰：『吾以教繩諸生，吾稱吾職矣。』優而游之，漸漬而俟之。故凡勞來匡直、輔翼振德之事，必盡施之，方可言教也。昔司馬温公致政歸里，日與諸父老講《庶人孝章》。今羅子仿而行之，以《士孝章》身體而力行之，朝而稽，夕而考，師道立則善人多，成己成物，于是乎在矣。羅子勉乎哉。

座主臨川師五十壽序

李克之論相曰：『貧視其所不取，富視其所與，窮視其所不爲，達視其所舉。』美哉斯言，吾師臨川先生足以當之矣。先生少穎悟，九歲能屬文，十二工詩賦，目數行下，于書無所不覽，嘗手鈔五經、《史記》及諸書之力不能購者。先生爲文，必躬行實體，可以見施爲，然後下筆，故其言閎博深厚，而無窮大失居之疵。居貧，敝衣布襪，嘗爲親負米百里外。當塗者聞先生名，致禄米相佽，擇其人而受之，苟非其人，雖數請不受也。戊子，以五經首薦于鄉。己丑成進士，爲翰林，閉門著述。及爲諸館纂修官，館中同事每遇奥旨難義，皆就先生折衷焉。後十餘年，群入史館，館中前輩每論本朝翰林學問淵博，輒稱先生第一。

先帝時，遷擢皆不由常格，衡文所至，盡録其尤。先生論取士之法，必重後場，蓋時藝猶可襲取，而古學非可貌飾。三代以來，言取人舍是其何執乎？今天子即位，益信任先生，命攝小宰，一時有山公之目。尋遷副憲，時雨水偶愆，會通河水淺，運艘多阻，命先生督運。聞命之日，齋戒沐浴，不宿而行。數日雨至，百川灌河，艘并日抵潞。天子嘉之，晉秩小司馬。先生又建言，行唐宋轉運法。議者以費煩，欲寢不行。先生力言于上，不支正項賦帑，即以倉胥雜費贏羨，爲轉運之需。官民便之，河無滯艘，野無滯粟。先生理劇如細，大率類此。夫國家用拘方步趨之人，輒以謹守繩墨，自文其短，一旦有事，非明體達用之儒，其何以濟？是役也，人咸頌先生之德，而先生不自多其功，謂玆非皇上至明獨斷，排群議而獨任，亦未易有此也。今年春三月爲先生五十誕辰，先生素不喜人賀生日，適太夫人綵輿北來，用敢爲太夫人壽，先生誼不可辭。因敘先生行年五十以前出處、事業，于不爲不取見其守。至于所舉，則前席奏對，如王旦薦人，終身不言，固非門弟子所得知，而取士得人，則其所可見者也。若夫以裕與國，以足與民，以道德學問與朋友及門弟子，又非區區待而舉火資鄰里鄉黨，以博慷慨好施者之所及也。是爲序。

黄丈玉卿七十壽序

余于雍正九年，奉命秦中。理公之暇，輒進諸生講討經義。黄子懋德率其弟請見，問之，則曰：『生奉家嚴諭來受教。』乃執經偕諸生過從無虚日。懋德家故貧，授徒以供菽水。至是各謂其徒曰：『吾今欲爲弟子，不得爲爾等師矣。』居歲餘役滿，駐會城候進止。一日晨詣官府，出門見有人布衣草履，睟然其容者，即翁也。揖余而言曰：『吾世居闤市，兩子爲諸生，從俗師受呫嗶業，懼其無成。前過講堂，見諸生環立，聽使人講《士庶人孝章》《伐木》《常棣》《小弁》諸什，有流涕者，故遣奉教。今見兩子識見稍開闊，氣質漸變化。今聞當還朝，棄諸生去，故自來謝耳。』余笑曰：『奉使宣化，職也。吾學淺近，何能及人耶？』與語竟日，見翁質樸醇謹，有長者風，益信懋德兄弟之必能有成也。尋余得回京供職之旨，翁命二子隨行至華山下。

余攜懋德渡河而東，遣其弟歸侍。又二年，懋德以選拔貢于禮部，遭際皇上即位之元年，王大臣遴選天下貢士堪膺民社者以聞，適江蘇需才，懋德承命發往。五六年以來，五任劇邑，皆有賢聲。每斷一獄，兩造勝負，一準于理。黜僞崇信，部民稱爲神君。遠近聞風感化者數百里，實翁之教也。今年八月七日，爲翁七十誕辰，因敘予與懋德兄弟相遇之由，及懋德居官後治績之所自，使吴越人士、關中諸生知教子弟者，當以翁爲法。世俗祝嘏之詞，不復綴云。

冏卿范君壽序

試之以事而肆應不窮者，才也。事既集而自視若欿然者，德也。非才無以集事，非德無以養才，是二者，天實鄭重寶愛而不輕畀人，畀之則榮于而身，啟于而家，功于而國，被生民以垂無窮，勒之金石，譜之聲詩，其理必有致者。冏卿范君爲汾河右族，自其祖父受世祖章皇帝特達之知，寵遇優渥。君性敏悟，讀書不事章句。年十六，承幹内務府。凡所區畫，雖老成人無以過也。當西陝用兵，先生運駝羊以足軍實，歲數萬計，孳大蕃息，軍士便之。聖祖仁皇帝嘉其幹濟。君曰：『非獨駝羊也，飛芻挽粟，亦猶是矣。』遂建言願減運費，經理其事。從之，歲餘糗糧山峙，度支不絀，節省無算。皇上御極以來，薄海内外，無不休養生息，物皆忻忻嚮化。唯準噶爾一部落狂悖狡詐，自棄于德教之外。皇上恭行天討，分路進剿。以君減價運糧，著有成績，乃命總理北路糧儲。公擘畫精詳，野無滯粟，軍有餘糧，凡所經過，不名一錢。公私便之，省國帑數百萬。于是，沿途商賈慕義恐後，争効輸挽者相望于道，上嘉予之，于是各路運糧大臣以范君爲法。未幾，晉秩冏卿，賚予殷渥，寵遇備至，同朝羨之。昔史稱蕭何功，以轉漕關中，給食不乏爲第一，而卜式亦以輸財助邊，賜爵關内侯。王師西指，誅滅小醜，計功論賞，君之勞視此矣。

君之才既足以幹事，而公忠誠愨，又足以濟之。故其視國事如家事，而功無不集。彼硜硜焉計盈絀，董出納，以自殖其身家者，聞范君之風，其亦可稍愧矣。君生有至性，事親以孝，聞奉繼母任太夫人色養周至。弟培君以武科通籍，位至開府，然奉先人教惟謹，與人交不設城府，自王公以下至布衣，一以真誠相接待，少所軒輊，鄉黨姻戚以急告者，樂爲周卹，未嘗有倦容。雖御臺隸僕從，無不撫之以恩，勉之以義，人亦樂爲之用，曰：『范君推心置腹，吾輩忍負之耶？』故所委任公事，計日課程，事稱功倍。甚矣，才與德誠不可偏廢也。余讀《書·洪範》曰：『曰予有好德，汝則錫之福。』言福之歸于德也。又曰：『人之有能有爲，使羞其行，而邦其昌。』言天之生才，必進而用之于邦國也。今天子建極于上，而君遭際聖明，急公任事，展其才，培其德，以永膺多福，壽身壽世，于是乎在矣。

監司曹介巖壽序

浙西大郡三分，轄州縣二十而三，周環二千餘里，繁劇冠東南。監司者，非知足以燭，仁足以煦，未易稱是職也。

今上御極之元年，新建曹介巖先生以侍御簡任兹土，揚清激濁，無所引避。每舉措必體悉民隱，無不曲當，見善如己有，見不善若痌瘝之在乃身，間有懲治者，必使罪浮于法。以吾郡士子去會城書院稍遠，延致名師于鴛湖書院中，與郡守郭公同心訓迪，課文飭行，雖盛暑嚴寒，講習勿輟。歲餘政成，士心嚮慕，胥吏各斂迹，無侵牟者，民甚便之。兹六月三日，爲先生懸弧之辰，各屬請率父老，效躋堂之舉，峻拒不許。總戎裴公移節東浙，瀕行，詣余曰：『承乏以來，兵民柔輯，盜賊稀少，實惟監司公和衷共濟所致。今年春，詔發嘉興歲供漕米，航海濟閩若干石，又濟東甌若干石。監司公總理其事，余亦襄贊。監司公擘畫盡善，旬日之間，如期運致，丁無怨色，役無悴容。兵弁之受恩者，製錦爲監司公壽，請爲文以序之。』余邦人也，沐浴于先生之政有年，且重裴公之命，其敢以不文辭。方屬草，先生適公餘來訪，見之瞿然曰：『介壽末耳。裴公長者，義不可卻。倘藉君筆存先人陰德一二，以傳于家。自今以後，每當初度，群季會集，展讀一再，以無忘先人，益用自黽勉，可乎？』因爲余言贈公居鄉里，力修任卹，官于閩，知龍溪縣，縣濱海，棚民遷徙靡常，流亡者先後收養無算。俗多不葬者，歲久暴露，積骸髑彌岡蔽野，悉爲埋瘞，以數千計。中丞鄭魚門，贈公所得士也，後典江右試，戒諸子勿與試曰：『功名，兒輩自有，三年淹何害？』噫，觀贈公所貽謀，而益信先生之處己信友、化民型俗者，固有所自矣。昔三代盛時，紀功、酬庸、介壽，或以鼎以爵，鼎以饋食，爵以進酒，皆有識，識必稱其先人之德，以篤不忘。今之稱觴本此。東海于公治獄有陰德，後定國以廷尉封列侯。先生年未强仕，所成就者若此。遭際聖明，方且霖雨萬彙，如定國之在漢，渥衍沛滂，又豈止浙西數百萬户已哉。使天下知贈公之德，其推暨于先生者，實可壽人壽世，以垂休于無窮，是則先生之志也夫。

宋鴻臚六十壽序

少鴻臚安邑宋君雅伯，與余同登聊城鄧君東長少宗伯榜，入翰林，同肄國書，晨夕無間，粥粥若無能者。每于儕輩講貫經史，衆皆争執所見不相下，雅伯最後持數語，詞氣春容，一座默然，爲之屈伏，間論政事亦然，自是咸歸其度。已而改銓曹，有聲。時陽城田文端公、高安朱文端公先後爲冢宰，而少宰則吾鄉沈端恪公。三先生理學名臣，爲世宗仰，器重雅伯。雅伯掌選人數年，稽察胥吏甚嚴，而以和平處之，無骫法者。尋奉命視學蜀中，校文之餘，訓飭士子，以敦行明經爲先務。至今蜀紳士之仕于朝，聲望蔚然，爲衆所推重，如大京兆顧君輩，皆所賞拔者也。任滿膺上考，内擢少鴻臚。居無何，以内艱奔歸。服闋後，以太先生春秋高，不忍遠離，陳請終養，一室怡怡。又以暇日著書凡十數種，皆載道之文。門人或勸付梓行世，先生笑而不許，曰：『皆吾未定稿也。』先生課子甚嚴，子鑒與余子汝誠、汝恭年齒相若，自總角時即以世講往返無間。既鑒隨先生家居，業益醇。乙丑之役，余奉命爲總裁官，鑒卷已入彀。是歲，晉省中額稍減，鑒遂列明通榜中。又肆力于古者三年，與汝誠同登進士，尋分發浙省。鑒即奉先生來浙，初任常山，有賢聲，旋調鄞。鄞爲浙東巖邑，鑒當官勤慎，處事和平，大吏皆知之。昨以公事被吏議，例請咨引見，而原缺另委。鑒奉旨仍用鄞邑，此特恩也。鑒回勸過余，爲余言先生起居甚悉，且曰：『鑒自入塾至今，皆受吾父訓迪。今一行作吏，既得奉養，凡有當官事稍繁難者，猶得咨稟，承命而行，幸無隕越。今年某月，爲吾父六十初度，鄞父老咸願躋堂上壽。』請余一言以介，蓋謂余知先生深，不欲以世俗諛美之詞相溷也。《記》曰：『六十曰耆，指使。』呂氏疏耆爲稽久之稱，疏指使爲不自用力，惟以意指使令人。余以爲使令人之義，極難言之。其窮而獨者不足言，即如席豐履厚，僚屬胥吏承于前，美婢令僕給于後，導欲增侈，何如先生之賢子婦奉訓遵循，孝弟忠信，以身先之，不令而行。舉凡愛民治人之理，就行之既效者，使令厥子，厥子又善體親志，而甬東之被澤者，如戴大父母焉。其爲慶幸，當何如也？他日老而傳而耄而期頤，其視今日之指使可知。余每思訪四明山色，便當詣官署話舊，以足軟未能，姑因令子之話而爲之序云。

徐太孺人七十壽序

余自象勺之年，即與徐子原寅爲文字交。時同會者數十人，原寅其選也。余鄉居，距原寅家數十里，每入郡必詣原寅，見太孺人躬操作，原寅設几于紡織間，讀書聲相和，奉侍誠謹，無怠容。原寅每載筆赴學舍會課，雖大風雨，主人劇留，原寅必辭歸。同舍問其故，對曰：『適來時未奉母命，不敢也。』主人惶悚，請原寅歸。如是者數歲，人皆知原寅之能事其母，而益敬太孺人之能教原寅也。原寅數困于鄉，太孺人遣原寅應京兆帖，丁酉以乙科舉焉，明年充八旗官學教習。先是，余曾爲鑲黄旗教習。按例前後教習得以同譜導來往，況余與原寅生同里，少同學者耶？原寅在京師，尤好學文，日益有名。然每見余，必道及太孺人苦節，未能禄養，甚至涕泣不能語，其孺慕之誠，無異同舍時也。原寅又請于諸前輩爲文，上太孺人七十壽。文成，彙而刊之，復請序于余，以殿斯集。余受諸公文讀之，皆曲寫太孺人茹荼苦志，無滲漏遺。余尚何言哉。因謂原寅曰：『昔陶士行與同郡顧榮友善，母湛氏以截髮稱，榮詣吴下，盛言陶母賢，至今傳母範者必及之，實權輿于榮也。』余愧無榮之識，然親見太孺人之賢，日與原寅厚，則于榮又何多讓焉。是爲序。

麓村五十壽序

麓村性嗜古，居津水三十年，凡名人翰墨，見輒别其真贋，不爽絲黍。近代所稱賞鑒家，如婁東、繡水，不是過也。津水爲畿近都會，百貨輻輳，吴中人多仿古名蹟，雙鈎裝潢，犀象瑰異，居奇走其門，日不下數輩，至則廢然返。予自乙未下第後，僑寓津水。或有以予詩箑示麓村者，一見嘆曰：『觀其神氣，絶類古香齋中所藏。』讀予詩曰：『右丞復生矣。』古香齋者，麓村羅列名蹟、焚香吟誦地也。或遂介麓村詣予，見則訪予作詩法。予應之曰：『温柔敦厚，言忠言孝可矣。』麓村慷慨，樂周人急，見予旅貧，思出篋中金，聽予取利，入供菽水。予固辭曰：『若爾，非予願見意矣。』惟歲時致酒醴勿拒焉。麓村平居，每念遭際昇平，衣食豐足，未能爲公家效尺寸力，鬱鬱嘗不樂。遭際皇上御極之三年，陞天津爲州，尋改爲府。城濱海，斥鹵土疏易壞，願以家財修城。凡陶冶工作，麓村必躬自督視，甓畫盡善。經六寒暑，工竣，費白鏹數十萬，存活失業窮民數千人，制度視大郡加壯麗焉。《記》云：『貨惡其棄于地也，不必藏于己。力惡其不出于身也，不必爲己。』若麓村者，急公趍事如恐不及，可不謂賢乎。今年九月，麓村五十初度，津水舊遊，囑予文侑觴。予不能文，惟稱道人善，直筆鋪敘，則猶有三代之遺意焉。麓村嗜古，其亦以余言爲然否？

田師母潘太夫人六十壽序

雍正十年夏，陽城相國先師文端公子德符，奉母潘太夫人命，自陽城來應京兆試，未售，以廕爲郎，補吏部。次日，即趣車乘迎養太夫人于京師。又二年冬十一月十有三日，爲太夫人六十設帨之辰，諸門下士之仕于朝者，期以是日詣子舍上壽，而屬群製序焉。夫介壽有觴，奉觴有祝，祝嘏有詞。士夫家往往取達尊之言，列之屏障以侑觴，爲其可以見重于世也。群無一焉，其何以爲之？顧或以群官翰林有年，詞命固其職也。抑又聞之，古者獻贈，必有物以先之，今諸子既各爲詩歌以紀其盛，則乘韋之義，又少者、賤者所不敢辭也。于時德符乃言于群曰：『懋生之日，先大夫年六十矣。方蒙聖祖仁皇帝柄用，毘倚部務，不少休息，家事鉅細，悉委太夫人經理，矧若鞠養，懋自保抱至于成立，至于有家室，惟太夫人是依。懋今二十有四矣，其在怙者十有八年，大夫人實督率之。凡先大夫之所期于懋者，太夫人必先意導之。先大夫偶于退食有所提命于懋，懋有未達者，太夫人必罕譬而曲喻之，至于再，至于三。他日又命，亦如之。先大夫每自慰曰：「吾嘗憂得子晚，今觀此，可無憂矣。」懋生長邸第，未嘗跬步離二人膝下。自戊申奉先大夫喪還陽城，經營窀穸外，稍治門户，太夫人示之準繩，不少尺寸失。自奉儉約，蔬食布衣，安之若素。樂養就人之孤遺者，嘗諭懋曰：「汝父受皇上深恩，致政之日拜賜金，治裝旋里，顧以衰疾，未獲遂初。汝義在報稱，行且通籍，不于此時親近族黨，力行婣睦，鄉井中亦何賴有此人耶。」以故懋家居數年，遠近疎戚，無不適者。懋實惷冥，寡所知識，然自承之銓曹以來，幸免隕越。每遇陪奏，屢蒙天語褒嘉。昨聞懋以宰府薦當遷，太夫人憂懼不自任，曰：「國恩可常恃耶？惟在汝自勉之耳。」及聞先大夫被特旨入祀賢良，則感激涕下曰：「今日始完汝父一生情節。我奉汝父巾櫛垂四十年，每量移一階，未嘗有喜色也。」』群所聞于德符者如此。昔柳仲郢母，相國休之曾孫，家法嚴整，爲縉紳楷範。嘗粉苦參賜諸子，以資勤苦。博陵崔元暐母盧氏，述辛元馭之言，以勉元暐，元暐遵奉教誡，爲唐賢相。吕申國夫人性嚴有法，雖甚愛原明，然教之事事循蹈規矩。晉故多賢母，今觀太夫人之所以訓德符者，戒盈滿，勵初終，親賢取友，樂善不倦，與史册所載，有相發明者焉。先是，太夫人五十初度，今相國高安朱公爲文，序家世及賢明諸蹟最著。朱公與吾師友善，同登政府，知太夫人懿行甚悉，言可徵信，更無俟群之摭拾已。《詩》不云乎，『令妻壽母』，朱公之言婦道也，『令妻以之』，群之言母道也，壽母以之。更願德符勉承母訓，濟美清時，如仲郢諸人，卓卓可表見者，使天下稱道。母德勿衰，福壽貽親，莫有大于此者。德符勉之。

同年沈固盧夫婦七十雙壽序

余官翰林，庚戌間，有年家子沈榮昌來謁，乃同年固廬先生子也。詢其年，甫十七，字永之，與之語先儒文義，已窺奥窔，讀書甚富。時余次子汝恭與先生第三女締姻，永之與予子輩皆總角成童，課文邸寓，予爲口講指畫，日成就之。暨固廬挈永之南歸，不數年，永之以選拔來都，舉孝廉。乙丑春，九卿奉命舉國子學正，予以永之充其選，蒙恩授縣令。尚未行，而禮闈初撤，掇巍科，殿試列第六卷，成進士。時予與充總裁官，或謂永之宜留都，乃請于予曰：『榮昌世受國恩，祖父兄輩官翰林五人。今昌已奉綸命，詎敢薄外吏，戀清華？』遂奉檄而去。初涖文水，迎養先生暨恭人就子舍。遷鳳臺令，除朔州牧。其間十餘年，常以公事來都，就訓于予。每以昔年所語勖之，永之曰：『榮昌家世，我師知之熟矣。而父母承先志，鞠育兒子成立，有户以外不能知者。念昌之祖閣學公一生清德，以貧而逋帑，昌父一身任之，竭家業不能完，蒙世宗憲皇帝殊恩洞鑒，逾格豁免。己酉庚戌，父坐事株及于患，昌被褐走京師，見我師。時家惟昌母支持，無寸椽尺土，内外數十口，上有祖母八旬，供甘旨無缺。幸父得歸故里，尤拮据無聊，而宗鄗之周恤，訓子之師塾，自若也。昌伯父爲壬午孝廉，僅中壽，遺伯母及兄，昌父母當極困時，未嘗不兼顧也。祖父母窀穸事，父于臘月脱羊裘質金措辦，立風雪中，擘畫竣事，至今松楸鬱如也。居家恒忍人所不能忍。本原之地，數十年如一日。每卓午無炊□，宴然自得。今昌受國恩師訓，一官禄養，而父母致此，亦極難矣。』余曰：『根之茂者其實遂，膏之沃者其光遠。聞子所述者，孝悌之心，可以油然生矣。』是以永之宦跡所至，百姓親若家人，每去任後，建祠樹碣，禁不能止。其自治治人，嚴衾影，凛冰淵，蓋稟于家訓也。永之刺朔方，爲邊徼，地寒不敢奉親偕行。居三載，擢守懷慶郡，感激主知，益勵夙志。緣中州近南，于庚辰夏，復迎養兩老，四世一堂。蓋永之自官牧令以後，已兩次奉榮封，而子若孫，皆明經力學，接武鵲起，二親顧而喜焉。永之詩有云：『歷官十六年，仍得奉親樂。聖朝孝治恩，微軀更奚若。』又云：『政治出肺腑，蒼黔關骨肉。敢忘家訓貽，清白常諄囑。』又云：『君親恩無極，空言報稱難。樹人先種德，家珍勝琅玕。』其感激之忱，有不能自已者。辛巳四月，爲恭人七旬誕辰，永之以在朔方，時部民思欲製屏寄祝，乃嚴遏之，僅書其文，扶老幼躋堂以獻。今在覃懷，恐百姓知之，密其事，緘札請余言，爲二親歡。余愛其質慤，不改幼年肫摯之性，爲略序梗概，以當親戚之情話云。

香樹齋文集卷十四

序四

懷永堂詩序

少陵、摩詰、達夫同爲天寶大家，而境遇不同，詩之谿徑亦小異。少陵窮愁飄蕩，豪邁感激。摩詰簡澹平易，天然自去琱飾。達夫倔强蒼老，與岑嘉州相似，世稱高岑體。舉此以況，後代詩人波瀾莫二。張君怡亭爲當湖望族，群季俊秀，各以能詩名。怡亭于花晨月夕，招尋韻人，歌詠昇平，其所爲詩，蕭閑中具有雋永之致。其别業在東湖之傍，曰十杉亭。軒楹𠂆牖，庖湢茶竈，儉而適用，潔而不華，啟閣焚香，逍遥遂性，坐攬全湖之勝。四方名士登弄珠樓者，莫不尋梁契集，用相娱慰，以有十杉亭也。來是亭者，或霽景澄明，落紅滿徑，至于信信，猶流連不能已者，以亭之有賢主人也。擬之唐賢摩詰與裴迪、張諲之徒，酌酒茱萸灣，閑吟閑咏，乘醉題壁，殆庶幾乎？而詩之臭味亦略相近。予得假後復患病足，頗艱步履。他日，當湖人士傳陽羨書生籠鵝，刺小舟于亭外，扶擕登岸，索飲花下，與主人分曹對壘，數夕乃得辭去。非他人，必僕也。既敘其集，且訂後期，爲斯亭作曹邱矣。

制府太保方問亭述本堂詩集序

天之成就人才，與天之成就詩人，其理有相同者。版築魚鹽，海濱市販，極人世流離困頓之境，而帝師王佐勃然興焉，所謂『動心忍性，增益其所不能者』也。孤兒羈客，絶域塞垣，當上下無交之日，而白石河梁發于音聲，令人讀之，流連往復而不能去，所謂『窮而後工者』也。制府、太保問亭先生實兼之矣。先生本名家子，祖父皆以詩文名于時，以族人累，徙居塞外。先生未弱冠，即偕其兄捆書擔簦，重趼徒步，歡然相從。誅茅結廬，引架種瓜，帚馬通爲薪，點湩乳爲餌，手瘃坼而不知勞瘁，中心安焉。奉侍重闈，怡怡色養，暇輒讀書，窮討經籍。所爲歌詞，道窮苦而記風土，孺慕之誠，溢于言表，有《白華》《華黍》之遺音焉。爾時先生惟以事親守己爲安身立命之學，初不計寓内功名事業，有何梯級可階，而先生益不欲自棄，凡險阻、扼塞、畜牧、防守、攻戰、備儲，罔勿周知。間亦往來故里，涉洞庭，游大梁，登泰岱，泛秦淮，歷吴會，其間民情土俗，亦體閲殆備，往往形之篇章，如《看蠶詞》之足補風謡所未及者是也。居無何，平郡王奉命統師北路，夙知先生才，奏請書記。蒙世宗憲皇帝授中書舍人以行，軍中鉅細事，莫不商搉，而先生亦悉出謀發慮無隱。遭際皇上誕膺寶籙，遠夷效順，奉詔撤兵，于是先生由銓曹擢用監司，躋方伯。其撫吾浙也，值婺州苦旱，民食不給，先生設法以賑，全活無算。其總制直隸也，酌盈劑虚，釐奸剔弊。畿輔爲首善重地，旗民雜處，河梁關隘，鑾輿歲時恭謁山陵，巡幸所指，實爲首塗，先生經理盡善，鄰省咸取則焉。少時跨驢背，坐船脣，席帽經過，所周咨而得者，至是悉見，諸施設無有阻閡。向使先生席祖父之盛，振翼文壇，俯拾巍科，如操左耳。且然不能讀萬卷書，行萬里路，其詩學必不能蒼老俊拔若是，即其才亦必不能肆應通達若是。使先生沉抑患難之餘氣，委靡不克自興，又何能宏此遠謨，以仰副九重特達之知至于斯耶？是則天之所以成就先生，有獨厚者矣。先生鐫祖父詩集既竣，乃檢未遇時所爲詩，凡八卷，卷自爲識。以予少時貧賤，遊學都下，其艱苦之狀有略似者，因屬序于予。予受而讀之，一二名彦評先生詩者，見其學問淹博，筆格雄渾，比之少陵固宜。予以爲先生之遇，亦有與少陵相類者。唐以詩賦取士，而少陵以布衣拜官，先生亦以布衣通籍，唐史稱少陵爲審言孫，審言故善詩，少陵詩派之正所自來歟。先生克紹家學，又與少陵同。至于生逢堯舜，柄用岳牧，直可以少陵許身稷契之願見諸實事，則又少陵所萬萬不及先生者也。先生勉乎哉。

梁薌林太宰矢音集序

賡歌之盛，肇自唐虞。其時明良喜起，一堂之上，和氣醖釀，四方咸風動焉。厥後成周繼治，君臣濟美，《卷阿》矢音之什，至今讀之，猶有餘慕。我皇上遜志時敏，學綜百氏，萬幾之暇，寄興吟詠。大而發揚前光，色養慈闈，紀載典禮。小而怡情山水，以及草木禽魚，莫不引伸觸緒，抒寫性天。輒命廷臣賡和，非特鳴豫，亦以覘所學也。錢唐相公薌林先生，自幼禀承家學，與伯氏菽林太史歲時倡和，愉愉怡怡，邦人士多豔之。尊甫谿父先生之論詩曰：『詩有正變，時爲之也，運爲之也。當《關雎》《麟趾》之世，忽動繁霜正月之感，是無病而呻吟，不爲詩人所擯斥者鮮矣。』先生耳濡目染，所作詩必恪守三唐榘矱，弗事詭異。庚戌成進士，授職翰林，即趨直禁籞，親近龍光，職屢遷而業亦日進。自皇上御極至今二十年中，天章布濩，不下萬有餘篇。成稿後，先生必恭繹彊記，每遇宣示，同直諸臣屬和，則先生已成誦矣。顧元韻渾若天成，諸臣學步，如神駿追風，駑馬躡後，立見顛蹶，而先生必謹奉繩墨，不敢輕下一字。往往同賡一詩，先生詩後出，其穩稱爾雅，同輩歎不如也。先生猶雅不自詡，如群之譾陋荒殖，或商摧一二字，先生多采擇焉。其謙受如此。

上每巡幸所指，先生必扈從屬車，故所得詩獨多記錸漿舘畔，崧岱峰邊，西北之清涼、醫巫閭諸山，東南之江、淮、明聖湖諸水，群與先生聯轡並楫，群得于談諧間，收切劘之益者，亦復不少。歲壬申，群以抱痾，蒙聖慈予假回籍調治，而先生亦以太先生春秋高，乞假侍養還武林，上賜詩以光子舍。先生于定省之暇，撿篋中詩若干卷，題曰《矢音集》，屬群爲之序。蓋以吮毫濡墨，甘苦略同，自不得以不文辭。夫詩本性情，有尊君親上之旨，温柔敦厚之遺，即詰曲聱牙，亦足以載道而維俗。否則風雲月露，終屬描頭畫角，于風雅正則不啻河漢也。生唐虞成周之盛，氣運和會，自有臯拜召從之樂，豈若唐宋諸臣陪輦侍獵、賞花釣魚，僅傳一二什以紀遭遇已哉。先生年來杜門養志，定有新篇以續《白華》《華黍》者。忠孝本無殊軌，其咀宫嚼羽，形雅成頌，亦自有同趣焉。群或未即填溝壑，尚當蘸筆循誦，以附束晳之末云。

宫怡雲方伯南溟集序

西林相公評隲吏局，盛稱總制滇黔時，有怡雲宫君，任事廉幹，遇事持大體。後數年，怡雲擢方伯，來京師，遇諸朝。見其人爽朗冲和，論議雅飭，心竊儀之，顧未通一刺。尋以吏議解組，故鄉田廬，悉以公款輸官，貧不能歸。其中子去吝佐吾郡事，迎養官署。去吝官歲餘，政聲卓然，頗聞其謹稟嚴訓，整飭風紀，不名一錢，郡人士皆知怡雲先生能教其子。署去郡治六十里，不獲相見。歲丁丑秋，予病初起，同年都轉盧君雅雨邀予遊蜀岡，則怡雲先生在焉。出新詩數篇讀之，風格高老，無時下習氣，因與論詩者竟日。怡雲之言曰：『詩道廣博，終身學之，有不能至者矣。予惟嚴守法律，不敢放逸，以步趨古人，其有所得而後肆焉，亦任其自至，不敢强也。』予因記山薑田先生有言：『可與作詩者多，可與論詩者絶少。』若怡雲先生者，可與論詩矣。雅雨然予言。本朝詩家輩出，山左自新城、山薑、秋谷諸先生力持正派，後進奉爲圭臬。新城領袖壇坫者數十年，而論詩源流，每心折徐給諫嶷叔，其《答嶷叔》詩有『昨見端州書一紙，説詩真欲到河源』。徐，故北海人也。可知詩派傳于東齊辛次膺，而後未嘗無人矣。怡雲與余往復三日别去。己卯冬，大吏察先生中子有治狀，報最，特擢漢嘉守。將入都，無家可歸，假吾郡公廨爲子舍，屬其兄去矜奉侍。去矜能詩多藝，以親老未仕。廨與予居僅里許，間一過從，出《南溟集》五卷示予，真率古澹，與論詩本旨，若合左券。抑予更喜先生安貧自得，嘗曰：『吾本寒素，遭際聖明，官至行省。年過古稀，得依兩子存活，足矣。』家事一切不問，其胸次恬退知足，宜其詩境乃爾。夫詩本性情，行與事亦性情所流露，惜西林未得一讀怡雲之詩，而益信西林之亟稱怡雲者，爲有徵也。

節母徐孺人四十壽序

表弟訓導麟脩朱君元配趙孺人甚賢，有淑行，舉三子，僅有第三子鏞昌爲朱君長子。趙孺人自以孱弱，慮不能廣延後嗣，力勸朱君擇有德性者佐理家政。親姆徐孺人之歸朱君也，年甫十六。三日後，趙孺人委以中饋事，井井有條理，然不敢自專，鉅細必請于趙孺人以行。趙孺人甚愛之，待之如妹。鏞昌生三歲，而母趙孺人没，朱君方鋭志力學，家事悉倚重孺人。孺人之撫鏞昌也，恩義兼至。凡結襪繫衣，晨則就傳，暮則同幃帳，時其飲食寒暖。繼而孺人舉二子鑑昌、鎬昌，孺人畜之如視鏞昌也。朱君績學沉思，爲文必苦心結搆，至廢寢食若槁木者，家事一切不問，孺人一身任之。朱君之没也，方易簀時，指鏞昌兄弟謂曰：『汝善撫之，吾即不起，可瞑目矣。』孺人守節時纔二十三歲，痛不欲生，又重違朱君命，曰：『吾即死，無以對夫子也。』時鏞昌纔九歲，鑑昌三歲，鎬昌二歲，孺人隻手支持，延名師課子，凡承祭祀，操井臼，睦宗鄙，量出入，敬而無失，寬而有制，膳服踈戚，各得其宜。躬自紡績，夜必篝燈課子，紡績聲嘗相答和。居數歲，家計較贏，而周急扶困，勇于爲善，雖鄉黨之好行其惠者，弗是過也。鏞昌世父浣桐方伯官州牧，屢爲予言孺人苦節撫孤狀，予心儀之，尋爲鑑昌擇予第四女，遂委禽焉。歲壬申，予抱疾京邸，蒙聖恩體恤備至，遣御醫日診視，所需參苓悉從内府賜出，少差，命兒汝誠奉侍歸里。其明年，又患疽毒。孺人念鑑昌幼失怙，思及早取婦，予亦以衰病思得見子女成立。合卺廟見後，嬪相導子婦叩見尊姑，孺人涕泗交流，不忍受子婦拜，曰：『汝但拜汝父汝母于家廟可耳。』其持論得體類如此。吾女生長京邸，年幼操家，諸節目頗未諳習，孺人愛之如女，循循訓之，不加聲色。予閒居無事，每探女必留數日，見孺人治家有法，待趙孺人弟姪，儼然趙孺人在也。鏞昌兄弟怡怡愉愉，和氣萃聚，盎然冲然，良可欽佩。今年五月下浣，爲孺人設帨之辰。鑑昌，予壻也，丐予言爲母介壽。孺人固辭曰：『未亡人何壽之有？司寇文筆，爲當代推重。氏夫在日，曾讀書郡南城之金明寺，時公子閣學方十四歲，亦借禪房静攝，公嘗過焉。氏夫以近作就正，得公點竄數篇，每爲心折，倘邀一言，俾氏遵夫子遺命，延息撫孤梗概，數年後鄉黨或有諒之者，感且不朽。』予不得以不文辭，遂爲之序如右云。

雷母李太夫人八十壽序

我皇上孝治天下，奉養慈闈，竭誠盡敬，凡所以親色笑仰意旨者，以聖人之德，居天子之位，而躬曾閔之行，視史册所書，尊養之至者，爲加隆焉。于時天錫純嘏，鈞鈐朗照，光于四海，自王公百爾達于委巷，莫不祗領天經，感孚聖化。而我皇上斂福集慶，錫類推恩，每當燕見廷紳，聞有幼承母訓，承志奉職，往往嘉美賚予，以示寵褒。其有親老乞養者，率從所請，俾遂烏私。今年五月，吾浙學使、副都御史貫一雷先生以太夫人春秋高，任滿上章，懇恩予假，回籍侍養，許之。先是己巳歲，先生乞假省覲，尋來吾浙視學，奉旨就近迎養。明年，恭遇法駕南巡，每蒙召見，天語重問，賜予便蕃，先生有詩恭紀。予時適扈從南來，目覩恩榮，感如身被。至是復承恩命，行將侍太夫人歸寧化。學官子弟之受知先生者，咸詣師傅，請予文爲太夫人壽。予不能文，顧予與先生締交久稔，太夫人懿行苦節殊悉，是不得以不文辭。

太夫人本名家女，歸贈公，公家故貧，授徒于外，奉祖姑，事尊章，一身力作，饔飪浣滌，口不言勞，訓先生兄弟嚴，不假顔色。先生既長，太夫人爲擇名師，時儀封張清端公撫閩，講明正學，遴訪郡縣之有志術者，肄業鰲峰書院。漳浦蔡文勤公以編修在籍，敦請主院。見先生奉母孝，兄弟無間，學有根柢，獎激逾格。太夫人聞之，喜曰：『人非學無以爲人，學無師無以爲學。有師如此，可無憂廢墜矣。』蓋關心在學問醇雜，而功名之遲速，境遇之通塞，有不足以嬰其慮者。以故先生得壹志力學，底藴日深，志趣日遠。予得交于文勤公，且二十年矣。雍正初，文勤應召來京，偶論及鰲峰人才之盛，文勤首舉先生名。及先生以公車北上，並示先生著述數種，讀之粹然儒者言也。後入翰林，爲修後進禮，相見如平生歡，則文勤早爲介紹矣。後同直内廷數歲，益服先生識力堅定，恪守師訓，見蔡元定，如見紫陽也。江浙爲人文淵藪，先生秉節所至，惟明經飭行，敦厚風俗，遵崇正學爲汲汲焉。昔伊川嘗言其母侯夫人治家有法，不嚴而整。每食，置明道兄弟于坐側，食絜羹即叱之曰：『幼求稱願，長當何如？』與人争忿，雖直必責之曰：『患汝不能屈，不患汝不能信。』觀太夫人所以訓其子者，殆有符合者歟？先生以養母歸里，于其行也，書此以應諸生之請焉。是爲序。

高東軒相公詩文合集序

仁者之言，藹如也。予于節相東軒高先生見之矣。予自通籍後十餘年，未識先生面。癸丑、甲寅間，與西林相公同直禁籞，每評隲時賢詩格，稱先生得温柔敦厚之旨。又以他日論時賢人品，復推先生曰：『高君器度，吾輩不及也。』顧先生奉職南邦，予官京師，未嘗不心儀其人。戊午秋，予服闋還朝，舟經淮陰。時黄水漫溢，先生率屬防險，舍于河干。予舟不得渡，心甚悸，見波濤洶湧中，有乘小舟與波上下，日將夕矣，問兵弁乘舟溯洄者爲誰，曰：『河帥高公也。身率屬員奮力搶防者，四十晝夜矣。』予爲斂容欽之。須臾，先生小舟傍予舟次，訪予于舟中，談移時不去。予問水勢若何，先生曰：『仰賴主上鴻釐，日來漸平。過此風信，當無大患。願少留待之。』因得窺見先生底藴，蓋得于天者厚，而充養有道者耶。先生亦鑒予胸次洒落，不設城府，謂相見恨晚。將别，先生北指執予手曰：『河干之會，實天假之緣也。自後問訊，歲時勿絶。』先生每歲晏入朝，公餘接席談諧，同直諸公皆知我兩人以坦白相於，非勢利交也。令子立齋世講摧山海關税，予按事遼水，相見即勤拳如戚黨，曰：『家嚴平日器重公，故如是爾。』其略詳于予經進拙集中。予視學畿輔，先生總制直隸，共事未數月，予任滿還朝。十六年，予扈從法駕南巡，與先生同隨豹尾。後月餘，時召試兩江諸生，命先生及予與總宰文端汪公閲卷，同宿金山古刹小樓下。夜分剪燭校文，且請予作詩紀其事。先生甲乙試卷，不爽絲黍，所得士，今爲名翰林者數人，文端與予益服先生衡鑒之精。壬申秋，予遘疾假歸。先生聞予買舟南下，遣弁來迎。適先生被召，飛帆北上，遇予于瀛海。天將明，先生掖雙童立船唇，過予舟，慰問良久，若不忍釋者。又歲餘，先生解組閑居，閉閣思過，無異温、潞兩公退居林下時也。先生一生忠正勤慎，上受主知，殊榮異數，同朝健羨，而先生退然若不勝衣，接侍僚友，親睦宗族，忠、恕二字，未嘗須臾離也。説至有人忘恩及欲傾己者，如道尋常事，不留芥蒂。嗚呼！宜其言之藹如也。昨秋，予以祝釐入京，過邗江，立齋鹺使刊先生集，工竣，以予與先生舊，屬爲之序。予不得辭，因羅次訂交二十餘年心跡，綴于卷尾，以復鹺使之請云。

賦彙録要序

楊雄曰：『能讀千賦即曉賦。』賦者，古詩之餘也。顧詩有六義，後世以其名單行者惟賦。權輿于屈、宋，兩漢繼音踵事，大放厥辭，至有十年始就一賦者。唐以賦設科，漸歸格律。譬之詩，屈、宋爲三百篇，兩漢之賦，即兩漢之詩也。賦之有律，即唐之五七言也。千餘年間，專門名家不可方物。子雲去古未遠，即有千賦之論，況後來者耶。詩有賦、比、興，賦得其一，而比事屬詞，寫懷寄感，則何嘗無比、興焉。

聖祖仁皇帝御定《賦彙》，博綜薈萃，州次部居，洵爲群玉之府，著述之大觀也。我皇上稽古右文，經義詞章，一時並重。近奉明旨，制科命賦詩，則賦亦宜急曉矣。《賦彙》一書，集千百才人之心思，以樹學人之標準。舍是，誠奚適矣。第卷帙繁，多非有力者不能購，亦非强記者不能讀。同里吴子翼心，績學士也，與其及門陳子應雷考稽有素，見十餘年來，皇上召試詞臣，間以是書命題。因于每賦之下箋其旨要，又于所録篇中節其警妙，或與題有發明者，詳爲箋釋，名曰《賦彙録要》，箋略梓行，以公同好。吾鄉前輩中，稱華隱、竹垞兩先生爲博。予束髮時，請于華隱：『學何以博耶？』先生曰：『讀古人文，就其篇中最勝處記之，久乃會通。』後述于竹垞，則笑曰：『華隱言是也。』世安有過目不遺一字者耶？學賦者，得是書而詳説之，庶于子雲之論有券契者矣，故樂爲之序以行。

江西鄉試録序

乾隆十有五年秋，皇上巡幸中州，至于嵩山，先期派扈從諸臣名，臣陳群與焉。將治行，禮臣以浙江、江西、湖北三省考官請旨，復奉命遣臣陳群偕編修臣史貽謨典江西試事。陛辭之日，召見勤政殿，訓諭周詳，體卹備至。伏念臣學殖荒陋，江右素稱人文地，十二年秋，忝爲正考官，方以精力未到，懼有遺珠，用深惴惴。今又膺兹重任，敢弗益加惕厲，仰副聖天子任使至意。

竊惟士之所以自致者，文章其先資也，而他日之功業、學術，亦于此見焉。古之人讀書養氣，作爲文章，以明道爲主，非有隨人附和，趨風氣以冀幸一知者。不獨平日爲文如是也，即應科目亦然。唐韓愈應試，陸贄爲考官，以『不貳過』發題，愈被放。又三年，贄仍爲考官，題如舊，愈録前文，不易一字，竟入彀。使當日者有一毫不敢自信，一毫趨風氣之念，未必若是，其確乎不可拔也。今之爲文者，其病有二：一曰無定識，一曰不善變。二者若相反，而受病處實相因也。夫欲至于古人之地，必當中有把握。使自束髮受書，研窮義理，灼見聖賢精藴，而又博通經史，一切淺近浮囂習氣，不稍存于筆端。制義則力追先正，一切游移之見，悉爲掃除，必如是方有定識。顧姿有高下之殊，功有深淺之異，于善之中，又取其尤善者，以爲觀型，虚以受之，謙以益之，蓋學無止境也。夫子以《雄雉》之詩美子路矣，至終身誦之，則曰：『何足以臧？』陳良楚産，而北學中國，此可爲善變者也。無定識者，庸也。不善變者，妄也。妄則未有不庸，臣故曰二者相反而實相因也。不寧惟是，今日之病，文章受之。他日之病，政事受之，學術又受之。以無定識之人出而任事，不問事之循理與否，居下位則迎合大吏，列通顯則迎合上意，究之大吏豈盡受其迎合者歟？至我皇上之聰明睿知，早已洞燭而輕其人矣。

人性之有剛柔，剛柔復有善惡，克之所以化其性之偏也。不善變者任之，果敢者將流于猛烈，慈遜者將積爲懦弱。然則何以治之？曰能自得師可矣。或問周敦頤曰：『曷爲天下善？』曰：『師。師也者，俾人自易其惡，自至于中者也。』自易其惡，非善變者能之乎？自至于中，非有定識者能之乎？士生今日，當立賢無方之世，科目一途，尤士子進身一大關鍵，得人實所係焉。皇上籲俊迪知，求賢若渴，臣前後兩典豫章試事，俱于瀕行蒙恩召見，諄諄以此邦人才下詢，歷數前賢，雖其人已往，而聖心睠焉若有恨不同時之慕。士生今日，其有不發憤樹立，以仰副聖天子作人之盛心者，必非人情。臣資質魯鈍，通籍三十餘年，受主恩深重，思欲得士如史册所稱者，藉以塞責。乃于諸生受病處，愷切指陳。《書》曰：『若藥勿瞑眩，厥疾勿瘳。』臣願與諸生共勉之。

家稼軒少司寇詩集序

詩以言志，志之所在，自然呈露，如形聲之於影響，不能自已者。春秋列國名卿，各賦詩見志。唐節度使崔鉉，年十五，父執韓晉公滉命賦架上鷹，崔應聲呈一絕，滉大喜曰：『他日位當與我埒。』李公垂諸生時，識者見其《閔農》詩，驚歎曰：『此人後來必爲宰相。』稼軒於乙丑登第後，口占一律云：『深居拚乞過春殘，墨漬青衫尚未乾。曉日忽開三里霧，輕舟竟上九重灘。平生温飽何求足，他日聲名欲稱難。更有舊交司户在，十分春色厚顔看。』後數日，同諸生來謁，問就中孰能詩，稼軒退，即取詩本就正。予讀至是作，即批云：『孝廉登上第，無一毫自滿意。他日享盛名，都卿相，詩其左券矣。』既奉旨内廷行走，稼軒與予同直觚稜，每御製詩成，得手録恭讀。予愧衰鈍，未能成誦，稼軒心手靈敏，已默識神會矣。自是詩境愈上，而詩亦日富。予抱疾旋里，兒子汝誠亦同直禁籞，嘉辰勝地，隨輦矢音，與稼軒師資切劘無虚日。辛巳冬，予以祝釐入朝，蒙恩仍許内直，同事諸老宿頗稱稼軒詩學精進。予笑語諸老曰：『篠簜竹箭，成材充貢。見者皆曰「是東南之美也」。予於其初萌時，若蘮，若蘆芽，即指之曰「是可爲矢爲幹也」。予固自知予言之不妄許人也。』抑予又觀於水，源之深者流必長。河源發崑崙，凡九折而歸於海，不知歷幾千里而後潤物，至莫可以涯涘。計今稼軒未五十，遭際明盛，出則皇華四牡，名山巨浸，供登涉而益神智者，正不可測識。入則濡染天藻，接鈞韶之響，矚星斗之光。視昔人所云讀萬卷書，行萬里路者，殆又進焉。甲申夏五，稼軒督學吾浙，周歷既遍，少休息於武林學署。予適至，出二十年來所爲詩二三册，愛其詩境清越奇拔，固得江山之助居多，亦真綍夙具，乃致此耶？因憶疇昔初遇時批答之語，弁其卷，爲詩家公案云。

三禮駢類序

嵋雪屈子熟精三禮，讀書之暇，復取而分之，釐爲十卷四十類，依類屬對，按律就班，隨舉一二聯，有文人學士經營慘憺，而未得如志，嵋雪若先得其心所同然者。萃其英華，自成杼軸，句各爲註，依類組織，使觀者燎若列眉，復自爲例言，將以行世。客有問予曰：『嵋雪之於三禮，可謂勤矣。如珠琲然，累而貫也。如製錦然，華而章也。大而朝廟倫敘，小而人官物曲，該而不煩，典而不支，其用亦廣矣。如例言，似專爲舉子業供採取者設也。』予曰：『不然。凡人讀書有得，發爲撰述，期于有用。用之所在，必切近而易曉，方可取益。今聖天子文治日隆，正經學昌明之會。三禮一書，集虎觀鴻儒，遐稽博考，呈請睿覽指示，然後成編。顧卷繁義賾，茅檐下士，購閱良難，邇年功令，鄉會榜發，特派大臣磨勘，稗史僻書，例有明禁。經生爭捷，所爲人懷盈尺者，類從坊販時義選本採用，以譌傳譌，風行相尚，叩厥由來，茫無以應。正如無根之本，泱漭汩没，即欲望洋而歸，其道無由，得是編而證訂之，其益爲何如耶？嵋雪之意，蓋有取爾也。』客頷之曰：『先生言是也。』遂爲之序。

香樹齋文集卷十五

跋一

記注後序雍正十一年

臣聞《易》曰：『財成天地之道，輔相天地之宜，以左右民。』《書》曰：『撫于五辰，庶績其凝。』又曰：『天工人其代之。』帝王奉天出治，舉凡一言一動，莫不順時布德，以盡財成輔相之能，綿景運于無疆，致昇平于有永者。《易》《書》所稱，其理有同揆者焉。欽惟皇上御極之十有一年，德洋恩溥，物阜民康，海宇乂安，雨暘時若，嘉祥疊至。而我皇上治益求治，安愈求安，以善繼善述之心，隆丕顯丕承之業。自敬天尊祖，重道崇師，以至用人行政，無不以一誠相感孚，于以上通帝載，下愜輿情。臣等備員珥筆，就一歲之中，謹舉政事之大者言之。

皇上孝思不匱，齋居時享。每申愾聞僾見之忱，復舉謁陵典禮，以展誠敬。而于行幄之次，頒賜扈從年老大臣束帛有差，沿途官吏有灑道清塵者，恐勞民力，戒勿踵行。推錫類，重農功也。冬、春雨雪稀少，諭刑法衙門，益加詳慎，以志修省。復命廷臣切實指陳，直言無隱。越數日而甘霖立沛，此天人感應之明驗也。

皇上軫念民瘼，無微不燭。江南被水州縣，既施大賑三月，復加大賑四十日，又復緩征以紓物力。而常熟等二十二縣，華亭等六縣之貧民，以及鹽場竈户，悉登衽席矣。直隸之豐潤、薊州、寶坻圍田，偶因山漲被淹，山東武城邑，運河開口，即飭督撫加意撫綏。河南、山東，各免本年額徵四十萬。甘肅年歲豐收，仍全免正供，以厚民生。諭直隸督臣急發社倉，以濟民食。浙江杭、嘉、湖三府，收成稍歉，既發帑賑恤，復截留漕米，且准其改折。雲南之沅江、普洱兩府，條銀公件銀兩，悉行蠲免。南漕既經緩截，其運丁應支月糧，悉行賞給。若此者，或藏富于民，或以公完公，恩無弗遍，慮無弗周也。

皇上覲光揚烈，無遠弗屆。時則各省設書院于會城，歲發帑金以資膏火，賞庶吉士教習，優給廩餼，以專肄業。崇實學則取通曉性理之士，羅俊乂則開博學宏詞之科。敷文德以廣旁求，有如此者。命大學士鄂爾泰經略北路軍營，以振士氣。土司之歸順者安插之，外藩之歉收者賑濟之。北路緑、旗官兵，則免追月餉以慰勞之。番、藏之急公趨事者，厚加賞賚以獎勵之。振武功而加綏輯，有如此者。至于慎重海塘及湖河諸務，則石壩與引河並舉，築范公堤以培鹽場之保障，豫揀學習河務之員，以備任使，誠萬全之策也。欽恤祥刑，則有審定姦殺重輕之條，分別監犯重輕之禁。惟齊非齊，有倫有要也。戒各省致祭文廟，不得因除荒減省，重祀典也。賜祭賢良祠大臣于其家，眷碩德也。憫世職之無嗣者，命承襲之人移近墳墓，以守宗祏，念勳舊也。

硃批諭旨一書，乃臣工密奏，蒙皇上睿謨聖鑒，指示周詳，行之具有明效者，彙集而刊刻之，頒賜大臣，以爲楷則。著臣規所以廣訓迪也，皆由我皇上學懋淵衷，緝熙宥密。明道法合一之原，發性宗一貫之旨，日新盛德，丕焕鴻猷。維時萬善萃而協氣周，三光敘而百昌遂。瑞泉涌出于粤西，引河自闢于江南。蜀有麒麟之産，閩呈慶雲之祥。天下臣民歡呼鼓舞曰：『凡兹上瑞，千百年而一覯者，乃于今身親見之。』上天眷德，申休命而集純禧，固有不期然而然者也。臣等謹拜手稽首，颺言簡末，以竊附抃舞之義云。

御製平定準噶爾勒銘太學碑文恭跋

樹亘古未有之奇勳，必當有亘古獨詣之鴻筆，以紀盛昭美。如周宣《六月》《江漢》諸詩，漢之燕然勒銘，唐之《中興》《淮西》諸碑，皆一時文學之臣鋪敘功德，猶令考古者奉爲楷則，有餘豔焉。今者準夷平定之績，溯其由來，詳其顛末，其向化之誠，奏凱之速，道里之遼遠，運會之符合，洵非周宣以來所可方駕。捷書屢報，朝紳詞客，耆宿老宄，莫不抃舞踴躍，含毫抽秘，思欲雕續膚功，以揚扢聖天子馭遠德威，幾于人懷盈尺。及恭讀御製碑文，喬皇醇古，氣厚神超，非斯文不足以紀斯績，亦非斯績不足以當斯文。良由我皇上仁孝勇智，醲郁漸被，發爲文章，自然流露。惟無窮遠之心故不溢，無喜功之心故不伐，因物以付，適當其可。千古謀臣敢士，和親征伐，各守方隅，以逮羈縻防禦，自謂調停無敝者，至此靡勿屈伏。若夫勵當官以有識，毋明事後而闇幾先，憫窮子之無知，許滌昔非，以保今是。以天地之量爲量，以祖宗之心爲心。字裏行間，肫然至教。屬詞命意，藹若春和。則又非思議讚歎，所能罄其萬一者已。臣陳群養疴里居，曾敬獻四言詩，粗仿吉甫、退之遺範。今則足企崧岱，自慚培塿，目探星宿，俯恧溝渠。憶數載前曾敬繕《御製平定金川碑文》一册，跋識以進，兹復敬繕一通，并効敷言，以志踴躍依戀之私。謹拜手以跋。

恭録御製祈雨文敬跋

人君代天養民，以誠格天，偶遇水旱，爲民請命，默契昭格，古今同揆。史稱桑林之禱立致大雨，顧殷道尚質，成湯自責，僅列六事。祀典備于成周，《春秋傳》龍見而雩，鄭康成謂旱亦修雩。雩有二義：一曰雩，遠也，遠爲百穀求雨，爲常雩。一曰雩音近吁，吁嗟以求雨，是爲旱雩。湯之禱以實不以文，後世禮隆物備，或專事祈禱，精意未達，則又無取焉。周宣側身修行，遇災而懼，詩人美之。孔子删詩，以『憂旱』八章列于《大雅》之正，而又以《六月》之詩列于《小雅》之正，其義深矣。我皇上敬天勤民，二十四年中，無時或釋，見于政事，形于詩文，時凜乾惕。近而畿輔，遠而薄海，間遇水旱偏災，外則多方賑恤，内則恐懼修省，所謂不聞亦式，不諫亦入，用能感召天和，躋斯民于仁壽。今年夏京師旱，上減膳步禱，親裁祈雨文二篇，本蔡《傳》

所謂『稷以親言，帝以尊言』，《集説》所云『自郊徂宫，上下奠瘞，莫不禋祀』是也。臣讀而恭繹之，仰見聖主視民疾苦，若己推而納之，虔恭惻怛、不能自已之誠，字裏行間，自然流露。吁嗟之義，溢于音節之中，視《雲漢》之詩，更爲懇摯。宜乎上帝百神，鑒觀歆格，旋沛甘霖，以蘇民困。臣謹案吕祖謙曰：『《六月》言功，《雲漢》言心，無是心安得有是功哉。』與孔子存詩之義自合。是心也，推而放之，四海而準，無遠邇之殊，無今古之異。西師告捷，其不遠矣。臣又案《雲漢》八章，維時世臣仍叔所作，即後世恭代之文也，宣王之心，仍叔能傳之耳。御製二篇，共三百五十餘言，非近臣、史臣能贊一詞者。臣固舊史官，讀而書之，敬識如右，庶幾竊附仍叔之末云。乾隆二十四年八月四日，臣錢陳群恭跋。

恭跋御製平定回部告成太學碑文

臣謹案孔子稱舜、禹也，曰：『巍巍乎，有天下而不與焉。』朱子釋之，謂舜、禹直是高，所謂首出庶物，故夫子稱其巍巍。又舜之嘉禹曰：『汝惟不矜，天下莫與汝争能。汝惟不伐，天下莫與汝争功。』程子曰：『不矜不伐，天地同量也。』恭讀《御製平定回部告成太學碑文》，而歎先聖後聖有同揆者矣。二十年六月，準噶爾平，伊犁遂入版圖。伊犁爲四衛拉特會宗地，定伊犁而準噶爾全部皆在我宥，兩朝未竟之緒，一舉而告成功，其詳具見于御製平準夷碑文。恭繹詞後幅云『昔時準夷，日戰夜征。今也偃卧，知樂人生。曰匪準夷，曰我臣僕。自今伊始，安爾游牧。爾牧爾耕，爾長孫子』數語，聖心仁愛，其尚德止戈，不勤遠略，昭然若揭矣。乃上蒼眷顧，默佑奇功，突有阿逆偕德肆狂，二酋負恩遠竄之事。一人奉若天道，簡將發兵，名正言順，討其罪而執之，逆渠莫知所措。方逞其兇頑，狐跳麇伏，以冀倖免。當是時也，竄者若天奪其魄，愈窮愈遠。討者若神導之前，愈躡愈深。所至之地，皆往代風教所未訖。粤稽漢武遣張騫持金馬至大宛，求善馬，宛王以漢絶遠，兵不能至，卻之，遣貳師攻郁城不下，引還。彼三孽者，師其鄰境積習故智，以抗師顔耳。曉以順逆，風動響應。二十三年秋，布魯特、哈薩克先後納款稱臣，阿逆顛仆，遂伏冥誅。明年下葉爾奇木、哈什哈爾諸大城，庫車、沙雅爾、阿克蘇、烏什、和闐、拔達山，皆二酋所恃以息影稽誅者，至是皆願爲臣子，効命會擒，二酋既伏其辜，回部悉平。雖不曰爲我朝敺民者，阿賊及大小𠹟和卓木也，其可得乎？臣於西師禡旗命將之始，以迄今日蕩平偃武之日，總而論之，仰見聖度汪涵，遠過于史册所書者。嚮使準夷部落不率衆款關，無亟望天朝持危戡亂之請，則伊犁何由來歸？伊犁歸矣，若非諸逆負恩速死，及三氏之自取淪亡，我皇上方同仁一視，何由至安耕牧者僅存守臣節之都爾伯特也？又何由使依古以來自安幽滯之回部，得遂瞻雲就日之心耶？故曰：『天也，非人之所能爲也，莫之爲而爲者也。』兹之謂矣。惟是五載之中，皇上運獨斷，炳先幾，民無徵發之勞，士有挾纊之感，資糗芻于新附，推心腹于初降，策應援則遇危而安，倡勇敢則勝衆以寡。師承將令，將禀睿謨，傳檄而定者數十城，慕化而歸者萬餘里。用能敬迓天庥，光揚前烈，慶周寰寓，澤流無窮。功至大而不有，業極盛而不居，于書傳所稱，若合符節。臣備員詞苑四十年矣，生逢聖世，目覩鴻猷，敬綴數行于末，非敢謂發明至德于萬一，聊以志拜于颺言之義云。

恭跋御製開惑論後

茫茫堪輿，生民之數號萬，由萬而億，由億萬而至于萬萬億，民依土以立，八索九邱，亦億萬里計，天乃簡畀有德以爲之主。故小德爲小君，大德爲大君。德至于聖，聖至于至，則凡有血氣者，莫不尊親，初無畛域遐邇之間隔也。虞帝以之格苗，周之方興，諸侯以國歸者八百，以小國地方五十里度之，得數萬里。民之歸仁，猶水就下，天之眷德，如市斯歸。秦漢以還，不務修德而勤遠略，得不償失，于是守在四夷之論出。三代盛時，未之前聞。沿襲二千餘年，儒生著書立說，朝士鄭重決謀，幾于各有師承矣。世主有志闢土，邊將有意圖功，間亦視爲迂闊，其後輒悔。于是持論愈力，牢不可破。噫嘻，是何足以知至聖之受命于天者哉。

今日者，伊犂平而準夷全部爲臣僕矣，回部定而終古未臣之絶域皆隸版籍矣。誅逆則窮其根株，撫順則示以腎膂。我皇上上承祖志，仰契天心，申獨斷之謀，振先幾之哲。盈廷僉議，守其窠臼，自詡老成，屢經訓示，如撥雲霧而見青天。自軍興以來，五載之中，機似危而就安，事以變而獲吉。天實厭亂，若假手于大兵，以殲此衆逆。天實助順，又若潛驅此孽魄遊魂，道我師以躡之，然後納降回部。凡此風行草偃之奇功，皆漢室唐家所未曾夢見者，彼寛衣博帶之儒，何足以與于斯？臣恭讀而繹思之，粤稽史册所載，徵大宛之名駒，致于闐之良玉，黷武損威，迄無成緒，以有欲故也。我皇上智勇天錫，物來順應，有三隙而不乘，非利其人民而歸者愈多，非利其土田而附者益廣，惟無欲耳。以至聖之德，居共主之尊，而又遇其時焉，澤流寰宇，慶溢生靈。臣生際昇平，願與父老須臾無死，仰見德化之成，何多幸焉。

香樹齋文集卷十六

跋二

恭跋御製行幸木蘭古今體詩册後

臣自里門栖息，七載寢興，無日不依戀闕廷。每恭讀御製詩文，輒私心竊喜，謂皇上宵旰勤勞，萬幾餘暇，藻翰吟詠，即景以舒天趣，養志以樂天倫，詩境愈高，造詣愈上。間嘗恭録呈覽，不獨稍展欽服之忱，亦藉以廣臣識見，益臣心志也。今年秋，上幸木蘭，臣日夜揣度，西師將帥之臣，屢稟廟謨，所向披靡，逆酋授首，應趁此期，日夜禱祝。于邸報中，偶見傳鈔御製詩十數篇，字句多有訛誤，朗讀且不能，安敢謄繕進呈？至孟冬之杪，臣子臣汝誠扈從回京，于冢音中寄行在所録元韻，方可依義敬書《至富德等追及兩和卓木大勝回軍捷音至作歌紀事詩》云：『慶霄對月方開筵，將軍捷報驛騎傳。擘囊展書歷歷閲，額手慶慰衷心憐。』《捷報詩》云：『除蔓斯之未底定，可辭畫策旰宵間。』《九日詩》云：『近臣那易知有喜，劇待佳音正不聊。』《驛章》云：『迢迢萬里外，機務親籌裁。寧辭午夜勞，所期七德諧。』仰見聖主敬天恤士，决機深宫，萬里情形，洞若觀火。顧時不可失，雖回衆全部歸化，而逆酋一日未獻，于皇上遠奮天戈之本意未慰。微臣犬馬依戀之心，顒望日切。至十一月望日，恭録册子甫竣，得聞大捷確音，不覺狂喜。既拜手濡毫爲頌，復恭跋于敬書御製詩册尾以誌。白髮詞臣，于家居之日，得見聖朝大業奇勳，爲普天同慶，志幸且致喜云。

御製鎛鐘特磬二銘後跋

臣謹案聲音之道，惟鐘與磬，厥用爲大。鐘器屬金，所以動物，磬則主成，條理始終，合九成以言樂也。皇上德致中和，功超前古，奏地平天成之績，于禮明樂備之時，謙冲益懋，文德誕敷，用是感天地，通鬼神，敦和別宜，各從其類。蓋自和闐入我版圖，夷則之氣，既通且順。其明年鐘浮西江，乃命磬師考音中擊，以鳴大成。復製銘二篇，以識殊瑞。其文嚴，其義密，所以敬天尊祖，保泰持盈，不矜不伐之虚衷，與虞廷干羽之舞，前後契合。臣陳群于上年十月，奉命仍直内廷，因得盥讀。今敬書屏幅，與恭跋《補雅》六篇，同呈睿覽，且爲士大夫登斯樓者共瞻仰焉。

御製補小雅笙詩後跋

皇上孝治天下，本身徵民。凡絲綸宣播，示孝作忠，雖遐陬委巷，靡勿家喻户曉。又以詩本性情，婉而善入，其感人爲最深。《小雅》笙詩六篇，毛氏謂有其義而遺其辭。横渠張氏非之，曰：『既無詩，安得有篇。』束皙所補音義淺薄，豈足續雅，列于學官？ 皇上因篇繹義，即義垂勸，首次兩篇，相戒養親，旨歸潔白。三篇明時和歲豐，惟勤乃殖。末又致閔旱以自惕，此與睿製旱雩吁嗟以祈之義相同。《由庚》以下三篇，音節自然，苞含元氣，在二《南》二《雅》中，惟姬相吉甫，庶可方比。誠能恭繹而率由之，正人心，敦倫紀，厚風俗，召天和，其裨補于詩教，豈淺鮮哉。

讀皇上登烟雨樓與莊有恭聯句用石鼎體元韻并跋

自漢柏梁賦詩，一時食舉嘉會，各陳所職，聯句所由昉也。唐臣裴度、白居易輩，人製一聯，成裘集腋。至韓愈、孟郊，則互爲屬對，標奇引勝，遂名其體。愈又序石典聯句，載于集間，其詩詰曲奇奡，不可方物，世稱石鼎體，未或有仿之者。我皇上學集大成，知周萬物，時巡所至僻郡偏州，凡可供登眺者，往往紆步小留，覽民物之殷庶，課時候之陰晴，視古巡狩無非事者，有默契焉。郡治東南，湖名鴛鴦，樓署烟雨，上巡浙至杭必經之地。前次登樓賦詩，俱壽貞珉，永爲觀仰。昨二月下浣，來登兹樓，瀹茗之頃，御題新詩數首，復賜御書聯對，湖光增煜，乃睿藻泉湧，特召撫臣莊有恭聯句。帆未移晷，得詩二百餘言，撫景寄懷，即使軒轅道人侍側，亦應屈伏，豈韓、孟、劉、侯所能比擬萬一？ 有恭歷任封疆，猶不以案牘遮眼，露窘澀于口吻，由其及第後，即直内廷，耳濡目染者久，乃能是耶？章成，有恭既敬書鐫石。臣陳群才藝蹇拙，忝爲舊供奉，扈從有年，奉敕賡和詩什幾五六百首。今御製篇中賞及臣書，恭繹之下，慚感交集。敬依元韻，以紀千載一時之遇云。

恭跋經進烟雨樓屏風後

嘉禾郡在蘇杭之間，地勢平衍，百川四會，環繞襟縈，耕桑沃壤，接引苕霅。郡境惟平湖、海鹽二邑濱海枕山，近治周遭，殊少名迹，可供眺聽。兹樓在宋室爲臣先世別墅，峙南湖中央，征帆經涉，往往停撓戾止，用相娱慰。十六年春，翠華幸浙，臣忝扈從之末，是日登樓賦詩，一紀風土，斯樓何幸，仰邀天藻。今者盛典再舉，父老額手，欣瞻雲日。一人作覩，萬類蒙庥，真千載一時也。

恭跋經進烟雨樓屏風後

東南爲財賦重地，我皇上敦本勸農，恪守家法。稼穡艱難，夙深宵旰，時巡所至，絲毫不擾民間，而問俗採風，求民之莫，纖悉備至。凡田家作苦，水耨火耕，以及採桑經織，繅繭焙茶，諸載在婦子之經者，莫不式法呈材，按圖課業。元臣趙孟頫所製《耕織圖》二十四首，狀農事女紅，庶爲雅贍，敬録一通，以備乙覽，或亦屏書《無逸》《豳風》之義云爾。

恭跋經進册子後

臣素以束長生補笙詩未合古《詩》本義，思欲補之，才薄未遑。憶直内廷時，得讀御製，古音深致，從至性流出，洵足扶輪正雅。近見功令以詩命題，伏思詩教敦厚，觀水必觀其瀾，學詩者誠能口誦心維，久之可問途雅頌，不落風雲月露，又久之，即風雲月露亦見性情。既敬書方幅，懸于烟雨樓中，以備乙覽，復録一通，仰祈訓示，并誌欽服云。

恭跋經進册子後

右趙孟頫《耕織圖》詩。乾隆二十二年，上第二次南巡，臣恭跋書屏呈覽者。陳群趨直禁籞有年，凡遇巡典，如盛京、臺麓、多倫、木蘭、嵩岱，凡翠華所指，臣輒隨豹尾之末，親見主上體恤民力，敦本重農。嘉禾實農桑沃，郡樓爲諸省水路總會，斯屏經睿覽後，遠近帆檣經過，仰瞻者日不知凡幾。臣供奉舊臣，栖息鄉曲，宣揚聖德，實有本志，乃蒙皇上兩次示褒，不勝感悚云。

恭跋經進文徵明畫朱子四時讀書樂圖

宋子《四時讀書樂》詩，乃自寫其好學不倦、深造自得之致，即孔子『樂以忘憂』境地。讀此詩者，皆謂引掖後進，俾知讀書中自有隨時取樂處。臣竊以爲讀書之樂，無貴賤一也。《說命》曰：『惟學遜志。』又曰：『終始典學，厥修罔覺，即樂也。』《詩》曰：『日就月將，學有緝熙於光明。』雖不專指讀書，然稽古有獲，未嘗不事頌讀也。伏見皇上道備皇王，學宗周孔，好古敏求。每萬幾餘暇，典學研思，引經酌古，隨事用中，所謂樂以天下，非經生抱一束書，得一知片解之爲樂也。臣所藏文徵明畫《朱子讀書詩》意，夏、夏、秋、冬各一幅，又手書朱子詩于後。布景設色，清雅絶塵，在徵明書中，尤不多得，書亦瀟洒可愛。又細玩朱子詩中，有『暖琴一奏來薰風』句，隱隱若見舜于絃誦間者。臣今敬以此卷上陳睿覽，豈紫陽當日亦夙有會于心歟。

御批孫樵大明宫賦後跋

古今文章，至唐而備。蓋才人詮理垂誡，詞不詭不足動目，義不奥不足傳久。此篇全體《莊》《騷》，托爲問答，以見幽明一理，究其鼻祖，不外孔子『積善之家，必有餘慶』數語，而離奇變幻，令讀者魄動膽寒，所謂『言者無罪，聞者足戒』者也。我皇上遜學時敏，讀至斯賦，即心契唐虞、成周之盛。蓋既有都俞，必有吁咈。樵以一吁字結此篇，千載後得邀聖天子激賞，孫樵知己，亦萬世君道之極則也。

御製萬壽山昆明湖記恭跋

《洪範》曰：『聽曰聰。』『聰作謀。』所謂謀者，該成事而言，惟聰乃斷耳。昆明湖之瀦滙諸泉，而豬之使導。我皇上考据精詳，知泉脈深遠，綽約微達，出入就鮮，萬折必東。審其勢，順其性，俾其不縮不濫，而功成之日，徧與利濟，視前制爲益備。若非斷自宸衷，則因循觀望，坐失事機，天豈少哉。皇上樂其成而轉憂出謀之難，所以示訓者深矣。

御製麥莊橋記恭跋

玉泉山諸泉，環護京師，綿延分注，通漕灌田，土膏脈潤，誠扶輿靈長所毓。我朝景運益昌，而熾泉派益盛而裕，理固然也。惟濬之使達，引之使暢，豬之使渟，源源混混，各盈其科，日進而不已者，實我皇上睿謨指示所致。記中直溯泉之發源，遠從太行、恒嶽，由伏而見，證之濟黄，更爲相印，而分合通會，條理脈絡，燎如指掌。聖主軫念民生至計，于南北兩河工程，親臨相度，洞悉形勢，告誡河臣，不惜數百萬帑藏，鳩工集事，年來漸致底定。豈止首善之地言水利者永奉宸篇，爲南車津筏云。

御製湖心亭詩恭跋

昔人謂王右丞詩中有畫，今讀宸章五六一聯，則詩中見《易》矣。《易》之爲道，洪纖悉備，鳶魚無心，自呈至理，隨意拈出，自極其妙者也。

御製放鶴亭詩恭跋

皇上鑑空衡平，每作詩，以一語爲千古定論者不少。『頑仙未必及潛儒』句，能使呼吸喬松，退居程朱末席。彼求仙佞佛者，自然汗下如雨。即儒家《閑闢録》，千言萬語，殊覺詞費。

御製花門行後跋

臣謹案花門近回紇，綿延數千里，種類甚繁。逆夷準噶爾恃强侵占，積有歲年。自我師討逆，渠魁授首，雜種効順，如解倒懸。《御製花門行》蓋紀實也。聖心軫恤遠夷，包含遍覆，萬里番回，皆我蒼赤矣。臣又案杜甫《留花門》云：『中原有驅除，隱忍用此物。』蓋借其聲援，以安唐室也。國家天庥滋至，將使萬里回人全入版籍。彼逆夷之殘暴，若有導之爲驅除地者。同爲詩史，而甫處其衰，今履其盛，不啻霄壤云。

御製飛來峰二歌後跋

乘志圖經，法珠貝葉，融作醍醐。無漏義，亦無止觀，詩境廣大，固若是爾。

御製攝山栖霞寺用尹繼善沈德潛倡和韻恭跋

恭繹睿製格律，高老秀拔，天成六章，各具旨趣，而蟬聯櫛比，自然相承，兼陶、謝、韋、杜之勝。至軫念南疆，詳求民莫，於登眺間，猶咨儆若是。庸作南熏，古今一揆。臣不作小楷已二十餘年矣，近復稍稍爲之，藉以展依戀之忱於萬一耳。

御製題林逋詩帖真蹟用卷中蘇軾書和靖林處士詩後韻恭跋

蘇軾曾讀韓退之《山石》詩至數十過，不覺達旦，亦無倦容，曰：『自此詩境大進。』臣於風清月朗時，讀《御製題林逋詩帖詩》，其獲心怡情處，殆勝於蘇之吟《山石》也。至『良史無』三字下，忽得峰色湖光，皆實録，句愈奇愈妙，至矣。

御製觀採茶歌恭跋

臣按《書》曰：『先知稼穡之艱難乃逸，則知小人之依。』以稼穡推之，凡采茶、刈麥、拾棉、剥棗事，爲小人所依，即君子所悉。皇上巡方所至，靡勿周知，一經所司備貢，真意頓減，婦子勤劬作苦之狀，未能畢獻，此歌之所由作。近奉上諭，吉亥籍田，罷綵棚之飾，藻火山龍與老農簑笠，同此播種。聖天子勤民至意，實亘古罕覯云。

御製鄧尉香雪海歌疊舊作韻後跋

吾字韻詩，臣曾奉敕恭和者三，元韻各極其妙。翠雲山房杏花盛開，作歌志賞，方之春雪，爲杏花增價也。兩度巡吴，一記江國花神遲開待幸，一考訂志乘互異，義不同而趣則一。和靖對此尚慚寒儉，内廷詞臣，能無慴伏？

敬跋恭書立春日雪重華宫與詞臣聯句詩

乾隆丙子正月五日未刻立春。先春五刻，得雪甚廣。考《齊民要術》言：『在春前者爲六出，其驗爲有年。』秋果大熟，直省訖邊塞遠徼俱報有秋，江浙數千里豐稔尤盛。上是日對雪占年，作詩紀瑞，爰召閣臣洎内廷詞臣集重華宫聯句。時應召者凡十六人人，得句四韻二。上睿藻迅發，珠璣盈手，每更臣工二韻者再，即信筆成章，按律諧聲，以整以暇。其始也，如金聲之先衆音，笙絲迭奏，其成也，如玉振之收萬籟，律吕咸調。臣工數用二，臣道也，御製數九，君道也。如範之陳，如丹之轉，乘陽氣也。臣以樗材，叨列侍從有年，遇曲宴賡颺，親炙聖人之言久矣。今以調理歸籍，復見臣子汝誠得列於矢音之末，實爲幸事。往時聯句詩成，曾命詞臣恭録鐫石。臣手顫腕弱，固不足以輝光令典。顧依戀情切，遂不自揣，敬繕一册，恭呈睿覽，臣曷勝榮幸戰慄之至。

香樹齋文集卷十七

跋三

跋孚于公感劉朝萊道丈命書道德經第六十三章詩後

季弟界從秦中歸，出先伯祖侍御公手蹟云：『得之華陰道士王某家。朝萊，其高曾輩也。』適公元孫載蒐採先集，典玉有人，遺章亦先後畢集，公之靈也。更屬後世孫曾其敬承之，毋爲道士所笑，則幸甚，幸甚。

附公詩

德怨難易何以云，規中一寸有二分。冥心上下欣所托，蹊蘖不剪尋斧斤。世人慮患苦不早，馳驅逐末嘗殷殷。黄金散去寡俠士，羊羹不來亡將軍。少年結客豪氣許，君不負人人負君。所以猶龍尚元旨，焜焜獨揭五千文。五千文，尚元旨，能令闕里參其髓。華陰道士劉朝萊，期余蹇筆爲傳此。因言洞口多蒼蘚，五丁開下傳河豕。纖腰時抱玉女峰，素懷欲結驚人理。悲予形軫何深堅，落落塵塵譽復毁。行與道士歸休乎，大小多寡渾無是。

題朱觀察小照

乙卯初春，余與先生同日拜命，自陳謝以至請訓，趨走楓宸者凡十餘日，無不連車接軫，遂于公餘得聆謦欬。每叩以所難，輒應聲答。與論治水，築防備險，河渠源流，則津津如老農説田家事。蓋經濟素裕，不獨閱歷然已。已而别去，逮錫山相國移駐我浙，以海昌爲海塘工程總會要地，非老成諳練者，未易董率諸務，請先生來備斯職。數月之内，隄岸虹亘，力齊事集。浙西數百萬户，莫不感激皇仁，而深服相國爲能知人善任也。余銜恤里居，當塗諸君子非以唁問到門，不敢接待，而先生亦猝遘外艱歸里。都人士攀卧無由，矧余舊好，能無依戀。昨先生屬吏沈君攜先生小影來，展閲之下，如對面談。循陔草木，觸目興感。《杕杜》《由庚》，同時下淚。更期先生爲國保攝，他日重荷恩眷。花發春明，當于尊齋拂拭笛簟，剪燭話舊。圖中景物，又爲故我，而非今我矣。

跋宋孝廉品金醒世格言卷後

宋子命録此數語。録畢，錢子復讀一過，曰：『謂佛言與儒言理有相通者，可也。四施中「論無畏施」一則，道理勘得極細，即涅槃以供養爲第一義之旨也。無畏二字，推廣言之，勞來匡直，輔翼振德，不外是矣。心施是上三事之體，尚須量力推暨功夫，方有實際。若未與物接時，心所存者如是，一至臨事，便生悋心。或悋于財，或悋于力，猶得曰「我心已施乎」，至「必獲富貴之報」一語，止可爲下等人説法耳，不特吾儒無此學問，即佛老家數，亦不應有此着想語也。《孟子》「修其天爵，而人爵從之」，「從」字中有俟之、任之二義。質之宋子，以爲何如也？』

題淮海集後

淮海先生直聲介節，義不苟容。讀其詩文，潔凈秀拔，殆如其人。熙寧、元豐間，舒王高自期許，不妄心折時賢，一見東坡薦先生書，口誦心摹，恨相見晚。後王、蘇而稱先生詩文者，則有文潛張氏、居節吕氏、和叔邢氏、晦菴朱子、魯直黄氏。陳后山論其歌詞當在東坡上。方其遭僉壬詬厲，至遠竄遐荒，首罹黨禍。既而其文已逸，浮議雲散，皎月朗然。其同輩後進，交相推事，如出一口，豈非先生之文與行，有不可澌滅者耶。《淮海集》雕本，先後凡四家。儀真黄中丞刻于山東，高郵張牧刻于鄂州，胡君民表刻于高郵，尋燬于火。最後，李君之藻薈萃諸本，編次成書，至今流傳坊間，而卷帙互異，篇數多不詮整。此本爲先生手訂書，自敘云十卷，本傳云四十卷，今分爲四十六卷。蓋北宋官本，即雪洲黄氏所稱監本最善，惜歲久漫漶者也。是書墨痕紙色，晶瑩奪目，其爲初搨無疑。先生二十六世孫味經侍郎與余同事西曹，因得拜讀。自宋閲今，七百年來名臣學士子孫式微者，不可屈指。乃先生垂裕後昆，即九龍一支，儒林蔚起，代有傳人，正直是與，何獨厚耶？

題味經窩圖

同官樹峰秦先生出味經軒圖索題，蓋其未遇時讀書處也。秦氏自淮海公子處度公倅常州，没而葬公于無錫，十二世祖修敬公建碧山吟社，一時耆英碩彦，裙屐相萃，邑人慕而師之，風詩稱盛。厥後有以孝行著者，有以顯職歇歷中外者。至先生祖若父爲名翰林，先生之于經術，可謂世其家者矣。曾訂同志四五人，治經于家園之側，而顔之曰味經軒，以屬予題。予嘗謂經學自漢唐來，箋注紛拏，日增日夥，觀者盱眙而不得涯涘，往往耳傭目僦，墨守以自錮，汨其少知自異者，又或私小智，過矜其一得，以與前人牴牾。究其蔽，在于但知説經，而不知味經。味則能取其精説，弗第紛紜轇轕于傳注而已。語曰：『六經之文，布帛菽粟。』布帛言其質也，菽粟言其味也。其味之正，味之醇，五味之所劑，而百味之所由以出，固非鹵莽滅裂之可望而大嚼，而又嗜奇甘異者之所漫嘗焉而不能取饜者也。善治經者，平志易慮，時與澹泊相遘，若疑若怯，日浸月灌，稍與意會，餂隟咀鐏，殫攄精脉，蒩𧆐大陳，左挹右酌，于是陶焉泳焉，淫焉泆焉，縱飫而猶未已。迨乎背盎體胖，油油吐納，萬族喁呿，以望哺飼，灑其餘瀝，醉飽一世，味之時義大矣哉。覽斯圖者，可以得治經之方矣。與樹峰同學者，惟龔君燦早世，蔡君德晉、吴君鼐洎先生同受江陰楊公知，薦爲國子助教，鼐弟鼎又以經學應詔，授司業。同被恩命者四人，而無錫居其二，味經之食報，抑何偉也。宋中葉間，孫復、石介、李遘讀書泰山，後皆以經術行誼名世，史册豔之。今味經軒中人物炳爍，與孫、石諸君前後映耀，則秦氏之園，即今日之徂徠峰投書澗矣。

跋從姪益翁自述行狀

從姪益翁觀察幼承庭訓，家貧力學，未弱冠遊京師，諸老蒼咸奇其才，尤愛其詩，比之杜牧之、李玉溪。屢困場屋，以乙科出仕，歷官中外，所至多善政。方苗疆用兵，軍需旁午，益翁時以監司親簡軍實，招撝撫順，一切善後事宜，制府、經略咨商未決者，益翁皆豫爲擘畫，每一論出，衆皆歎服，行之亦輒效。尋以老乞休里居，將十年閉門課子，家事一切不問。每朔望嘗自誦曰：『親志未酬，國恩未報，徒增年齒，何益也。』去冬，予患疽毒甚熾，呼號牀笫間。益翁來郡，留信宿，見其精力日衰，屬令善自調攝。答曰：『吾亦知之，故來相别耳。吾一生文章事業，無可垂世。惟不欺二字，持之終身。今年秋，自撰行狀一卷，付璲兒存之，恐後人不知，踵事溢美，則失姪真面目矣。』予與益翁誼分至厚，知益翁最深。其事吾兄嫂至孝，嫂俞太恭人寢疾凡二百餘日，日需參苓，益翁取辦，奉入不給，則謀諸質庫，至逋負日積，終不使母知之。部務殷繁，至夜分未寢，見家人侍疾勞瘁，益翁衣不解帶，未嘗有倦容。其居官不名一錢，每遇公事，嘗身任不辭，其訓迪屬吏愷切詳明，爲所成就甚衆。去官之日，囊無餘財，而其自誦若此，殆深見忠孝道理至大，非口舌嗚謙者比也。與益翁别未三月而訃音至，因力疾詣之，篋中惟古圖章數十，親知尺牘佳者數卷，質券數十紙，及自敘行狀稿一卷而已。司馬長卿作自敘傳，則雖史遷之才，不能易一字也，淵明有自祭文，古來達者，類如是耳。孤子璲昏憒骨立，請遵治命付梓，余爲跋之如左。

跋趙文山太守詩後

往余與文山太守于役關中，公餘論詩，文山每以尋章摘句爲失古詩人本旨。謂詩言志，心之所之，有不能已于言者，而山川草木，目之所接，耳之所遇，適有會于吾心，自然呈露爲聲詩，所會不同，而要歸于温柔敦厚，則一也。别文山還京師，間取李杜諸家詩讀之，未嘗不取文山之言，流連往復，若有默契焉者，誠有味乎其言之也。昨遊吴門，文山出近著十數首示予。詩雖不多，而觸境明志，若有意，若無意，一閑吟閒詠間，其皭然不滓，與物無忤，皆從閱歷體認得來。一讀之倔强聱牙，不可以音節繩墨求之者，再讀之，得其命意之所存，未嘗不中矩矱也。

張瓜圃墓誌後跋

邑有善士，樂道之以風示末俗。故善不在大，人人行，人人善也。漢昭烈帝有云：『勿以即以善小爲不足爲，以善小爲不爲，勿以惡小而爲之。』彼不爲小善者，始于疎，成于吝，終于忍，以惡小爲不妨爲之人也。吾友瓜田逸史張君與予綽有同志，其所取于人者，往往從根本上看人。于所易忽處，或皭然不滓，或愓然動心。以孤行其仁義者，伯夷由之以爲清，柳下惠由之以爲和，苟非聖人亟稱之，亦烏覩所謂百世師耶。瓜田弟子張燕昌，因瓜田得見于予，出其所爲《思親詩》九章，《蓼莪》遺響也。一日袖瓜田爲其父瓜圃張子墓誌銘，述瓜圃一二事，蓋闇然自修士也。瓜田不妄許可人，遂題其後，以示燕昌，且使瓜田于地下聞之，必䵬然一笑，喜鄉曲間彰善之尚有人在也。

跋徐在川公代草請蠲南漕疏稿後

曩余讀嚴文靖傳，見其直陳南省被倭情形，力請蠲免，以甦民命一事，心甚韙之，以未見全疏爲恨。今年春，都轉徐君示其七世祖在川公代艸請蠲南漕疏手跡，并諸名公題識，始知此疏爲在川公所艸。始言國恩之稠疊，中言被寇郡縣之瘡痍，末言調兵善後之便宜，委曲詳盡，悱惻動人，宜乎朝投匭而夕報可，起東南溝中之瘠數千百萬，功何偉也。嚴文靖之流芳史册，在川公之慶詒奕世，此福善之理必有然者。揆之當日，兩公朋友交契，賓主相對，蒿目時艱，初無見德桑梓之念，又安計及于食報之若是耶。余每觀正人君子身處局外，其言有可以格君澤民者，不能自達，必藉身仔其事者，始能起而行之，然其中有遇不遇焉。程正叔爲富鄭公艸山陵制度一疏，慫恿再四，終不得上，致正叔請絶以歸。以鄭公之賢，猶臨事不果，至于如此。在川公之疏稿得行于當日，抑何幸耶。聞其方屬稿時，在川公代爲卜之曰吉，文靖意遂决。噫，是説也，謂在川公待友之誠可也，謂文靖未免猶豫，假卜以堅其志，則不可也。退之詩云：『當食不能下，有如魚中鈎。』文靖未必無是心也。余是以跋疏稿而及正叔遺事，使嚴、徐兩姓子孫讀之，知先人交契之誠，不可澌滅。且使當局建言者，知爲民請命，亦顧其情之實與不實耳，毋以利害榮辱，介于當幾，則得矣。

跋田京傳後

陳群曰：『「盡信書，則不如無書。」田氏分居，荆樹憔悴，復合益加友愛，荆樹重榮，此可信者也。乃「始以一株，斫而爲三」之語，則傳者之過。每見近代多有弟兄不睦者，亦未聞有斫樹之事。田真賢者，而出此耶？總之，弟兄本屬一體，無分爾我。明乎此，同居可也，分居可也，荆樹榮，不明乎此，不惟分居之家，鬩墻致侮，即同處一室之中，而戾氣招尤，荆雖微物，能無感乎。物理人情，古今可驗。』因録其事而跋之，以告力行孝弟者。

跋同年何淵若詩稿後

淵若西曹既成進士，益肆力于古。其詩宗漢魏，得其神。余同年中以詩自豪者不少，骨骼峰立，興會霞舉，未有如淵若也。此册乃其仲氏廣菴吏部所録。《和退之秋懷詩》，其八章云：『太平身未老，如何山中眠。』九章云：『十年學一劍，拂月霜花明。爾亦徒區區，君子抱素誠。』想見慷慨從戎本志。至四章：『西望太華峰，鷹隼没高稜。』此又不得生入玉門之先物矣。余嘗過湯陰，讀葉忠節之官武昌時謁武穆祠詩，有『碧血淬芙蓉』之句，已兆數年後城守捐軀事。蓋風人深致，可以前知，不獨淵若然也。淵若性恬淡，吟咏而外，無他嗜好。軍行時攜所著詩數卷，與身俱没于陣，白骨黄沙，自有神物呵護，當不在區區後世名也。東坡懷子由詩云：『歸來寫遺音，猶勝人間曲。』其吏部録詩，而屬余跋之意乎？拭泪讀之，並綴數語以當楚些。

自跋所録忠孝故實册子後

陳群自幼輒愛執筆，多録古忠孝友弟事，至廢寢食，客有問余曰：『君書何如松雪、華亭？』余曰：『不及也。』曰：『然則流傳修短何如？』余曰：『過之。』請聞焉。曰：『兩公所書多風雲月露，及内典諸經。余惟以樂道人善，自勖且以勉人。世有感者，雖數世子孫守之矣，不亦遠乎？』

跋張大中墨蹟

南渡後，以善書聞者張樗寮、李伯嘉兩家。樗寮名更顯，金人特重之，每貢使至，輒付金餅數百枚，曰：『但得張即之書與之。』後來，富商大賈家多藏其書，謂能辟火。其書多内典誥身，此卷爲伯嘉書墓誌及銘，正如中郎爲郭有道、陳文範作碑，以全力赴之也。

跋沈恭靖公玉陽山居

余素慕苕溪山水，戊午夏，訪殿撃孝廉于竹墩，擬訂同遊，會雨甚，未果。繹旃明經出其六世祖恭靖公《玉陽山居圖》示余，圖爲包山陸治所作，香光、眉公皆有跋記。香光與恭靖叔子、大司空襄敏公同年友善，歸田後，襄敏弟姪復續舊盟，白蘋紅蓼，烟艇茶鐺，家令風流，于兹繼響。百年以來，物换星移，求所謂山雨開樽、沙沉留榻者，雖不能至，庶幾于斯圖遇之，宜沈氏珍爲世寶也。沈氏自恭靖公後，名臣輩出。或起家詞苑，或有聲黄散，海内目竹墩爲烏衣巷。淳于有云：『求柴胡、桔梗于葅澤，累世不得一焉。問之膏黍、梁甫之陰，則揭車以載。』此固積累所至，或亦山水靈奇，有默爲扶助者耶？

又

此册爲董宗伯晚年書，蒼老秀潔，直入顔平原之室。余借觀數日，不忍釋去，遂留篋中。每公餘展玩，稍悟筆法收攝處。沈明經以祖澤所存，寓書來索數四，復跋其尾。歐陽通觀索靖碑，至布席數日始得去，名蹟移情，古今同調也。

汪松泉尚書所書學記卷跋

松泉宫傅書法擅名當代，各體俱有師授，而楷則尤精。雖侍直扈從，猶不廢臨仿。每出所書示同官，觀者咸驚歎不已。先生若未滿志者然。學然後知不足，先生殆深於學者已。一日謂余曰：『余於書可謂勤矣。顧自弱冠至今，骨骼結撰，自覺無大異曩昔處，學問與年俱進。藝道一耳，余書輒否，奈何？』余曰：『不然。先生初書即能規摩唐法，前後本無殊軌，所謂千古不易者是也。至其精神愈老愈足，愈深愈秀，則有目者共睹也。』此卷乃先生執事棘闈，試卷未呈時，聚奎堂中所書，勒之貞珉，與虞、褚諸人應詔書十三經，同列石渠，真堪於伯仲之間見伊吕矣。

跋昌黎石鼓歌後

客有問余曰：『昌黎此詩，爲唐以後才人所師法。其最勝處，可得聞歟？』予應之曰：『「孔子西行」二句，一篇喫緊處也。若無此二句，則石鼓出落處未明，且後人疑上「陋儒」二句，安知孔子非其人耶。作詩人不具此節制，作不得詩。』各大喜，當下似有領會。又曰：『如此大篇，末句似少意味。』則應之曰：『予自二十歲至今，每孤燈獨坐，或與諸子談論古詩，至此必跪誦數十過，至有笑予入魔障者。汝能如予，便得之矣。』客嘿然去，遂跋於卷尾云。

跋趙松雪衛生歌後

前輩言松雪書，小楷以《汲黯傳》爲第一，行楷以《衛生歌》爲第一。文衡山年將八十，以百金購得《汲長孺傳》，内缺十一行，衡山素慕趙字，乃閉户臨仿數日，覓宋牋爲補之。其後跋云：『下筆時，汗下如雨。』末云：『因書以識吾愧。』予先得《汲黯傳》，汪松泉尚書聞之，請借一月。至期手奉以還，則已臨橅三過矣。昨年冬又見此册，以田五畮易之。老妻聞之，大笑謂曰：『吾家百餘口，所倚以供饘粥者，僅倍于顔氏郭内外田耳。趙書固佳，其何以繼？』予曰：『是值不及《汲黯傳》三之一也，何嘵嘵爲耶？』雨牕偶仿，殊不如志，藉以消遣長夏。

松泉香樹合書手卷跋

宗盛甥從松泉宫傅次子受時，得宫傅手書李太白詩，乃仿松雪筆法，夭矯飛動，不可方物，乞余題識。昔元微之、白樂天齊名，長慶間互相推引，不特吟詠倚聲倡和，即文字題識，亦往往連署姓氏。宋文同畫竹招提，屬主僧曰：『倘得東坡題之，不虛此畫矣。』鮮于伯機作書，輒虛左以待松雪，至今收藏家多有兩公合作卷子。予與松泉同學友善，雍正間，館中以元白方比，復同直内廷，共事班聯，又非與可、東坡偶然會合同日語也。爲録東坡長詩續之，李、蘇兩仙，得無許我耶？

跋尹望山節相紀恩詩

宫保天資敏達，濟以問學，與人寬厚，而律己甚嚴。服官四十餘年，秉節鉞轄文武者，不下萬里。先生和光善氣，設誠以待，無遐邇疎戚，久而彌亮。今年清和，七十初度，先期聞僚屬有製錦稱觴之舉，先生固辭，寓書於大中丞托公曰：『同官相知切近而氣分相洽者，無出公右。拜受一言，如古人祝嘏之意，所獲多矣。』勤拳婉轉，約數百言，並另鈔付所屬知之。陳群從次兒汝恭處寄稿讀之，曰：『是可爲久任封疆，身都將相者法也。』又月餘，得讀先生紀恩詩十六章，載遭際，書感激，雖房、杜、韓、范，不是過也。陳群與先生同館相交，五十年如一日，拙詩固不足傳世，然不能作諛詞。前後兩集，至五六千首，懶慢輒多遺失，付梓者四千餘首中，惟先生再任兩江制軍時贈詩二首而已。年來予告歸里，里近先生宇下，得數相見。又迎鑾扈從，奉命賡歌，共事吟咏。先生於理公之暇，投贈詩篇，連章累牘，了無倦色，甚者促迫能事，曾窘我吴江道中。又兒子汝誠差竣北上，先生敦執友之誼，贈以詩以識引掖，遣弁馳至奔牛界上，適和牛字韻。汝誠方推敲未就，即綴筆成詩，云『喜報詩筒看走馬，恰傳官驛過奔牛』句，先生得詩甚喜，曰：『是可爲犁牛增色矣。』苟非親厚之至，何嘲謔談諧乃爾耶。昨先生既奉旨入都，疊受殊恩，尤爲史册罕覯。陳群方作詩相慶，即用紀恩詩韻敘舊言情，有非尋常交照所能方比者，中間規勉屬望。《蒸民》詩有云：『仲山甫永懷，以慰其心。』庶幾附雅人之致云。

香樹齋文集卷十八

跋四

題汪松泉尚書仿松雪題耕織詩卷

松泉太宰楷法師承《黄庭》《麻姑壇記》，二十年來承校秘殿墨寶，輒爲摹仿，至廢寢食無倦意。嘗謂予曰：『趙文敏端書直接二王，其于顔平原、蘇玉局、黄涪翁、米襄陽、蔡忠惠及董華亭晚年書，若臨濟、雲門、仰山，同是曹源一滴水耳。』聞者以爲知言。此卷仿松雪《題耕織圖詩》，端莊韶秀，出于自然，洵當代第一家數。先生次子承霈屬予題識，卷尾有道園虞氏跋。道園去松雪最近，而推重若此。松雪真蹟，世人不得見，見先生書，如見奎章鴻寶，予又何多幸焉。

跋汪松泉楷書千字文卷

松泉先生手書《千字文》，十餘年來，京師、粵中皆有石刻。後進能講求筆法者，每得一本，奉爲枕秘。余南歸時，先生長君承沆餉余數本攜歸，輒從族黨丐去，最後存一本，則曰：『是當留置几硯，或一展玩。』好事者屢求不與，乃跽請數四，憐其意而與之。謂曰：『余昔見米敷文自題橫卷云「圖成」，有人求之不得，長跽者再，許之，兼贈以詞，有「折腰原爲米」句。今殆類是耶？』因承沆弟承霈篋中所藏一本，遒勁而不孤，和適而能厲，殆如其人。余欲留之，霈有難色，遂跋以付。

題趙生登明所藏拙書卷尾

予于壬申八月出都，凡敗笥中所存，皆予平時隨意臨仿遺興者，門生故吏多乞得一二志別，笑曰：『是不足珍，或存以見意，其任取之。』瀕行時，亦不自收拾。昨見晒書籍，尚留數種。此卷爲登明所有，既付裝池，遂不忍棄擲，敝帚千金之誚，可當一噱也。

題元配俞淑人幀首

淑人以康熙甲午年十一月十一日卒于京師，時兩大人在籍，念淑人逮事數載，克盡婦道，悲悼不已，而黨戚姑嫜輩，每歲時過從，亦思念淑人不衰。太夫人憫婦之脆促，恐音容失傳，迺援筆圖之，見者咸垂涕，謂再見淑人矣。憶群自結褵以至歎逝，八九年中，飢驅顛狽，更何暇日延致畫師爲淑人圖像耶？荷慈母之德，俾後世子孫有所瞻仰。今閱二十餘年，神色清朗，如初著筆，淑人其式憑之矣。通籍後屢沐覃恩，而象服由舊，重母澤，志初衣也。至淑人孝行令德，詳家傳墓誌中，兹不具綴云。

華亭大司農王公手録經進詩册副本跋

華亭大司農儼齋先生，在康熙朝，以文章著作推重當代，朝廷有大典故，先生文出，衆望翕然。我聖祖初視南河，指授方略，俯允輿情，巡省江浙。先生時官司空，歌咏盛典，經進之作，此册乃副本也。令子光麓觀察藏笥篋中，歲久蟲蝕漫漶，而筆力端楷，内含婀娜，一種精神姿態，不失絲黍間。有一二字缺失處，屬群依義補出。先生大書行草，絶類襄陽，人多得而珍之，獨小楷流傳人間甚少，此光麓硎石發鐫本旨。昔文待詔爲趙承旨補所書《汲黯傳》數行，跋云：『漫以己意足之，深自慚恧。』群于此册亦然。至頌序所鋪述諸善政，皆古盛帝明王，繼天立極之大本。後五十餘年，恭遇我皇上親奉慈寧，周巡河嶽，詣闕里，至于岱，至于嵩，幸江浙，渡錢塘，瞻禹穴，德施普被，視史册所垂爲加隆焉。陳群年逾七十，生逢光天化日之中，日睹善繼善述之盛。憶爲諸生時，祖父携手仰見雲日，服官四十年，得隨豹尾後，親見群黎飫德歡忭，其幸爲何如耶？光麓讀予跋，爲之額手。

題齊雙瀾廣文述先志碑後

雙瀾同年既奉尊甫弱翁先生遺命，述其母太夫人生前淑範，而樹碑于家廟，復懼父蹟湮墜，又作先德傳，以志不忘。於戲，可謂孝矣。夫孝者，天之經，地之義，不可紀極，而愛敬足以盡之。王偉元痛父之没，攀樹悲號，樹爲之枯，愛之至也。柳子厚撰《先友碑》，以記父執，敬之屬也。兼之者，廬陵《瀧岡阡表》是已。其實，愛、敬無二理也。雙瀾成進士後，作令南國，有惠政，尋改補撫寧教諭。余以視學巡行東輔者數矣，撫人士澆淳不一，雙瀾身體力行，集諸生講經會課無虚日。數年，士習爲之一變，而文風亦駸駸乎日上。余用是深爲嘉許，今讀先傳，知家訓有自也。束廣微補《白華》之末章云：『堂堂處子，無營無欲。鮮侔晨葩，莫之點辱。』言孝子潔白，未有不本于守身者。親存親没，終始惟一，然後可言潔白，可言愛敬。余願與雙瀾共勉之。

跋睫巢憶小園詩後

紫鳳天吴，少陵有北征之什。孤松蘩菊，淵明有歸去之詞。况夫樊重之在南陽，王根之盛西漢，無不緑墀青瑣，居然連闥洞房。陸機則兄弟同居，韓康則甥舅不別。才誇連璧，群稱覽舉之名。里號鳴珂，盡是封胡之選。自一行而作吏，輒千里其相違。方心跡于黄門，閑居未賦。續風騷于開府，小園可懷。如夢如癡，雜家人之言笑。某邱某水，記童子之釣游。悟一龍與一蛇，詩傳曼倩。比刻鵠與畫虎，書似伏波。僕本恨人，感南音于一旦。君真放士，類越客之三年。結歸思于空簾，今日滹沱河畔。期幽珍于毫素，他時書畫船邊。意不盡言，歌以見志。對鄜州之新月，七步初成。托洞庭之始波，雙魚將去。

跋曹奕汪畫册後

曹子奕汪居翰林十餘年，淡泊寡營，不干世譽。每儤直之暇，焚香讀書，垂簾静坐，聲韻清遠。一日，閱至司空表聖詩『茶具添詩句，天清營道心。只留鶴一隻，此外是空林』，愛其寫境閑曠，無一點塵俗氣。因屬善繪者即詩成圖，置身其間，以寓本志。夫宇宙之大，化機流動，活潑潑地，水流花開，鳶飛魚躍，在在與人以至足之趣，昧此者當境猶河漢也。然有意迎之，境相牽焉，未免拘執凝滯，其能即于憺忘乎？昔人評王右丞詩中有畫，謂其恬適自然，會心不遠也。司空氏此詩，未嘗規橅右丞，而流韻傳意，若相脗合，曹子取之，盖深于詩者矣。又司空氏《詩品》有云：『遇之匪深，即之愈稀。脱有形似，握手已違。』是又未可于詩中得之，亦未可于詩外求之也。

跋李龍眠畫卷

同年徐君咸一讀書稽古，雅好翰墨，于名蹟賞鑒，尤有深契。昨來京師，于市中得白描人物畫一卷，脱落破壞，中無款識，後亦無跋，惟題簽則有『李龍眠白描晉二十四友圖真蹟』十三字。質之賞鑒家，謂晉代衣冠奕奕，皆有生致，真舊物也。曾見王百谷《題龍眠維摩演教圖》云：『白描畫易纖弱柔媚，最難遒勁高逸。』今觀此卷，如屈鐵絲。又《江村銷夏録》載：『龍眠洛神賦卷，白描作廿五段。』今觀此圖，亦寫七段。又龍眠《蓮社圖》《赤壁圖》《番王禮佛圖》俱不書款識，與此正相脗合。至名人題識，流傳既久，定爲人所攫去，而畫以淳古淡泊獨存。徐君欲得舊跋，以綴于後，余以爲惟無款識題跋，故信爲非後人贋作，特書數語以正之。

跋先侍御公遺疏

群幼時，每日課畢，先王父中議公輒召講論傳紀中事。一日，論逆璫魏忠賢勢焰，楊、左諸君子先後被戮，至茶棚酒肆，皆其私人，道路以目，無敢言時事者。因問曰：『先侍御公又何以獨免？且既劾忠賢，又劾圖南，若行所無事耶？』先王父曰：『善哉問也。予于昆弟中最幼，侍御公長予三十餘歲。抗疏時，予尚孩穉，不及記憶。蒼頭徐某者事公最久，知上疏始末，言公屬草時，初列二十餘罪，後芟至十大罪，大指株連多人及詞涉椒房掖庭者，悉汰去。嘗獨處一室室中，掘地數尺，甃以瓦，藏疏稿其中，置榻于上，每夜分取出改竄。如是者歲餘始成。先是，有舊舘人以急難告，公傾篋中金救之，又以五喪未葬告，公復佽之。舘人感焉，乃令變姓名爲菜傭，賃居京城，鑿地營室，可容一榻。疏入，即入隧室，忠賢大索不得。後見思陵旨，則曰：「腐儒何能爲耶？」怒稍解。數日，忠賢被逮。』群所聞于先王父者若此。公爲先奉常海石公曾孫，先王父同祖兄也。公元孫載屬群手録遺疏，因識于尾，使後之讀者知士君子側目權奸，非操心危而慮患深若此，當必無所成就，而弄權罔上、樹黨援私如忠賢者，幾于舉袂如雲，散唾如雨矣。一書生奮厲忠憤，立見瓦解，駢首無詞者，邪不勝正，理固然也。文丞相《正氣歌》有云：『皇路當清夷，含和吐明庭。時窮節乃見，一一垂丹青。』由前之言，則爲皇謨，爲《伊訓》，由後之言，則爲楊左，爲侍御。氣有常變，守正則同，幸而身際昌時，倘不竭忠抒誠，以裨補國是者，亦獨何哉，亦獨何哉。

宋貞女詩集跋

舟泊吴門，以秋暑畏煩，一二舊游，未能趨晤。程明經訒菴與余有中表之誼，乃延至舟中一晤。訊及貞女宋景術守貞事，訒菴念其亡兒樹，潸然泪下。復自家取篋，出貞女撰著數種相示，且請爲文以傳之。余雖不能文，而著苦節，闡奇行，必依實蹟紀之，以風世勵俗，使余文賴以不朽，又何辭焉。李習之《高愍女碑》云：『天下女子聞之，莫不欲妹妹之行在其身也。』請以此本付梓人，散諸闔内，激勸盡倫，不獨在一女子也。

集思齋跋

雍正七年六月，群奉命衡文楚南，星言載道，于役者將浹月抵長沙，館于斯齋者復旬餘，始得入闈。時火流薦爽，金風初動，雖無圖史花木羅列之勝，而外喧不擾，内念常清，長晝則惟聞魚鑰風傳，静夜則惟聽蛩吟階際。一物不交之際時，所自省者，惟思而已。凛聖諭之諄切，則肅然思如何之遵循，始免隕越也。膺衡鑒之重大，則瞿然思如何之盡職，始能報稱也。記庭訓于疇昔，恐勿克負荷則思，睽慈顔于阻遠，念久疎音問則思。見設館授餐之雅，想見物力艱難，則思儉約覆餗之誚，伊可畏也，如之何勿思？聞家唫巷誦之音，想見寒燈辛苦，則思公明遺珠之歎，良可懼也，如之何勿思？《易》曰：『君子思不出其位。』子曰：『進思盡忠，退思補過。』《語》曰：『居無越思。』思之用大矣哉。善用思者，在集衆思，以自治其心，以成其行，而不至有所越焉，則幾矣。昔薛文清公嘗奉差于此，其集中有《退思堂記》，蓋奉差時所作，因師其意，以『集思』顔齋，並綴以跋云。

族孫載請貤贈其祖父母及父母例贈封典屬予書之并識於尾

櫄初五世祖，明給事中、贈太常卿薇。高祖與映，明萬曆孝廉，博學通經，著有《詩》《書》

諸解，康熙間采入御纂傳説。曾祖周，明内閣辨事中書。祖嘉徵，明崇禎初以貢生首劾魏忠賢十大罪，直聲動天下，除知松溪縣事。父泮，崇禎丙丁舉人。陳群與櫰初爲從兄弟，明諸生，應科目，數次不售，遂棄去，肆力于古，留意經濟。嘉興、秀水、嘉善三縣互嵌田，自明萬曆中以糧額不均，糾紛不已。兄推原始卒，由攤派未均所致，著萬言推勘，詞旨明晰，當塗頗採之，詳竹垞朱氏彝尊狀。兄不應科目，猶時撰經義，組織典實，文幅有長至二千餘字者。每積至十數篇，則買舟訪陳群于家塾，謂曰：『吾郡中無識吾文者，度汝好學，當解之。』時陳群年十四，爲之節分句解，凡所使諸子百家，略爲指釋。兄狂喜，剪燭譚説，至夜分，或達旦，乃辭去。作詩見遺，有『連蜷雌霓多勞績，歸去應酬滿架書』之句。次子國學生炌，性倜儻不羈，從竹垞朱氏遊有年，《曝書亭集》成，炌爲編次。載生甫週，嫡母朱實撫育之如己出。稍長，訓勉有方。先太夫人陳最愛之，命受業于群，間以課餘，復親教以繪事。數歲學將成，命授誠兒經。誠官編修數年，載始成翰林，歷遷庶子，恭遇聖母七旬萬壽，覃恩例贈其父母，復以本身及妻室貤贈其祖父母，感激榮幸，乞陳群手書副本，一并識其後。

敬書國俗輯紀恭跋

臣陳群謹按《御製盛京賦》，追溯列祖創業垂統，原發跡之隆，述詒謀之遠，山川之深厚，風俗之敦厖。數千餘言，考据精博，氣體裔皇。其於風也爲《七月》，其於雅也爲《生民》，真書契以來第一文字。乙丑之冬，又賦《冰嬉》，以紀國俗，繪景傳聲，古茂典則。寓農隙講武之義，於由章遵古之中，洵非班、楊、枚、馬諸臣所能仿佛萬一。臣儤直禁籞，仰見幾餘信紙，不加點竄，移晷而成。既壽梨棗，永焕日星。今歲首春二日，錫宴廷臣，復以冰嬉命題聯句。臣既恭録新篇，讀至御製有『瞥眼東風十九年』之句，因憶十年冬，奉敕廷臣同作者數人，臣陳群與焉。今雖衰老，栖息里門，猶屢荷殊恩，臣父子得與賡颺之列，不揣拙俗，敬書御製賦并臣舊作，彙爲一册，恭呈黼座。白髮詞臣，得以著作綴於盛典之末，不勝欣幸云。

跋王氏所藏松雪手札後

華亭大司農儼齋先生博學好古，凡名人手跡經審定者，絲黍不爽。此卷乃松雪與石氏手札十紙，於秀麗中寓圓勁之勢，洵得右軍正脉。先生平時尤見寶愛，既跋而藏之。後三十餘年，令子光麓太守奉以進呈，上爲拈趙法源流於其弁，題成仍還王氏，命世守之。松雪與石氏交契數十年，而彙此十帖，經戴氏藏弆二世，始歸張氏，凡五世，又更收藏家數四，而歸華亭王氏，乃得仰邀天筆，永爲世寶。翰墨精靈，夫固有默相之者耶？光麓又言其王父農山侍御，曾得唐僧義道所書《法華經》一册，及儼齋先生時又得松雪所書七卷，供於齋中，因顔其室曰二蓮居。趙書已先歸内府，義道所書與十札同進，上手書《心經》全卷，留秘珠林。光麓幼承家學，凡所什襲名跡，每經進御，多蒙睿賞，亦可稱負荷者矣。

跋黄簡齋廣文所藏予手書尺牘後

雍正九年，予奉命入秦宣諭化導，關中父老無不懽欣歌舞，思見德化之成。公餘每進諸生之好學者，執經問字無虛日。就中有黄生建中，願隨使人遍歷兩河，庶得以公餘請業請益，予諾焉。明日，攜其弟文中來，追隨者月餘。愛其誠實謹愿，終是役嘗朝夕與處。差竣還朝，關中父老子弟來送者多至數十萬，填塗塞巷，至予馬不得前。蓋國家深仁厚澤，入人者深，以致此也。建中兄弟送至華陰，猶不忍去。予謂曰：『予非惜行李之費，不挈汝到都下也。汝諸生也，學臣按臨在即，未便輕去其鄉耳。明年當來取汝。』遂別。不數月，而學使者交河王君按試，得建中卷，歎賞不置，曰：『吾周循關中三年，未見文氣清雅如此卷者。且書法整秀，必有當代大書家指示乃爾耶。』建中對曰：『曾侍星使錢公歲餘，稍得筆法耳。』越五六日，發選拔榜，置第一，一郡皆服。其明年，皇上嗣登寶籙，生以應廷試入都，禮臣帶領引見，建中以知縣用發往江蘇。予從直隸學政任遭私艱歸里。建中歷任江左五六劇邑，有聲。其爲政必以身先，善體民情，寬嚴得中。先後辦災黎七八縣，至今人人德之。崇明海水溢，于令猝莫從措手。大中丞安公素賞識建中，檄令協同辦賑恤事宜，所全活甚多。時諸上游所心賞者二人，衛君哲治及建中也。所莅之地，其弟文中能左右之，由是官聲益著。乾隆十四年，特擢海州牧，未及之任而殁。予集中有《哭黄海州》詩。建中兄弟與予交，二十年中所寄牋劄，文中守之，不遺一字。予抱痾還里，文中彙而裝成三册，一日攜以付予。予閲之，歎曰：『此一奇也！其間相勉勵慰勞，待人接物，居家治民，纖悉具備。予一生勸勉後進、藉以自勉者，多矣，欲汝兄弟之力行勿怠者甚少，至珍重之若此，抑又少矣。昔朱子與門人書，松雪與進之書，多至數十首。惜當時無篤嗜深契如黄生者，其流傳不多見也。抑予又自幸者。《易》曰：「出其言善，則千里之外應之。出其言不善，則千里之外違之。」今以予信手隨事指示之言，爲當世賢人君子所許，益自懼矣。至以平生往復手跡，集五十件，年近八旬，得再入吾目，又手識之，噫，是難得也。』予始擬留篋中，因文中之請還甚力，識而付之。

又

簡齋彙予前後尺牘付裝池，珍諸篋笥，行住坐卧，船脣車尾，未嘗須臾離也。每求當代大人先生、學士名宿題識，見者多鑒其意，且嘉其恪守芻蕘，往往留數日乃得還之，而簡齋輒寢食不忘，坐是跋識者尚少。癸未秋七月既望，簡齋以司訓選期不遠，將歸關中，詣予言别。别固人所重也，矧予衰齡耶？談間問此册，則曰：『在行李中。』命奚童取呈復覽，又識數行於副頁云。

自跋所書詞卷後

余初識之無，即曉四聲。年十四五，作近體詩，先大父頗賞之，遂命作古詩。爲彭羨門先生所知，曰：『吾邑詩家，未見有是胸次。』竹垞先生亦云：『他日當讓出一頭地。』自是，遂肆力爲之。五七近體，漸多疎硬，長短句更不暇問也。同硯友張兄瓜田長予一歲，篋中貯宋人詞本甚富，間復技癢爲之。或有謂詞與詩兩塗，工於詞，恐妨五古。業師磐夫陶先生持論尤堅，遂棄去。又有謂子資性近漢魏，若併棄近體，便可入古詩奥窔，遂專守陶、謝，旁及王、孟、韋、柳，既而讀太白、子美、退之集，愛不能捨。後遊京師，見諸名士競守西崑體，都推重西齋吴先生、西崖湯先生所著。復問津於元、白、蘇、陸，沈浸者數年，非惟不作詞，且懶讀前人所作。後瓜田與予皆年近五十，偶於花天月夕，遣興爲之，存一二十調，歸田後撿拾剩稿，多不省録。昨薘石從孫適見此作，録藁寄予。燈下與王倩鎮之孝廉讀之，謂有白石風味，亟請存之。因識予詩境學力顛末，且使學人知試院有此種真意，非欲與『楓冷吴江』並論也。附録舊詞於後。

秋夜豫章試院閱卷不寐調寄倦尋芳和曹秋岳侍郎韻

地規爽塏，秋滿江城，戰場高踞。玉尺重提，瑣院目迷深處。恍忽朱衣簾外立，但聽唧唧蛩螿語。夢難成，惹輕寒單被，又應添絮。

念舉子、裹頭叉手，把酒論文，歡笑如故。別浦晴江，各各買舟歸去。誰是臯盧誰塞白，幾人開眼西風曙。更無聊，老盧陵、獨彈蘭炷。

恭跋御製用庾信詠畫屏風二十四首原韻

自《虞典》有作繪觀象之文，後世人主仿而爲之，則有屏扆之製，士夫家亦多效此，取其易於流覽也。皇上幾餘染翰，《無逸》《豳風》，皆親自繕書，陳於黼座，以資觀省。兹用庾信《詠畫屏風》二十四首韻，寄情閑賞，風雅扶輪，擷秀心怡，清新振響。臣披吟由繹，仰見聖學高深，無體不備。苞六代之菁華，洗諸家之綺麗。篇中寓情寄托，比興遥深，如『持此太康心，答彼方韶年』，見寶嗇精神，致久安之本，『窮邊寄淒涼，芳年孤冶姚』，念戍卒之苦，『賢才非鴻雁，致之亦待羅』，見求賢之若渴，『千里共相見，惟應明月光』，則魚水聯屬，不以方隅限矣，『居第雖不問，賜賚胥從豐』，知録勳之宜厚矣。具此衆善，形諸歌詠，言近指遠，目擊道存，斯之謂矣。

臣幼作小楷，日可作《治安策》一通。過四十，目眵手顫，遂止不書。自養疴里居，十餘年來，偶一爲之，雖不能工，尚不甚困。以年政八十之犬馬衰齡，受洪慈再造，目增光而腕添健，歡喜感激，楮墨難宣。

恭跋御製反白居易陰山道樂府

臣按居易《陰山道樂府》，蓋疾虜人貪恣居奇。時當途議者咸以疋短絲輕爲節費，益失回鶻心，亦就其時勢言之。本朝設誠懷遠，迥異於史册所載。自西師奏捷以還，大漠以北隸版圖者，萬有餘里。又西北之三汗四比，輸靺鞨，貢權奇，相望於道，不但居易未曾夢見，即漢代衛、霍輩威振沙漠者，相去奚啻霄壤。

上即居易之詞，反而曉之，俾拘愚耳食之流，揆理按時，其大旨具《開惑論》中，此又其緒餘矣。至章法密麗，結構高古，即杜甫、元結手筆，未可比擬，諷諭體中，最上乘也。臣才識莽陋，年垂八十，忝爲舊史官，數載前曾敬跋御製《開惑論》，並用韓愈《石鼓歌》韻，以疏其義。癸未嘉平，既恭和樂府一篇以獻，伏思嘉、湖爲蠶桑要區，絲帛所出，供尚衣織局及頒賚所需，近而直省，遠而重洋絶島，咸仰衣被，皆由我皇上量度用中，計贏絀，平價值，諸夷自效其忱，收市馬之益，無累民之苦。爰敬書屏幅，懸於斯樓，聖主省方登眺，一流覽焉，誠史氏之職也。且爲士夫觀者知治道污隆，今昔殊致，遭際昇平，涵濡德化，實有厚幸。

敬跋御製詩册子

甲申仲冬中浣，臣子臣錢汝誠所寄家報内，接到今年皇上恭奉聖母行幸山莊古今體詩一本。幾暇餘閑，游歌寫意，臣循誦恭繹，仰見天趣清怡，無意遇之，自臻神妙。愧衰齡荒落，才思短拙，而數千里外，依戀情深。矢音遥和，得詩二十六首，敬書原韻於前，附録里句，恭呈黼座，冀欲仰承訓示，以裨補知識。《大雅·抑》十二章云：『民之靡盈，誰夙知而莫成。』臣雖少不努力，夙知無分，今者亦耊既耄，益恐恐然不敢自棄。幸遇文思聖主，誨爾諄諄，莫成或有日矣。曷任感激欣幸之至。

香樹齋文集卷十九

記一

大閲恭記

臣聞帝王撫馭萬方，曰德曰威。二者兼施互用，如水火之相乘，寬猛之相濟，以措天下于磐石之安者，是道得也。《周禮》：『仲冬大閲，所以簡軍實而修戰法。』鄭氏注曰：『空辟，實其制視春蒐、夏苗、秋獮，典加重焉。』穀梁氏曰：『修教明諭，國道也。』《春秋》書曰：『不專以失時、畏强鄰二義致譏，魯不得行天子之事，其微旨也。』《周禮》：『大司馬掌之，訓民禦暴，其備宜豫，惟天子得行之。』虞人萊所田之野，爲表識正行列。積二百五十步爲四表，抑何隘也。古無一定之地，每歲污萊可陳之處，責之虞人而已。自漢以後，陣法不講，上林羽獵，則又矜詡近誕，均非王者教。坐作、進退、疾徐、疏數之道，徵實者不取焉。我太祖、太宗誕膺圖籙，建邦啟土，創兵法之制，立二十四旗。旗分以八，按旗立號，分之則各有統帥，合之則首尾相應，如四時日月之錯行代明而不失其序。蓋合孫、吴、司馬、管子、諸葛之成書，而集其大成。世祖正位凝命，祗遵成制，相度神臯于國門之南。周繚規四十里，近郊平衍，土泉滋殖，曰南苑，爲講武地，建元靈宫，栖神護國。逮我聖祖，智勇天錫，克迪前光，文德武功，燦爚史册。世宗繼序守文，中外寧謐，以時幸其地，振旅茇舍，于以獮，于以狩，凡以震戎懾狄，宣播聲靈。蓋有不用之兵，無不講之武。我皇上御極之四年己未，大閲于南苑，覲揚隆典，載在起居，爲萬國禀程。二十年來，直省督、撫、提、鎮以至邊防裨將、水陸戎行，莫不凛睿謨惟謹，以時訓練，周循所隸，罔敢少弛。十三年冬，金川髡髮遺種，恃險仇鄰，命將討之。首誅偵諜者，羌首祖伏，即日班師。至若龍沙以北，旃裘毳幕，馮陆阻穴，如布魯特、哈薩克諸回部，分安幽滯，莫由自通，準噶爾厄魯特部落較彼稍近我界，實障蔽之。癸酉甲戌之歲，四衛拉特部内都爾伯特台吉等，先後率衆來歸，且愬達瓦齊罪狀。皇上撫其來，遣兵速平其難。師出未逾時，達瓦齊勢窮歸命，宥其辜而錫以爵，伊犁遂入版圖。

聖度如天，彼負罪如達瓦齊者，且予蠲滌，矧兹歸附者耶？迺夷性貪狡狂悖，凱旋時阿逆内不自安，亡命逃竄。上赫然震怒，命速追捕，則狼狽鼠伏，旋受冥誅。而黨惡之小和卓木，奔入回部，我師躡之。凡經過之回部，歡喜雀躍，以得見天兵爲幸，願助順効力，以跡逆黨，並言托生絶域，無由仰見天顔，昔也鬱没，今也昭晰，莫不回首面内，各獻牲畜于麾下，將臣飛章達之，上允其請。至期駕自木蘭，將歸熱河，布魯特使臣先至，賜宴于山莊。又數日迴鑾，西哈薩克亦至，仰覲後賜宴南海子。明日大閲，典禮如初。鉦鐸鐲鐃之數，步伐止齊之則，按號列陣，風飛雲集。上躬擐寶甲，犒軍勞士，歡聲若雷。得旨未數日，羽林禁旅，用命如響，以教之豫也。臣謹案周制大閱，備戰法以示威，所懾者僅在畿内，諸侯因朝而來，列國侯伯有入爲卿士者，王以賓禮待之，乃在執事之列，非若今日之絶徼遠夷，望闕馳萬里獲覩斯大典也。噫，盛矣。伏思夷情叵測，飢附飽颺，狙詐反覆，大略相類。今者笙簧酒醴，柔之以德，貔貅軍旅，震之以威。于神武不殺之仁，寓止戈爲武之義。經傳所書，有未可同日而語者矣。聖天子宅中馭遠之精意，所謂『神而明之，存乎其人，默而成之，不言而信』，又豈珥筆史臣所能揚扢萬一也哉。是歲十月之吉，既頒來歲之朔于天下，則龍飛之二十四年也，蓋兩紀中，凡再舉斯典云。臣陳群拜手稽首謹記。

先武肅祠堂記

昔聖王之制祀也，法施于民則祀之，以死勤事則祀之，以勞定國則祀之，能禦大災則祀之，能捍大患則祀之。五者有一焉，皆祀典所必及。至于蒸嘗之設，愛敬之忱，亦有久暫遠邇之不同，則又視夫功德之所及，以爲之凖，雖其子孫，勿可私也。我始祖故吴越國王具美公，丁唐末造，提數百鄉兵，敗走黄巢，擒劉漢宏，誅董昌。五代易姓，天下騷然，尸骸相枕藉，而江淮以南，直走甌粤，延袤數千里之民，不被兵革。又于諸子中，早識文穆之賢，簡畀以國。厥後忠獻、忠懿，相繼保障，克繩祖武。逮宋祖即位，奉國以從，視其土田權位如敝屣也。三世五王，同德同心，禦災捍患，若此其久且遠也，不伐不矜，又若此其明且哲也。其功大者報亦大，其德厚者報亦厚。千有餘年以來，世守禋祀，未之或闕。我世宗憲皇帝追録舊勳，且念當日捍海之功，至今東南郡邑咸藉威靈，永資呵護，特命有司修葺專祠，聿隆祀典。凡我子孫，宜益思感激奮勵，上報國恩，仰承祖澤，以世守勿替。有裔孫世章者慨然謂曰：『惟我祖功德，遍于東南。俎豆所及，近而臨安、會稽，遠而僻堡深村、麥薌茅屋，父老懷德有涕下者。矧我子孫，或以仕，或以服賈，或以游學，或以僚幕，集于京師，惟兹春秋不能躬親，甚非所以尊祖敬族也。』乃創捐三百金，建祠于蘆草園玉泉巷内，歲兩祀，期以春秋之仲，約族子姓之在京師者集祠内瞻拜。如是者數歲，族子姓乃相議所以善後者，各醵金爲置公産，以贍祭祀，祭器亦完備焉。擇族人之誠實、家京師者司之，略如錢塘臨安故事，屬二十五世孫陳群記之。群惟祖澤之載在史册者，彪炳日月。眉山一《記》，其詞文可以行遠，群更何言哉。獨是先人之靈，無所不在，欲無負于祖先，莫如共勉于忠孝。自始祖而後，代有名臣，即今世遠風微，而置身通顯，率多清身苦體之士，其挂吏議爲天下笑者，蓋絶無也，何莫非先靈所默佑而陰隲者耶？自今以後，子孫之入斯祠也，肅然而起忠敬之心，在國爲純臣，在交爲信友。又油然而篤孝弟之思，欲追遠必自近始，欲敦族必先本枝，一祭祀而忠孝行乎其間矣。陳群雖不才，願與族人共勉之。

朝邑縣重修儒學記

昔人有言曰：『事有似賒而實急者，學是也。』兩漢以來，若文翁之化蜀，高允之輔魏，范寧之治豫章，庾亮之鎮鄂渚，無不以建學爲急務。蓋庠序學校之設，原爲王政之本。故三德、六行，詔之師氏，六德、六行、六藝，掌之司徒，先王所以化民成俗而造就人才，恃此具也。善爲政者，必不以時勢之難爲而斷乎行之，以底于成事，誠知急當務之爲要矣。朝邑，古西河地，林巒之所環共，川河之所縈注。地沃衍，俗儉勤，固三輔之名區，人物之巨藪。即以前明論之，忠貞則高翔、成濟，清直則周彧、楊珏，篤孝則劉偉，讜言則王卺，至兩韓公之理學經濟，尤卓史册。雖曰賢哲之生，鍾靈于天，而莫不成之于學矣。邑令楊君，余同年友也。當雍正之四年，君甫蒞任，謁廟之日，顧瞻殿庭，慨然喟嘆，即有重葺學宮之舉。內斷于心，不撓于異議，進邑之師儒弟子，而協謀穆卜焉。凡宮殿、堂廡、亭閣、庫舍、門垣之制，土木、竹石、瓴甋、沓鋪、釦砌之物，梓匠、陶旊、段冶、斤削、黝堊之工，罔不備具，罔不庀飭。君首捐俸錢若干緡，而邦人之率私財以助者，爭先輸內，而不匱于用，閱六載而告成功焉。嗚呼。非君知當務之急，而爲政有本，能如是乎？且其時西陲用兵，軍興旁午，公不以簿書羽檄爲勞，獨汲汲于興賢育才之地，上以妥先師之靈爽，下以樹四境之風聲，俾祭菜鼓篋于斯者，雍容禮讓，萃萃將將，仰副聖朝作人之盛，而儲他日樑棟之材。所見遠，所規大，而君之爲政，于是乎不可及矣。按西河故地，傳稱卜子夏設教于此，受孔子《詩》《易》《儀禮》《春秋》之傳，發明章句，與仲弓共撰《論語》，而公羊高、穀梁赤皆其門人。今也世遠年湮，流風不泯，朝邑之文獻，頗有足徵者。蓋卜氏之教澤甚長，宜乎君聿新其黌序，而復有講堂之增建也。余適奉命宣諭三輔，既樂觀厥成，爰于還朝之日，撮舉其端緒，以書諸石，而垂諸永永焉。

重修博野縣學記

士大夫涵泳聖涯，沐浴聖教，當其伏處蓬藋，目睹宫墻規制未備，抑歲久圮頹不繕，皆慨然思起而新之意，甚善也。及身都通顯，其才且賢者，鞅掌王事，不遑計及。下或積禄稍，長子孫，皇皇惟居室是謀，而鄉邦學校，委爲有司之任，曰：『予力孱，不克肩其事，非盡違章縫初志也。』義利之介未明，公私之念遂判也。以予所交博野中丞元符尹先生則大不然。博野爲漢蠡吾地，自唐、宋以來，名儒輩出，史不絶書。先生少孤，母李太夫人矢節撫之，教以績學砥行。逾冠補博士弟子員，甫釋菜，見棟宇欹側，有志重修，顧家貧未暇以爲也。成進士後將十年，擢兩淮鹽運使，清操惠績，推天下司鹺第一。是時，博野令李君遣伻具書以修學告，先生即捐俸以助，大成殿已次第告竣矣。歲丁巳夏四月，先生撫中州，便道過里，以正殿未加丹艧，無以啟文明之象，且自兩廡及櫺星門、明倫堂、名宦、鄉賢兩祠，俱鞠茂草，泮池亦復湮塞。先生喟然曰：『既圖厥始，用觀厥成，是予之責也。』乃復捐俸以助，庀材飭工，修廢舉墜，濬洿易朽，靡不堅緻輪奂。經始于乾隆二年冬，落成于三年秋，前後計費白金以百計者十有五。伏思聖天子尊師重道，超越千古，予視學畿輔，每入廟瞻拜，首與守令師儒謀繕釁序。己未冬，深州試竣，道出博野，見廟貌聿新，稱歎勿置。邑父老子弟僉曰：『非尹中丞毅然獨任，未易覩此盛也。』予夙知先生自郎署出守襄陽、揚州，洎秉節鉞，廉介貞諒，有古大臣風。所至必奉太夫人綵輿以行，凡周孤遺，贍宗黨，佽貧乏，必禀慈訓，而急行之惟謹。兹復萃其力以治邑學，昭君賜則忠，奉母命則孝，惟忠與孝，聖人之道盡是矣。噫，如先生之飭簠簋，急庠序，以視擁禄糈而長子孫者，相去何如也？抑予尤願邑人士師其行誼，處則敦其志節，出則矢其樸誠，風俗淳龐，人才蔚起，彬彬然比隆于鄒魯，于是乎基之矣。不揣鄙陋，用文于石，以爲博陵多士勸。有鄭生廷灼者，先生中表戚也，以優行聞于鄉。是役也，董理工程，著有勞績，因附其姓氏，以傳于後。

重遊留餘山居記

山陰人陶驥得十笏地于南山之北麓，薙草蒔花爲别墅。居無何，遊人之探幽領異者，往往翾集至止，用相嬉娱，遠近咸稱爲陶莊焉。汪生文烈，陶氏壻也，館于陶，遂代爲開闢。見蒙茸塵坌中，時有泉涔涔從草間注入石隟，廼益加搜剔，兩崖始露峖峉，分若壁立，可容人行。壁陡，絶壁上瀑由南山諸磵潨然彙流而下，拂石琮琤成聲，響若絲絃。兩崖離即間，有怪石長丈餘，横亘若梁，雲根盤錯，無罅可跡。西湖諸名勝，星羅繡湊，不可枚舉，獨少瀑布，得此如谷簾者點綴，不減賦海之包括奥區矣。乾隆二十一年，恭聞皇上再幸南邦，文烈呈請當塗，願敬謹增葺，以備憩陟。緣麓治山徑，迤邐西折，搆長廊，列庋亭榭。憑凌一睇，城郭蘢蓯，烟火數十萬家，鱗次節比，如指諸掌。稍南遠眺江聲海色，浩淼無際，晦明風雨，晨夕異景，縱目所如，雖韜光最勝處，弗是過也。明年春三月，上駐蹕西湖行宫，兩幸其處，御書『留餘山居』四字顔之，復賜詩五章，冠古轢今，籠括萬象，莫可思議。《易》曰：『聖人作而萬物覩。』《詩》曰：『媚于天子。』我皇上宵旰勤民，敷天哀對，特舉省方之典，德洋恩普，炳煜群倫，原未嘗以登高攬勝，稱遊豫之大觀，而聖德所格被，天闡其符，地呈其瑞，雖一草一木，亦日異歲新，以發雨露之光，而況含齒戴髮，跂息于太和之宇者，有不延頸企踵，争先踴躍，以獻媚兹之忱者哉。故兹石兹泉，視西湖名勝，奚啻稊米之在太倉也。而靈異所禀，不終以泥土自蔽，實造物者留此，以乘時自見耳。乾隆二十三年秋九月，薄遊湖上，文烈導遊于此，仰瞻宸翰，恭誦天章，重爲泉石稱慶云。恭記并繕。

天寧寺重建鎮海寶塔及千佛閣記略

鹽官當嘉禾郡之東南，三面枕海，地沮濕汙下，遇秋颶風作，海水衝擊，波濤訇訇，蛟龍騰躍，合沓瀰漫，勢不可以遏禦。習堪輿家者謂形勝相制，則可以静潮汐而福海濱之民，此水祚寺之鎮海塔，其所繫者重也。鎮海塔之功，始于元僧楚石琦公。公浙四明象山人，九歲出家爲沙門，持戒律甚嚴。天曆初，住持永祚寺，相度地勢，慮民居地邑之危，于元統二年，創建塔之舉。經營籌度，不憚勞勩，凡三十九年而塔乃成。海水慶安瀾，民人得以安枕，吾邑至今頌琦公之德勿衰。琦公没後四百年來，整理修葺者，代不乏人，然皆僅守成規。風雨薄蝕，日就頃圮，至鞠爲茂草，佛象埋瓦礫中。覺海師源瀚自金粟移錫至此，周視久之，慨然曰：『塔以鎮海，閣以輔塔。閣毁而塔存，脣亡齒失所依矣。方瀚之立，願重建佛閣也。』適有大木浮海而來，可任棟樑。邑人奇之，爰以十二文爲始，四方善信，雲集泉湧，凡八年而功垂成。忽鎮海塔不戒于火，七級俱燼，塔心巋然僅存。邑人來觀者，咸震恐如失所持，瀚曰：『閣成而塔燬，豈瀚所及料耶？惟投火一死，以謝衆耳。』衆齊聲謂瀚曰：『物之成毁有數。塔之毁，天也，非師之罪。閣之成，人也，翳師之功。曩者佛閣、浮屠出琦公一手，今師初願既慰，塔之燬，得無千佛照臨，以全力屬師耶？』覺海于是厲誓廣爲募化，志行堅篤，遠近翕應。又閱八寒暑，而塔以成。高二十餘丈，縱横三百餘步，飛甍重棟，周廊複道，榱題櫺檻，軒翥輝煌。觀者益信覺海之于琦公前後印證，波瀾莫二者矣。當琦公創建時，有龍舞于丈室，有天雨寶花之應，潛溪宋先生碑誌其異。覺海是役，亦感金剛之入夢，有莊嚴多寶之偈，誠無不格，今昔同揆。予世居武原，幸鎮海之鉅功，光復舊觀，欽覺海之樸魯無文，勤修苦行，有以感發大衆，而又多邑人之心存利益，樂善好施，響應恐後，皆仰賴聖天子敷錫庶民，俾斥鹵下邑，永慶安瀾。重以邑人之請，而爲之記。覺海，江南崑山人，俗姓顧。襄兹役者，上人國峰、實曉，邑善士王任齋也。

張東侯郡守屏風記

江浙同爲財賦重地。浙東西十一郡，計財賦所出，浙西三郡實可曹鄶餘郡。國家轉漕，每歲貢天庾者數溢平江四郡。至蠶桑所成，供三尚衣、諸織局，衣被華夷，重洋絶島，翹首企足，面内而仰章身者，惟嘉、湖兩郡是賴。凡官於浙者，得浙西一邑治之，咸稱賀以爲榮。至領郡符，爲通侯，則必由宸衷特簡，或封疆大吏薦剡，非是勿獲膺斯任也。乾隆二十六年，海豐張君東侯以解州牧報最，來守吾郡。下車之日，部民咸肅然瞻仰，所屬胥吏，咸凛然畏君威名，屏息不敢犯。君平易坦白，未嘗務赫赫名。初入境時，聞子衿有不守卧碑、興滅詞訟者，思小懲示警。適一生以田土細故，被人控其滋事，令承勘得免，君批令戒飭。翼日，生伏地訴曰：『生貧，贅於嫠婦家。婦無子且病，令生具狀耳。』君察知其情，且年纔二十，補博士弟子甫一歲，遂釋之，曰：『爾毋悖，但歸讀書，吾不罪汝也。』不泥成見類是。郡習俗，棄産之家，雖杜絶多年，猶屢索益價，嘵嘵不休。君曰：『是絀在售者，亦有恃富欺貧，利人之産，依年例取贖，屢請不許，請添價以絶，亦不許孤貧困之。』君斟酌情理，務求其平。郡漕粟甲於諸郡，徵納發兑，有弊在官者，有弊在納户者，有弊在胥吏者，有弊在運弁者，君條列榜示，公私便之。偶遇旱，率屬步禱甘霖，應時以霈，連歲有秋。公餘課士，必躬詣講塾，勸經論文，雖溽暑祁寒，未嘗廢也。

歲科試童子，弊絶風清，古學、時義並重，凡列前茅者，往往受學使賞拔。郡城河歲久湮塞，君延集紳士耆老，酌議疏濬。有建言開支汊曲汫，悉請復故道者，君曰：『郡城河故狹，通舟楫，納粟輸倉，居民擔水漿，以活流濟食，不致遠涉足矣。毀寧居以浚，甚無取焉。』議遂寢。二十七年，有旨調杭州。是年，上親視海塘，時大吏仰稟睿畫，加築石塘。君督修甚力，數月工竣，柴塘亦次第告竣，海不爲患。杭爲旗民雜處地，闤廣通衢，莠民相與爲匪，踪跡詭秘。君密得其情，痛懲爲首者數人，餘散去爲良民。各屬刑法將成讞時，愚民罔識輕重，自蹈重罪，君爲下反者數案，曰：『吾敢絀法減之耶？氏愚如盲者墮溝中，一拯之耳。』居無何，以前任晉中失察州民邪教，例應鐫級，上令該督撫勘君治狀，送部引見，仍命來浙。先是吾郡缺出，三韓甘君來守是邦。適湖州守李君以親老乞養去，大吏奏請君守湖州。君奉檄之官。湖毗連秀州，熟知君政，懷德畏威，四境帖然。君亦雅愛苕霅佳山水，且曰：『浙西三大郡代多賢守。唐韋左司刺蘇州，嘉禾僅半屬吴郡。白少傅由杭遷蘇，未治湖也。眉山先後知杭、湖，未守嘉郡。予何人斯，五載中握浙西三郡符，惟景行前徽，勉稱職守，上報國恩耳。』月餘，奉特旨仍知吾郡。郡民扶老攜幼，歡笑望左轓道迎者數里。君勤勞父老曰：『吾政何能及此。』數日，君詣予請見，曰：『鎮重莅茲土，思欲師古人聽事壁記，請先生文識之，庶幾朝夕觀省，可乎？』君齊海豐右族，自高、曾祖父及君父子，皆以縣令起家，代有治行。尊甫季膺先生與予先後出德清大司空徐公之門。予視學直隸，知君官畿東劇邑有聲。及君守吾郡，予懸車郡城，目擊君爲政清勤，寬猛相濟。予平生不能作訣詞，所書一二事，皆得之里巷所稱述，及君自言：『鞫勘刑罰，宜詳慎體察，不迎不拒，以協於平。』予深然之。以君之才，方受主知。毗倚屏藩，沾溉通省，持是以往，《洞酌》之義，予于君有厚望焉。唐貞元初，韋應物、房孺同時守蘇、杭，以詩酒相尚，後白傅繼之，旬宴一章，與左司燕寢凝香，同爲風雅公案。予所期於君，殆又有進於此者，本末先後間，惟賢者自度之耳。是爲記。

香樹齋文集卷二十

記二

何氏捨田守墓碑記

族世父晴山公由皖江移守吾郡，時承前政濕束，民多股栗，公以寬濟之，遇捍網者立繩以法，不少縱。在任六年，善者勸，惡者改面，畏懷如父母。屬吏景從承化，部内肅然。罷郡後，咸躋堂攀留，至有流涕者。公亦以桑梓鄰郡，且重違父老意，不忍辭去。留郡數歲，吏民之沐公德者，致薪炭鹽豉，公量受之。嘗乘小舟遊當湖，泛秦塘，止攜長鬚，科頭散誕，興盡乃返。里人有知公者，或奉尊酒隻雞求見，公頷而慰之。遠近聞者相餉恐後，公亟徙去，雖孟嘗之留南海，鄧攸之在吴郡，宋邑之居桐鄉，不是過也。當公寢疾時，諸子或以遠宦，或以公車寓京邸，惟四子經方侍焉。既殁，從部民請，卜葬于郡城之西三塔灣龍淵寺後，亦公志也。公殁後三十年，諸子皆通籍，有治行。次子經文由縣令報最，超擢二千石。諸孫亦相繼筮仕，克繩祖武，天之所以報良吏者，亦孔厚矣。經文子焻，幼習河道形勢工程，佐相國高公治河有成績，天子嘉之，擢兩淮都轉，仍兼管江南河工。經文就養子舍，數往來吾郡，瞻拜公墓，思所以善後者。煟請以俸入置田二十畝，爲長住供養。寺依墓而僧依寺，鐘魚梵火，長傍松楸，贍僧所以守墓，即古守冢之遺意也。何與錢本同族，公于先府君爲雁行，罷官後與府君以詩酒往復，稱莫逆交。陳群未第時，親見公之善政。閲三十餘年，陳群蒙恩養痾里居，又親見郡人之愛慕勿衰。經文父子請記其事，以垂永久。至公之宦迹在長葛、皖江，其卓卓可傳世者，各載郡邑志及相國高公所撰墓表，兹不復敘云。

四川第三會館碑記

京師宣武門外坊有四川會館，歲久傾圮者數，遂寧相國文端公曾集鄉人鳩工葺治。然地勢庳湫，屋數楹，僅蔽風雨。鄉之人擔簦負笈而來者，數人先之，後有至者，殆無坐處。先至者惶恐來徙以讓，後至者固辭謝請急去，曰：『爾重遷何爲？』其後又有至者亦如之，乃醵金，置第二館于斜街。未幾，雙山劉公巡撫江右，貧不能之官，遂棄館于他氏，鄉人亮其貧，不問也。今天子御極以來，右文愛士，士子遭際休明，人才輩出。雍正八年，禮闈撤棘後，皇上復念天下士子下第歸里者裹糧無資，特發内帑，計其道路，量予治裝。蜀舉子人拜賜金六兩，于是乃相謂曰：『向者百舍重趼，垢面泥腳來京師，或寄宿枯寺，或托跡旅舍，各散處不復聯屬。始疎于跡，致有疾病不復一相問者。今誠各出所賜金，復購數椽，爲第三會館，以便來者，不亦可乎？』時嚴公淩雲、張公敬亭、王公樓山、李公于是、王公小梁、黄公乾甫、向公儀階等，聞有是舉，各出銀若干，且請于衆商所以襄其成者。于是，蜀之仕于京師，及需次上注與選貢秀進士若而人，亦相謂曰：『散處出賃直無筭，醵金置館等費耳，其各量力以佽。』遂置館于宣武門外靈中坊之櫻桃斜街。館爲前大廷尉羅公第，羅固蜀産也，聞之稱善，願得金予之第，楚弓楚得，夫誠有先物者矣。樓山，予同門友也，爲予述其事，且請爲文記之。昔大小蘇氏宦成之日，拜金而歸，日置酒與鄉人會，史册豔之。今蜀舉子皆寒畯單門，推皇仁以及鄉里，其心公，其力均，其計久遠而利溥存者，似又過之。《伐木》之詩次章曰：『寧適不來，微我有咎。』言先施者，庶無罪戾也。卒章曰：『兄弟無遠。』又曰：『迨我暇矣，飲此湑矣。』言相樂以酒，以共成其德也。蓋如是而後神聽和平，理固有必致者。吾願來是館者，思皇仁之宜廣，善推之無肥其家，念君恩之優渥，矢報焉無藏其力，又願來是館者，享成功無忘墜棄，處安宅無忘庳湫焉。則豈獨蜀之人傳爲盛哉，百爾君子之仕于朝者，皆將于是乎取法焉。

鹽邑育嬰堂碑記

余銜恤里居，潘子尺衡攜《育嬰堂徵信録》一册，規條數十則，余受而閲之，喟然嘆曰：『吾觀于此，而知王道之易易也。』三代盛時，不獨親其親，不獨子其子，何其仁也？育嬰堂之設，所以收養遺棄，視行路人之子如其子焉，仁之屬也。雖然，有術焉。孟子曰：『以不忍人之心，行不忍人之政，治天下可運之掌上。』蓋不忍人之心，人皆有之，苟不能舉斯心以施諸政，怵惕惻隱之心，偶呈于乍見入井之時，而徒善終不能以自行。《月令》仲春安萌芽，養幼少，存諸孤，蓋言政也。嗚呼，政亦多術矣。生齒日繁，遺棄者衆，育之之地宜擴也。有其地，無其財，勿能贍也。有其財，無其人，勿能理也。今《徵信録》及規條所載，銀自銖兩以上，土田自盈畮以外，悉登于册，出入可稽也。所育之嬰孩，圖其貌，時其成，以至察乳媼之賢否，量其功而授之食，纖悉無不具焉。鹽邑僻處海濱，非若通都大國，富商巨賈，貿遷輻輳者之一呼百應也，而聖化漸被，望風承澤，樂善好施，踴躍恐後，所成就者如此，不其難哉，不其難哉。吾故曰：『觀于此，而知王道之易易也。』維時首議創建者，有宋鋌等百餘人，捐土田以助者，有徐巽中等百餘人，捐貲財以佽者，有潘銘三若而人，司事則有董年，視月察嬰司醫陸崧山等三十五人，官于此，則大學士制府嵇公，行中書省桐城張公，參議武進劉公、新建曹公，郡伯桐城姚公、即墨郭公，邑侯某公、某公，某公奉上德意，以實心行實政，既允輿人之請，撥官房五十間，官田三百五十畝，復頒布條約，以垂永久。《語》云：『有其舉之，莫敢廢也。』是宜勒之貞珉，以勸來者。

金明寺禪堂添捨齋田碑記

金明寺故習應不設禪堂，東、中、西凡僧寮三，皆在佛殿東。嘉、萬間，中寮僧海月、東寮僧智能兩公，始議擴復舊寺址爲之。已而不果，址復棄他姓。後二十年，海月孫秋潭舷公以品誼學殖，挺于禪宗，公卿士夫造請無虛日。舷公性恬澹，了無着想。沈孝廉汝納輩以寺爲舷公薙染地，議捐金歸地，一段功案，詳中丞岳先生記中。舷公欲成祖志，乃以多病，屬知能孫道顯董其事，數年而成。舷公没後百餘年來，卓錫于此者，無不仰禀宗風，恭承清範。雍正十二年，佛心純公來主斯席。純公年四十，始得受天鐸源禪師之法。天鐸爲金明開山祖介菴進禪師之孫，法乳瓣香，源流莫二。寺面城，枕市廛，純公居五年，足不出户，亦未嘗輕付一拂。一切莊嚴金碧色相，絶不沾滯。今年四月，有祥符寺清隱房僧文博，率其徒曉菴願受純公法。是日，同受者在山、立越、倫超。既退，曉菴請于其師文博曰：『弟子侍師久，心鄙繁囂，顧爲應付屈。今見純公，如見元紫芝矣。願以自置田一百八十餘畝，悉捐入金明寺，作禪堂齋田，而奉師搆净土以居焉。』文博爲之首肯。明日詣縣白其事，明府董侯鑒其志，即爲詳請本道府，皆報曰可。寺僧越倫請余爲文記之。余思禪家首戒在貪，爲利己之心一萌，于方便法門，即隔河漢。若文博曉菴者，損己利他，不着一相，不見損日見益矣，不見利斯遠害矣。是宜特筆之，以爲戒貪者法，且告十方僧衆，供養齋堂一盂飯，如啜廉泉，如吸讓水，貪于何有，若嗔若癡，有不冰釋者耶。越倫爲舷公雲礽，年少好學，能讀内外書。一日詣余，學爲詩，見余自訂《香樹齋詩集》二十卷初成，借觀。未兩月，輒手録一過。又取朱檢討《曝書亭詩集》，仿王梅谿疏東坡詩例，分類手鈔。蓋能篤嗜而未能深契者，嗜之不已，無厭倦心，無驕矜氣，吾郡何難添一詩僧席也？因記齋田及之，志舷公之有後云。

嘉興縣學新建尊經閣記

自古學校之設，首重明倫，而人倫之道，莫備于經。《春秋説辭》曰：『六經所以明君父之尊。天地之開闢，皆有教也。』《王制》：『樂正崇術立教而曰順，詩書禮樂以造士。』此經之藏于學宫，樂正掌之所自來也。兩漢設學，廣立經生博士，而藏經之室，未聞遍置于郡國。唐開元以還，郡縣始得通有孔子廟，其後定制，廟立于學。凡郡縣學之堂，扁曰『明倫』。堂之左右，或立社學，或闢射圃，而其後則峙以尊經之閣。經之有閣，其昉此歟？

我國家右文重道，御纂諸經，燦如星日。皇上學集大成，御極以來，尊崇至聖。凡所以培扶士氣，敦勵化本者，勞來匡直，靡所勿周。又復慎簡師儒，廣宣德意，維時膺其任者，皆學有經術之大臣。以故薄海内外，經明行修之士，莫不争自砥礪，以萃于學。乾隆庚午冬，寧化雷君視學吾浙。公爲人公正，通經術，其訓課士子，亦最重經學，由是，浙東西士翕然皆以經訓爲圭臬。嘉興，吾郡首邑也，而學舍之旁，獨無尊經閣，郡伯以下師君意者，咸以爲古制不可缺。及君移節江左，士之思君者，益亟欲見閣之成，以志君之教。迨君復來視學，則又申明職掌，頒布條約，率各屬學官共相勉勵。吾邑教諭沈君莫尚仰遵而力行之，適修葺明倫堂既成，沈君以其餘財思創建尊經閣，以補前制所未備者。郡伯磁州張君、邑侯寧陵張君咸稱善，各首捐奉所入以佽。于是，規明倫堂東偏隙地爲閣址，而邑之樂從經訓者，亦各以私緡來會。不數月而工竣，告成于君。君乃寓書，俾予爲之記。

予惟闕之藏經，猶樂之在懸也。六經義藴，廣大悉備。分之則如金石絲竹、匏土革木之各鳴其天，不相襲也，合之而搏拊考擊相協，而自致于和。是故不習其器，不能審其音也，不通其旨，不能明其器也。學官弟子，際此聖學昌明之會，誠能篤嗜而深契焉，屏去外務，檢束身心，仿朱子分年讀書之法，以優游饜飫于其中，毋欲速以自囿，毋畏難而中阻，毋以小得自詡，毋以小智自矜。時教正業，辨之豫而行之力，所以澤躬即所以善世，庶不負學使者諄復期望之至意，予雖老，實于諸生有厚幸焉。至庀材鳩工洎捐助姓氏，教諭沈君另勒于後，兹不具述云。

嘉興邑侯張君見思碑記

余束髮時，見江右南城陳公諱大宏者，宰吾邑十年，民安之若父母。自是，以廉幹稱者，間亦有之，而嗣音陳公，無少欠缺，則五十年中，又見寧陵張君之治吾邑也。君以乙科選授吾浙批驗大使。十六年，大計卓異，初署仁和，再署武原，凡數月，當更替，邑民相率遮道攀留，不得，扶老攜幼，送至數十里外。十八年，題署吾邑。君之治吾邑也凡六年，無赫赫名，視百姓飲食争訟如户内事，必推勘體察曲折，以赴于理。下車數月，有女僧自鄰邑逗遛境内，以佛前香爐灰施人曰：『是可已病。』鄉民信者踵至，門如市。公密查，驅之出境，諭曰：『吾知爾無他邪術也。顧鄉愚耳食久之，恐釀成事端耳。』有甲與乙争繼，甲自髫齓爲某後。某没，爲三年服，又爲所後者承重服，乙利其産，指摘曖昧以控，君直甲而斥乙，浮議遂息。乾隆二十年秋，邑被偏災，民乏食，嗷嗷幾不可制。君遍詣鄉曲，馴者撫之，悍者彈壓之，速招商牙，諭以利害，平米價，又捐俸爲好義者倡，邑善士皆聞風樂輸，設法賑濟，民賴以全活者衆。上再幸吾浙，一切經費，遵旨敕支帑項，惟除道路，修橋梁，則官斯土者之責，君未嘗累民絲黍。至于崇學校，興文教，甄拔寒畯，扶持善類，肅清漕政，禁吏侵牟，亦不苛刻兑丁，邑人便之，聲達四境。鄰邑有捏庚謀娶某之媳，控府，府檄委勘，君片言折捏謀者，治其罪。君將移仁和，行有日矣，有積宄阮正邦，竄身流宿，杭、嘉、湖、紹四郡，皆有窩留處所，臬憲飭各屬嚴捕。君密召幹役，勒限緝獲。不數日，擒正邦于蕭山縣境内，解臬憲，各邑竊事懸案以待者十數件，皆得成讞。去惡務盡，不以將去其邑稍弛也。君既去吾邑，士民之戴德者，條列君善政，請予記之，爲撮其數事，以志懿好，他日採循績，或有可考焉。君名元文，字宏謨，號西藩，中州寧陵人。

族兄芝臺司馬墓記

兄先世從武原徙嘉興，後更居當湖。性質直，事親孝，持己正，周賑貧乏無倦容，以敦厚退遜訓子若孫。將老，屬其子學淹、學洙曰：『吾生無益於人，吾死墓地勿過侈，畝餘足矣。戒子孫不得附葬，傷地脈。』學淹、學洙跪而應曰：『不敢忘。』章安人結褵未久即世，金安人克相夫子垂五十年，晚年綜家政，有條理，戚黨咸稱其賢。既葬，學淹、學洙請予識其墓云。

香樹齋文集卷二十一

傳一

金指揮傳

金友勝，山東登州府黄縣人，明金帶指揮。崇禎四年，土寇陷山東州縣，抵登州，巡撫孫元化遣部將禦之，戰于城外。時城内官兵多中賊餌，約爲内應。友勝率衆守城，奮身先登。賊素憚友勝名，相語曰：『金指揮在，城不得破。』乃伺友勝登陴，以大礮仰攻，遂遇害。是夜城陷，妻余氏聞變，自縊。子廷祚甫三歲，隨庶母趙氏避難遼東，依郭氏存活，遂姓郭氏。我朝定鼎後，廷祚由筆帖式起家，歷任工部侍郎。念郭氏撫育厚恩，終廷祚之世，不忍復姓。廷祚子鉷，官廣西巡撫，羅列友勝夫婦盡難始末，奏請復姓，奉旨俞允，人以爲忠節之報云。

烈婦余氏傳

烈婦余氏，明金帶指揮金友勝妻。崇禎初，土寇攻登州，友勝率衆捍禦，中礮死。登州城陷，余氏知不得全，乃以所生三歲子廷祚，屬友勝妾趙氏曰：『臣死忠，婦死節，經也。存孤，權也。我行經，汝行權，汝善撫吾子，吾相從于地下矣。』友勝友耿仲明等，聞友勝被難，相率赴哭，且治殮事，知余氏志不可奪，乃爲設祭。余氏盛服，端坐受祭，祭畢從容入室，自縊死。

義婦趙氏傳

義婦趙氏，明金帶指揮金友勝妾也。崇禎四年，友勝死土寇之難，妻余氏誓不獨存，以所生子廷祚屬趙氏曰：『死易，立孤難，吾爲其易，汝爲其難。若以汝之力，他日金氏得延宗祀，其受余拜。』趙氏許諾，遂自縊。趙氏奉友勝屍，與余氏合葬于登州城東。當是時，巡撫孫元化既被囚執，城中人倉皇逃散，多航海避遼陽者。趙氏流離奔竄，計無所出，亦挈廷祚至遼陽，適參領郭公。廷祚改姓郭氏。

本朝定鼎後，廷祚從大軍入關。參領公特愛廷祚，趙氏恐事泄，亦甚秘之。廷祚既長，通籍初，未知爲金氏後也。有耿仲明者，素與友勝善，時已閱三紀。一日遇廷祚于朝，熟視良久，曰：『不圖今日復見金指揮面目也。』遂泣數行下，且執廷祚手曰：『吾將就封于閩。他日當備以告汝，不使汝父忠節湮没耳。』廷祚不知所云，歸以告趙。趙終不言，垂泪而已。仲明行至吉安而卒，後遂無知其事者。居無何，趙氏病篤，謂廷祚曰：『耿公之言不謬。汝故金指揮友勝子也。』且具道盡難始末，嗚咽者移時，遂氣絶。廷祚以郭氏有撫育恩，不忍遽棄去。然歲時朔望，未嘗不東望拜泣也。後爲少司空，終其世仍姓郭氏。雍正六年，廷祚子鉷官廣西巡撫，請于朝，奉旨復姓金氏。自友勝夫婦相繼盡難，宗祀不絶如綫，趙氏失身撫孤，卒之廷祚遭際聖明，位登卿貳。慶溢孫曾，使忠節遺芳，不致終于湮没。其所全，豈不大哉。

藍明府傳

藍啟延，字延陵，號敬軒，萊州即墨人。始祖珍，仕元，以武功顯，起家武義將軍。自後簪笏相繼，爲萊望族。父潤，初名滋，國初舉進士，爲翰林，有名。官侍讀時，事世祖章皇帝，屢見信用，賜名曰潤，仕至湖廣布政使。啟延其幼子也。生三歲而孤，依母張存活，事諸兄甚謹。丁卯舉于鄉，尋授内閣中書。庚辰成進士，需次家居，奉母至孝。歲時伏臘，必集宗族長幼于家廟中，勸勉備至，咸謂方伯有子矣。初授廣東乳源縣，迎母之官。姊適周氏，蚤没，所遺子女悉攜至任所，延師課讀如己子，後皆成立，人以爲難。任乳源之明年，粤東旱，斗米至三百錢，居民苦艱食。啟延預爲設法賑濟，齋戒沐浴，徒跣禱祈，雨大沛，邑不爲災，士民德之。以母憂去，百姓號哭牽留令船者數千人。服滿，補西和縣。甫入境，見百姓貧苦流離，即密陳便宜數事于大吏，詞致愷切，悉見採録。西邑處邊鄙，豪强兼并，地多隱漏，乃急爲釐正，積弊盡去。時西陲用兵，飛芻挽粟，經理周詳，民不爲病。署階州事，三月政成，大將軍富公檄令速赴軍前辦事。啟延多幹濟才，善體恤邊民，以故台站轉輸，不事敲朴，衆心響應。然坐是心力勞瘁，卒以不起。死之日，貧無以殮，同役諸公爲之經紀。喪歸出西和，百姓赴哭者相望于道。先是，啟延奉役，數往來哈蜜，就爽塏地築數椽以當氊帳，後哈蜜人咸思其德，各攜家于傍，今成大鎮，土人呼爲藍家莊，立祠祀之。

論曰：考循吏傳，桐鄉有朱氏，山陰有傅氏，皆以濟美名其邑。明府爲名家子，効力邊陲，所至民便，所去民思。即墨有藍氏，敢以告于史官。

胡文學傳

胡文學名樹枏，字藹谷，號恬巖，秀水人，原籍錢唐，世有隱德。祖鼎錡，天性淳摯，重然諾，敦任恤，能赴人急，嘗以所居宅讓從兄某，葬族人之貧不能葬者十餘家。父潢，孝謹，早世。母鄭氏守節撫孤，大吏上其事，奉旨建坊旌其間，均載郡志及通省志中。文學生數歲，失怙，步履端正，有成人度。稍長博通群籍，尤精經學，未弱冠補博士弟子員。事母鄭，先意承志，鄉黨以孝稱，處兄弟間，誾誾如也。人或謂當進取以榮親者，則曰：『通塞有命。不受命以求榮，是辱親也。』後居母鄭憂，寢食繐帷者三年，日進饘粥，雖疾病，不飲酒食肉。有某者售以房屋十數間，歲入賃值若干，後聞其貧且老，乃還其券，某感泣。戚族中有倚以活者，衣食之，十餘年如一日，至有撫遺孤成立者，未嘗少有德色。顏其齋曰『學古』，日集子弟及門弟子講學其中。平生不詣官府，里中遇公事，如徵發、期會、學校、設賑諸難理者，文學必愷切詳明，如其言施之，無不中者。所著有《經疑》《性理心解》《禮問》《經史返約録》，共若干卷。陳群持服里居，適文學抱痾杜門，衡宇相接，舉襄時多所昏瞶，文學爲開示焉。未幾文學没，年僅四十有五。子燮，有才行，克繼家聲。詣予，以文學傳爲請，爰述其生平行事大概。

論曰：自鄉舉里選之法不行，如文學者，抱一經終老，牖下不見柄用，惜哉。然予聞文學居里時，同宅兄弟無争競者，所親厚無凍餒者，鄉鄰無鬬狠者，誠心推致，人自感焉。懿哉，文學孝且惠矣。

盛高士傳

盛大鏞，字匏仲，初名葉，字奕雲。高祖萬年，明江西按察使。曾祖士元，明中書舍人。祖以約，太學生。父子鄴，字李侯，明諸生，國初，召弟民譽、子藻集家廟中謂曰：『自明祚末造，倭寇四起，東南諸郡，創夷特甚。今大兵南指，風行草偃，遠邇響應。吾聞仁者無敵，應天順人。君子知幾，既明且哲。爾等遭際興朝，吾惟自安肥遯，鴻飛用晦，鳳羽爲儀，不相襲也。』遂棄舉子業，與同郡項氏、朱氏、沈氏、姚氏，各以志節相許。先生生而穎異，五歲通聲韻。李侯公授少陵詩，輒成誦，每授一詩，即索解，語之，怡然釋也，不得則啼哭如發憤者。逮出就外傅，時諸名人詩成誦者已千首矣。通五經，補博士弟子。會叔父民譽、兄藻先後登科第，天下名士羔雁至者，屨滿堂也。每當文讌，先生屬草，一座屈伏，而先生恂恂如不勝衣，雅不欲以聲氣自任。戚黨中有以急難告者，量力以應，無難色。李侯公春秋高，思博升斗爲禄養計，以資上注爲廣文。已而李侯公即世，先生奉諱里居，不接見一人。服滿，喟然歎曰：『禄所以養親也。親没，何以官爲？吾性悻直，雖得官，且得罪。』乃卜宅于春波里之虹橋，得巢先生鳴盛手製匏，愛之，顔其齋曰『匏菴』。集里中詩人，爲竹林之會，竹垞朱先生聞之，欣然把臂，每會必鼓楫而來。好收藏前賢文集，朱先生方有明詩之役，輒相咨訪，多所補益。先生曾以雨阻宿匏菴，見架上籤識，有牟陵陽、吕九柏、周桐村諸名人集，曰：『吾尋覓十餘年矣。今得一閲，何幸也。』先生舉以贈，于是取酒屬謝。陳群總角時，隨祖父訪先生于匏菴，留數日，取案頭《涑水集》相遺，曰：『子貌清厚，他日當以文章事業名天下。吾老矣，期許後賢微有本志，是集幸留意焉。』陳群拜而受之。又二十年，群爲翰林，曾給假侍母歸里，訪先生南湖之濱。時先生抱疴牀笫間，數椽僅庇風雨，召與語曰：『《涑水集》尚在篋中否？』則對曰：『已披閲數次矣。』先生喜甚，爲進粥少許。所獎借群從，如支炳、支焯、熙祚，後皆成名。卒年八十有三，有《匏菴集》十二卷。妻方氏，生華膴，歸先生，澹泊自甘，盡棄簪珥以佐遊屐，時論方之桓鮑云。

論曰：盛氏多隱君子。先是有盛遠者，結茆南湖，不求聞達。縉紳慕其名，數來起居，遠高棲重鑰，拒而不見。先生繼之，風尚不殊焉。至于接引後進，樂道人善，蓋並駕異軌矣。

許悦成傳

許某，字悦成，以字行。父熊飛，有孝行，曾赴郡試，爲盜所虜。悦成方十餘歲，隨行，號哭往救，聲振林木。盜憐而還之，尋卒。母孫氏，名家女，教悦成讀書，輒爲悦成言其父孝行數大事。悦成爲之泣下，舉案上筆，去其潁，投于地而言曰：『母訓兒讀書，功名自有定數。所不能表彰父孝，以湮没無傳者，有如此筆。』及長，博通群書，以醇謹稱。奉母盡色養，後母病，藥不能治，割股以進。他日人問之，汗下如雨，輒不能對。又問，則曰：『吾非不知未當于理，顧僻處鄉曲，猝無良醫。凡可以延母命者，無不爲也。事已往，尚何言耶？』山左何公世堪，篤行君子也，以衡文來浙，多省録節孝，以勵風教。悦成取所輯《喪宜五禁》等集呈之，何公悦，延至署齋，討論至再，頗見採擇。悦成因以父孝未旌爲請，何公密訪于輿論，與悦成言無異，乃爲之題請，奉旨祀于其鄉。悦成常貧不能舉火，鄰人某以非理訴，曰：『得君一言，當致白金數鎰。』固辭不受。曾授徒官舍，居民有以逋不能償將投井者，盡出館穀所入與之，得不死。勇于爲善類如此。有楊生者，群從兄女子出也，聞群將還朝，走送長跪而請曰：『吾幼孤露，許先生實憐惜之，課督數歲，未嘗計脩脯。弟某更孩穉，許先生爲之結襪繫衣，撫而教之。今先生歿，非公莫能傳之。』予未識悦成，見其弟子思慕如此，必有所以感之者，乃爲之傳。

沈隱士傳

沈麐，字天鹿，號莄菴，嘉興人。少孤，母胡撫之，躬授句讀。稍長，博通群籍。丁明季末運，棄舉子業，耽吟詠，陶然自適，無進取志。娶武塘錢氏。時士升、士晉皆開府貴盛，而龍門公操撫江淮，欲表薦之。麐決意肥遯，冲懷雅趣，與名宿往還詩酒間。佘山眉公輩慕其風規，輒先後投縞紵焉。當塗聞其名，造廬請見，不納。性純孝，家饒于財。伯氏覬其貲厚規，欲佔之，麐泣請于母，盡讓其膏腴，願自以薄田奉母，守約終身。後伯氏貧窶，且老無後，麐仍爲收瘞，曲盡友敬。尤工于填詞。本朝康熙四十五年，奉旨命詞臣選歷朝詩餘，録麐數闋，時論方陸務觀、孟雲卿輩云。

朱節婦傳

節婦姓朱氏，名瑄，柏鄉教諭朱大業女也。幼嫻内則，適會稽李定山，生一女。即以所媵婢名芹香者爲定山妾，俾廣生育。後定山援例尉平邑，卒于官。瑄聞訃，一痛而絶，家人救之乃蘇。如是者數，姑乃諭曰：『吾老無養，汝夫喪未歸，奈何以諒節廢大義。』瑄默然久之。逾時，定山喪還，檢篋得定山手書，云：『芹香事余，舉一子，未吏顛狽，尚留保陽。子生于某年某月日，乳名某，可訊存否。李氏不絶，在是矣。』時定山兄進山亦在家，訊之，與手書，同瑄親作書召還，徧告家長，族人率見祖廟，登其名于家譜，撫之恩義兼至。芹香感其主之節義，不忍去，共事其姑，以孝聞于其鄉。教諭朱大業爲余言，因手繕共姜、莊姜之事以比之，復爲紀其事以傳于後，使他日乘志有所考據云。

奉宸苑卿汪君廷璋傳

汪君廷璋，字令聞，號敬亭，唐越國公四十四世孫，籍隸徽之歙縣。自曾祖鑣，始以鹺業，僑居維揚，代有隱德。父資政公允信，孝友尤篤，一門五世，同居共爨，庭無間言。君少不好弄，性仁慈，遇生物，雖蠅蟻勿踐踏也。見器物壞，必完之，曰：『無使以不全見棄。』初就外傅讀書，目下數十行，塾師奇之。遭母喪，哀毁如成人，人稱爲孝童。十三能文章，每搆一題，常整襟危坐，形若槁木。移時落紙，結搆抒軸，如不經意者。顧不欲專任舉子業，愛論史，衡論古人，雖碩儒老宿，咸稱其當。維揚鹽筴，運課所入，甲於天下。正課之餘，凡供餉、捐賑、興工，動關國計，鹺運大吏，量入計出，有補于公，而本不告匱，必資業鹺數大家才堪任事者，商榷贏絀，以綜厥事。君年二十餘，即承父命，仔肩重荷，勤慎坦白，無所矯激，贊襄舉措，悉中肯綮。辛未冬，恭遇皇太后萬壽，隨班入都叩祝，得覲天顔者六，賞貂皮三十張，内紵六端。翠華兩幸江浙，拜御書福字墨刻數種，内府珍品數十種，賜宴于高旻寺行宫，加奉宸苑卿銜，以示優渥，君謙謹愈勵，執事益勤。平生無他嗜好，公餘耽吟咏。維揚爲冠裳總會，名士碩彦，往來于此，接侍請益，其于詩文源流，如别淄澠。其作詩豪邁俊逸，一軌于法。凡敬宗收族、睦婣任卹諸善事，靡勿勉力舉行。人或稱其賢，曰：『我成父志，惟恐行之不及耳。』事資政公，曲盡色養之道，四十年如一日。資政公未疾時，君先抱疴，强起侍醫藥，謂其子熙等曰：『汝祖倘不諱，吾不起矣。』已而果然。余識君于汪文端公邸寓，與論詩，頗得唐賢精意，知君問學有本。接君狀而爲之傳，從其子熙請也。

論曰：史稱華陰楊氏家世純厚，並敦義讓，昆弟相事，有如父子。後各登台鼎，緦服内以功名終者，累果不衰。汪君一門貴顯，錫予便蕃。《易》曰：『積善之家，必有餘慶。』古今同揆。以君之才與行事，早謁選人，著循良績，當不在津椿下。乃奉公養志，不汲汲于爵禄，而榮亦及之。《書》不云乎，『孝乎惟孝，友于兄弟』。施于有政，是亦爲政，汪君有焉。

陶先生傳

先生姓陶氏，名日襄，字伯宗，晚取考槃之義，又號磐夫。本農家子，五歲見衆兒抱書本入村塾，隨之，端立不去。塾師授衆兒書，有誦《孝經》者，趨立其傍，少頃即成誦，塾師奇之。時余先王父公車方歸，聞之，留家塾中讀書。年十六，博通經史，慕商隱先生名，負笈請見，留數日，謂曰：『日襄家貧，願鈔架上書卒讀，可乎？』商隱曰：『果爾，吾困中脱粟可供也。』數年録商隱所藏書數十種，歸學醫，窮河間術。其爲醫，蓆門老弱、深村孤寡請診輒效，人齎百錢斗粟謝，藉以舉火。富商巨族耳其名，延至治疾，雖無害亦不甚效，坐是名不顯。先王父秉鐸信安，先府君隨侍官署。先慈親自課讀，知先生經學貫穿，命陳群兄弟受業。時陳群年十五，粗通五經。弟峰年十三，能背誦四經。弟界年十一，熟三經。先生立講經之法，獨嚴于群，命兩日註一卦，乾、坤二卦註十日，隨所見爲註。不背經義，而戒鈔襲，間出己意而當于理者，大加獎賞。又命群與兩弟講經，有未當者，指而訓之。初甚苦，白于先慈。先慈曰：『此先生成就汝也。』久而安焉，受益多矣。後四十年，蒙恩充經筵講官，每進講經書，凡執事閣中者，皆曰聲音爽朗，舉止安和，雖老輩不及也。其得力有自來矣。課餘，勸令讀古詩及李杜集。又躬率群兄弟習洒掃、應對、進退之節。每持帚掃地，必背吟所讀詩。先慈請曰：『兒輩講經讀古誠善，應試當以時藝，將若何？』先生笑曰：『師之于弟，當就其所長教之。郎君他日當以詩文名天下，不患不取科名耳。盍命題作時文。』先慈召陳群命題，鐍户以試者三，喜曰：『有師若此，吾無憂矣。』既而先府君歸自信安，召群兄弟問所課業，感而淚下，泥首以謝。先生曰：『吾不能久留尊齋。』先嚴固請，又留二年，則群已貢入國學矣。一日，先生以所撰性理諸書、詩文雜著若干卷，置一篋，辭館去，命其子買舟送至武原，遵海而西。謂其子曰：『汝但攜我襆被，借僧院頓足。我曾與海上翁期此相見，後當歸也。』後不知所終。其子徒步跡其父所在，不得。予集中有方子春詩，蓋悲先生作也。

烈婦五妹傳

五妹姓錢氏，余從女姪也。幼淑順，不苟言笑。年二十三，適同邑儒童陳潮。潮，故右族子，成禮後，夫婦相莊。潮勤學讀書，至夜分不寢。五妹奉舅姑，克盡孝道。潮體素羸弱，遇郡試，以疾未與。數日少差，執卷請補試。郡侯曾公閱其文，謂曰：『汝文絶佳，惜正試未與，不能作第一名矣。』試畢歸家，病益劇。五妹晝夜侍湯藥，焚香籲天，願以身代。病革，謂五妹曰：『吾不能侍二親矣。終鮮兄弟，汝將代吾供子職。』五妹曰：『君有不諱，妾亦當相從地下。』潮復諭以大義，則嗚咽而已。既而潮死，哭踊哀甚，即絶粒不食。翁姑痛哭勸解，五妹極意承歡，以示不疑。乃力勸翁姑曰：『媳無子女，又無小叔，急請納妾，爲後嗣計。』翁姑深然其言，即納妾朱氏。五妹欣然曰：『今而後侍奉有人矣。』越數日，爲潮百日設奠，五妹遣婢取湯沐浴，衣衰絰，赴潮靈次拜奠。奠畢歸房，閂户投繯。家人闢户視之，則縞衣披體，素練在頸，氣已絶矣。時溽暑炎蒸，越宿含殮，顔色如生，香滿室不散，宗黨視殮者，無不嗟歎泪下。族人爲余言其事，余舊史官也，遐陬遠邑，見有節孝可稱，猶將書以識之，矧宗族之戚邇者耶？乃爲之傳。

論曰：五妹于陳潮疾革時，即以死自誓，夫亡百日，慷慨相從地下。千秋一言，不敢食也，彼其志已决矣。承色笑以釋堂上之疑，請納妾以備宗祊之計，節與孝耦，無廢焉。《傳》云：

『能欲復言，而愛身乎？』五妹有焉。

莊孺人傳

孺人姓莊氏，同郡中憲大夫簡在公第三女。幼明大義，不事瑣屑，見婢獲寒苦，出針箱錢濟之，不責報也。年二十，適同郡馬君右衡，故巢縣令東亭公子也。七歲而孤，母石太君鞠育長成，尫羸若不勝衣。結褵後，孺人事姑甚勤，克相夫子，族黨疎戚各適其宜。石太君視婦如女，孺人亦先意承志，見者咸稱嘆焉。予祖居鹽官之邏村，初奉母太夫人官京師，同祖子姪之在邏村者，借屋以居。至是奉母假歸，四十口無所棲止。馬太君以東亭公與先大夫有舊，慨然以所居東偏出賃。居無何，石太君見先太夫人治家有法，諭令孺人以母事太夫人，且曰：『吾子孤露，幼嬰疢疾。孫子天麟、天錫、開泰行就外傳，懼漸市井習氣。今令孫甫齠齔，所從明師，講貫不輟，夜分猶聞書聲。倘依德鄰，使吾穉孫取法，不亦幸乎。』太夫人許之。蓋孺人三子與予子年相若也。時予假滿還朝，瀕行，太夫人有難別意。石太君率孺人慰勸曰：『太夫人厚德所詒，翰林此去，當受國殊恩，不久來迎養，無以暫離介意。』予守翰林數年，太夫人徙居金陀坊，孺人以時存問，視如母。太夫人手作家報北去，必曰：『莊氏淑女遇我厚，通鹽豉，時起居，真難得也。』石太君寢疾，孺人衣不解帶，藥餌不親嘗不敢進，目不交睫者累月。每夜焚香祈禱，願以身代。數日大漸，執孺人手謂曰：『汝爲吾家婦，實吾子也。汝善視吾子，撫諸孫成立，吾即死亦瞑目矣。』言已而没。孺人哀毁，死而復甦者再。自附身附棺，喪葬大事，稱家以治。後數年，居夫之喪，痛不欲生，重以平昔姑命，强起視息，待諸子甚嚴，雖小過不輕恕也。孺人一身操作，勤儉自持，宗黨以急難告者，必量力以佽。乾隆元年，予奉太夫人喪南歸，孺人率諸子來迎，遇於長虹橋畔。登舟撫棺痛哭，聲泪俱流。居恒嘗自嘆曰：『既喪吾姑，又失母範，吾何以堪。』其不忘舊如此。嘗遇歲歉，有蔣姓者貧甚，賣妻償逋。孺人知之，即解囊，遣人追至石門贖回，以全其夫婦。又有本城舊族，老而貧病，賣女與人爲妾，孺人即出金贖之。數月，納妾者以暴疾死，此女不致流落。其他任卹類此。乾隆二十七年十月二十九日，無病端坐而卒。其明年，葬有日矣，孺人子開泰、開基率諸姪請曰：『不孝等無所成立，不能表彰母德。大人素知先慈生平梗概，丐一言以垂家乘。不孝等幸甚感甚。』乃爲之傳。

論曰：婦道無成有終。孺人事寡姑以孝，相病夫恩義備至，畜諸子以嚴。出人于難無德色，周人之急無慢容。成而不居，終而不有，其賢乎？

香樹齋文集卷二十二

祭文一

祭范大夫文祠在城南金明寺

由拳之窟，檇李之城。地實介乎吳會，爲伯圖之所必争。曠百世其相感，惟令德之可馨。當辭政而出質，偕柘稽而行成。繄此邦之衆庶，倚夫子而爲命。懼偵諜之相躡，曾肅肅而宵征。既宰嚭之中餌，罷二紀之甲兵。伺夫差之驕縱，敗齊師于艾陵。僅老弱之留守，遂搗虚而繫頸。決生死于指掌，俄已亂而扶傾。緬王佐之不克見兮，夫孰與子抗行。功既立而不有兮，師介山子之孤清。變姓名而躬耕海壖兮，薄卿相于寸筳。歷三徙而不遑處兮，規利入以遺餘年。嗟英雄之末路兮，心耿耿而靡寧。至今邦人之蒙業兮，申麥飯以來迎。洵無德之不報兮，神歆鑒而式憑。亂曰：宛之三户，君故土兮。執辰而往，勳則樹兮。逝水不可返，靈其奚取兮。又曰鴟夷浮海，乃行意兮。名難久居，行避地兮。齊非所安兮，則不我棄。不我棄兮，降福濃濃。沙户祈蠶兮秔稌，祈農擊鼓兮考鐘。雲旗飄兮雨濛濛，鳴玉佩兮雍容，翩其來兮城之墉。

祭陽城相公文

群讀史至《二疏傳》，未嘗不流連慨慕，而歎其難能。想班掾當日，既上下千載而未見斯人也斯遇也，乃于今見之，遂援筆而傳之，夫固史氏之所榮。又想二疏當日受金而歸，亦且置身于往哲，謂臯、夔、傅、吕諸君子，所不能得之于唐、虞、三代者，乃于身遇之，故數問其餘金，趣賣以共具。雖素所愛信者輒進説，而未之或應。後廣、受二子，千載而一見，夫子謂後來者何嘗不及于古人。豈遂令彼二疏翺翔雲表，高吭而獨鳴？胡祖道者歡騰載塗，方未返乎都亭，而訃音奔告，忽來自百里之程。古今人同不同若是耶，而吾乃于夫子之終，不獲追踪于二疏者，爲之欷歔歎息，復抗懷千載而一爲之盱衡。夫二疏之歸，公卿大夫設供帳于東都門外者，非有天子之命，乃故人邑士鋪陳其概，而自致其情。豈若夫子之歸也，承九重之湛酏，同朝之往送者，膏車秣馬，授漿授杖，趨蹌恐後，而惟天子之使令。廣之言曰不去恐有後悔，當日未嘗明言其意，史氏且不能傳之，彼畫工之好事，亦徒費乎經營。豈若夫子之遭逢堯舜，嘉謀嘉猷，入告于内，乃順于外，進則爲鹽梅，爲舟楫，而退則爲五更，爲三老，以象四序之代成。亦可知設祖道送者，車數百兩以爲盛事者，此不過道路觀者之所羨，而既歸里後，與故舊賓客相娱樂，亦止鄉黨宗族之所稱。考純臣之所蹈，復奚忍而出此，誠不欲一日離天子側，況侈言遠引，以求全夫令名。向使夫子自度其精力，苟可以旦夕待，則必不遽告，告亦不必遽退，而後乃今知信然。故夫二疏者流，固足爲慕禄希進者之所風，及觀夫子之終始一致，亮斯人之踪跡，匪懷抱之所縈。爰陳詞而致酹，復作誄以致哀。誄曰：

夫子之行，秉恪誠兮。頡頏夔稷，遇聖明兮。懸車告歸，金滿籯兮。天不慭遺，隕列星兮。晨入陛辭，有詔寵行兮。暮儔喬松，以長征兮。某水某邱，昔所經兮。魂而有知，猶眺登兮。尚饗。

祭虞山相公文

嗚呼。天生良弼以佐太平兮，萃衆善于一身。既以身爲朝野之所係兮，宜綿遠其永年。胡憯怛之忽覯兮，羌疾疴之萌生。九重猶深夫悲悼兮，逾常禮以厚終。同朝下自一命兮，哀愴遍乎公卿。行路之人，無論識與不識兮，謂如夫子者，乃未耄耋而遽薨。矧群之追隨共事兮，能不痛哭其失聲。維我公之發跡兮，實上方乎伊傅，而博物下士，復媲美于僑嬰。憶昔先皇之隆遇兮，每造膝乎邇英。論密勿以獻謀猷兮，微稽古之力，其曷以致此榮？舉往哲以相況兮，或尚父之興于出獵，與殷宗之夢賚良弼，庶並軌而同稱。擢齊賢于馬前兮，早卜相于衆中。逮我皇之纘服兮，遂一德以抒誠。由秩宗以領度支兮，司九府其常盈。竭匪懈于夙夜兮，本忠孝以爲程。惟退食之餘晷兮，必侍太夫人而手進。夫侯鯖及私艱之方覯兮，適毘倚之益增。踵曲江之故事，翊我皇之聖明。沙隄亘其如虹兮，爰習吉于盈庭。敢對揚夫休命兮，感二卣之至精。起墨縗以視事兮，總百揆其靡寧。贊軍機而裁決如流兮，燭萬里之情形。考制度而釐定夫典禮兮，鑒圭臬而爲衡。扣萬石之洪鐘兮，允大小之畢鳴。每從容而指顧兮，曾不撓乎淵渟。積勞勩于盡瘁兮，乃二豎之忽攖。痛梁木之頓摧兮，控箕尾而宵承。惟乃心于皇室兮，薦夷簡之忠貞。況公子之克紹箕裘兮，人孰不羡乎西平。種厚德于樹人兮，更何後事之足營。生純臣而没明神兮，依然天上之列星。衛社稷以默佑兮，知罡風之遠掃夫欃槍。大功宗于禋祀兮，歆歲時之牷牲。嗚呼，尚饗。

祭遂寧相公文

嗚呼。我公人臣之鵠，學可匡時，道惟化俗。業在民物，心存幽獨。奥不可窺，試言其目。服官之義，曰清慎勤。有一于斯，國之藎臣。公實秉之，而履其醇。五百名世，遠契而群。其清伊何，惟涇之水。激之揚之，而神自止。以儉居之，力去浮靡。以廉基之，處汙不滓。暑或不蓋，食或廢簋。彼却金者，其末節矣。安莫如道，危莫如逕。一念之肆，末俗之競。公早辨之，動必由正。謁門無私，亦不通問。彼不知者，曰門何峻。亦有嘉謀，入告外順。温室不言，惟主乎敬。敬德厥彰，既清且慎。公業惟廣，公功惟崇。勤之所集，以樹厥庸。庸之大者，在度河工。利防扼險，利導戒壅。河善遷徙，古無滯蹤。公之視之，馴擾而從。一勤感召，蒼水斯通。具此衆美，所以藏器。器而不窳，遇時而致。少事先皇，信任不貳。垂五十年，靡所不試。豈無嫌怨，何引何避。方之魚水，抑又何異。内統百僚，外率群吏。舉而措之，以行其志。公我皇纘緒，秉德謙冲。舊勞于外，允執厥中。鑒公亮節，無渝始終。爰諧枚卜，晉秩于宫。公曰老矣，其將明農。帝曰其留，霽顔慰諭。許公暫歸，以省廬墓。公去則遲，公來則遽。蜀道嚴程，瞿塘灩澦。重入閣門，恩禮益飫。日者抱痾，賜予便蕃。晨饔少進，夕已不飧。上藥鮮效，永辭九閽。遺章未入，御輟在門。嘉公之績，問及子孫。某等哭寢，共感皇恩。公没則正，公道則存。魂不可招，夫復何言。於戲，尚饗。

祭勵宫傅文代

嗚呼！我公秉兹一德，亮節讜言，古之遺直。生應昌期，以載以翊。没惇功宗，永著臣式。緬惟先公，甘盤肇迹。丹書有陳，西南布席。鑑杖劍盂，必匡以敕。用資睿聖，非淵而默。洎乎我公，厥問奕奕。事我先皇，勤勞日昃。蔚乎文章，傳家華國。扈從追隨，廿年禁掖。京第賜居，用光世澤。斗柄在寅，今皇御極。舊學眷深，咨臯命益。帝在諒陰，大禮是飭。畀長詞曹，主持典册。洪寶赤刀，方斯潤色。鑒公平恕，有倫有脊。曰掌邦禁，惟爾之職。公德日宣，一中是協。既明且允，獄訟止息。帝曰休哉，予嘉乃績。晉爾天官，以司黜陟。仍總祥刑，示民之迪。爾能敬典，其予以懌。公曰俞哉，是臣之責。先臣世官，敢忘舊德。惟此庶獄，至爲繁劇。公偶不豫，案牘山積。仁者必壽，公實平格。謂天聽邇，忽焉其逖。法星芒寒，夫子疾革。帝心眷懷，飭終示畫。巨典式稽，恩綸再錫。矧某受知，匪伊朝夕。記某筮仕，淵源自昔。白雲分曹，心懷謹惕。率兹著鑑，庶幾不忒。教之誨之，豈惟飲食。生之成之，不倦栽植。趨翳戊之春，忝居言職。公提命之，眷兹悃愊。繼出轉運，繞朝贈策。詣公叩辭，以展良覿。趨人在門，猶枉雙屐。本無私請，冀于政益。雖匆克由，我心則獲。生也天涯，駒馳過隙。遺範徒芬，佩儀永隔。凡民有喪，古猶匍匐。曾是帶水，哭寢不得。官實羈之，彌增愴惻。疇填余過，面面斥之。疇獎余善，而手掖之。嗚呼！我公于果爲碩，人則遠矣。其風豈寂，聞者興焉，況某親炙。庶肴既陳，八樽既醊。抒詞道感，痛滿胸臆。尚饗。

祭馮樹臣少司寇文

於戲！頻年于役，遠隔鄉音。井閭祜薄，亡此國琛。寢門在瞻，而不能臨。蘸筆寫悼，予懷既深。記予束髮，兄年方壯。同術師資，曰惟直諒。鑒予無他，許爲輩行。舊學商量，新知相餉。遠羽初篴，兄官于秦。時值師旅，轉輸孔殷。念予羈孤，招我析津。遺我雙織，厚意可紉。我車方脂，兄移州刺。膠東政成，復整西轡。簡書雨下，待理糗糒。

皇帝曰來，咨爾其瘁。匹馬北上，館我直廬。拂兄征衫，言笑晏如。承明謁帝，民莫是胠。詔旌其能，佩以金魚。熊軾既馳，後命是隨。參藩江左，外峻内慈。再秉憲臬，惠此嘉師。曰旬曰宣，才無不宜。烏臺需貳，虛左以俟。輕裝還朝，清如止水。端此楷模，用飭風紀。我迎于郊，見兄之子。天助良史，芘其後人。子既鶴立，孫亦恂恂。顧而樂之，寶此非貧。朝回情話，惟我最親。星台載移，簡佐司寇。心存欽恤，理爲然不。獄則平反，中猶抱疚。其有疑者，雖成必復。積勞致疾，乃傷于脾。强起視事，一飯三遺。恐誤刑法，宿留貽譏。上章乞身，帝寶鑒之。歸田郊居，稍治桑果。教養子孫，蒐經箋雅。茗椀藥鐺，偶攜白社。近局招邀，寸陰一舸。我遘私難，銜恤南旋。兄來存慰，撫我涕漣。枌榆昆弟，自昔忘年。三日不見，杖履惠然。

歲月駒馳，我當還闕。告兄行期，涼秋八月。兄約親串，餞于林越。停橈命酒，紅燈白髮。臨岐握手，勉以官規。勤慎清惠，卓哉訓辭。我跪而受，載以歌詩。與是席者，莫不心儀。别來三年，以寐以寤。星旆靡寧，馬不遑駐。每從令子，僅通尺素。謂當强飰，泉石斯趣。昨予差竣，陳事楓墀。道逢令子，倉卒告歸。寄言起居，心實迷離。時方扃鑰，校士京闈。又逾浹旬，我初撤棘。遍訊鄉人，云兄疾革。我信復疑，胡天不弔。退食沉思，南望而愵。郵筒忽至，以凶問來。拊膺而哭，泪洒蒼苔。感舊敘德，誄言未該。哲人不作，惟以永哀。於戲，尚饗。

祭吴眉菴少司馬文

朝余欲渡津水兮，接邸報于傳遽。回馬策而讀之，乃見兄之遺疏。洒雙泪于草間兮，神惝恍而欲仆。記束髮而遊京師兮，識驊騮之先路。兄才早軼儕伍兮，胡斂鍔而下顧。余感兄之抒誠兮，兄亦鑒予之情愫。或接軫花前而攜觴豆兮，或並轡廣陌而得句。溯微名之自起兮，貢京兆而同舉。商出處而通有無兮，荷肝膽之披露。後先迴翔雲漢兮，啟金鋪而聯步。余抱疴而旋自楚郢兮，逢旌旆之入豫。遂布席于長隄兮，執余手以躊躇。兄奉命視學畿輔兮，余奉職于宮庶。得人稱最盛兮，儼魚雅之朱鷺。旋秉節于江夏兮，外峻厲而内懷温煦。帝謂首善之當擇人而任兮，群代兄而繼去。同請訓于楓宸兮，拜便蕃之恩飫。楚人戴兄清惠兮，硎豐碑而方諸祜預。惟取士之必得兮，余亦雅抱乎斯趣。每披文而得佳士兮，强半昔受兄之賞。遇際今皇之誕膺寶籙兮，仰扶桑之初曙。兄還朝而拜稽首兮，副中樞之機務。余仍忝右納言兮，兹亦兄之曾作。蘄黽勉以仰報兮，翕允猶之布濩。昨歲晚而駐節輦下兮，值兄六十之初度。出雙爵命行酒兮，鐫蒼松之雙樹。曰兹乃家季之遠寄兮，願滿引以奉御。酒將半而揖余兮，請余序所纂著。余戇直而索瘢兮，兄必採擇而首肯其能助。苟非親愛之所極兮，胡有懷其欲吐。曾分袂之浹月兮，乃忽荒而驚遌。望寢門而醊椒漿兮，懷愴惻而誰訴。

祭唐序皇文

嗚呼！朔風夜號，牕紙淅瀝。晨聞扣門，厥聲何亟。喪我好友，能無傷畫。惟兄之生，世有令德。江左名家，騷壇詩伯。群季惠連，聲譽奕奕。月下拏舟，花間攜屐。結交老蒼，制行悃愊。孝行性成，不事雕飾。學優奮庸，天衢振翮。連袂容臺，東堂射策。遭逢聖明，四門是闢。三館儲才，郊庠並迹。叔兮季兮，循良奏績。擢居言路，拾遺縫掖。實維端公，雅稱斯職。三奉命督漕，于役南國。萬艘無滯，肅清諸慝。三楚要途，民悍而激。帝實念之，曰汝是即。三騶所至，匪嗇匪棘。代天巡視，德音孔貊。暑雨祈寒，輕裝馳驛。袖挹清風，素絲五緎。遷大鴻臚，十行手敕。尋有恩命，秉臬楚北。丕著平反，摘奸止墨。柄用方隆，而有悴色。移疾歸里，音問久隔。每晤季方，道述相憶。謂就痊可，方整北軾。家音忽來，夫子疾革。凡我同譜，泪滿胸臆。誄以寫哀，聊溯夙昔。靈其鑒之，生芻束帛。嗚呼！尚饗。

祭陸奉常文

嗚呼！淲流溘演，胥嶺亭峕。濬和毓粹，熻熻颮颮。是生哲碩，巋然其超。匪麟獨角，匪鳳五苞。坦遵皇路，望起中朝。溯惟先生，通籍之先，德純學邃。帷掩董園，經傳孔藝。五十春秋，紉蘭纕蕙。聖廟垂衣，遭逢其際。冠冕南宫，實惟晚歲。柯亭槖筆，華林校書。從容供奉，承明之廬。冰操夙謹，淵衷益虛。生平在此，寧間終初。鑒識人倫，東南金貝。使節頻馳，得才稱最。宸注用專，聲名斯大。庶贊鴻猷，迴翔中外。晉秩太常，騤哉高驤。蜿蜿蝹蝹，緊龍之光。胡遽拂衣，杖國而鄉。功成則退，林泉道藏。室有陳編，門稀來軫。冲然襟懷，田園興引。道善化争，不立涯畛。德後必昌，于理則允。方履亨衢，俄嬰疾疢。涼颸乍回，一星遂隕。嗚呼！先生之德，于朝老成。先生之學，于鄉典型。感切枌榆，載瞻載頌。舉一而徵，後生彌慟。禾之先輩，應舉稱文。具區揚纛，碧山扶輪。亦若宜壑，遂迄邁人。各出頭地，遞張吾軍。先生繼之，漱芳吐芬。如嶽登岱，如江導岷。而今模楷，舍公靡歸。西州馬策，能勿傷懷。有子接武，諸孫毓奇。家聲特起，靈其何悲。昔聞仲弓，千里來會。矧余桑梓，矜式斯賴。或哭諸寢，或寢門外。靈其有知，歆兹奠酹。嗚呼，尚饗。

祭史慕劬文

嗚呼！耆英忽萎，林石含淒。永安城外，瀨水之西。望風洒泪，我行則迷。惟兄之年，長余十五。我衰兄健，齒不就齲。有尊不空，有杖不拄。惟兄之學，什伯于余。莊騷史籍，窮根蒐株。鑄詞爲藻，萃説爲郛。憶客京華，我方弱冠。結髮爲友，過則相諫。兄不我棄，納而勿倦。長安貴人，重兄文詞。致錢數萬，裘澤車脂。有時不售，烟或斷炊。我媿黔婁，裹飰而往。頗聞歌聲，金石振響。胸無結滯，胡不慨慷。又十餘年，先後通籍。公餘過從，以悦以懌。見兄愛女，折花而劇。我問女年，兄詢子名。呦呦鹿鳴，食野之苹。嘉姻則錫，申以平生。兄官之黔，我使旋楚。萬里告别，曾不遑處。力不能佽，感兹蛩駏。在官五年，苗境帖然。不妄發賦，正辭理冤。犬無夜吠，農得安眠。蠢兹生苗，附飢飂飽。官兵剿之，曰歲在卯。兄實佐戎，郡境以保。尋得兄問，曰患右目。乞身歸來，依我邦族。子如過我，與子信宿。我時服闋，猶言旋。殘喘既延，謂得相見。兄衰卧床，予受疽患。兩甥過從，眠食相問。帶水百里，而慳一棹。閉閣而處。夫妻相莊，教子與女。女賢學母，子才步武。後生考道，奉兄爲矩。予佐秋官，十有二年。手劄見遺，尚慎勉旃。壬申秋月，二豎糾纏。聖恩賜藥，始得少痊。面承温旨，一棹第，共事校讎。文疵必索，言失則尤。兩家兒女，絇履互酬。篝燈夜讀，過酒墻頭。兄歸龍山，繼室，群族之姊。閨中益友，内政咸委。學日以力，浸淫百氏。群亦後先，同業太史。連楹邸海名場，引類鶩趨。兄獨恥之，一編自娱。彼自媒者，目兄爲迂。與兄久處，薰德中孚。尋取記與兄交，辰在己丑。綿津延客，尊開萬柳。大雅輩集，屈指某某。同時衆中，與我獨厚。人於戲八兄，友中之師。學有經術，行不詭隨。仕止安命，惟分所宜。殖德訓子，以俟所期。

祭查雲在前輩文

弱息，婦也而女。魂而有知，其嘿鑒予。清酒在筵，尚其來茹。我勞人，未効匍匐。起而作誄，慰兄之孤。以世兄業，是穫是畬。遣吏前致，獨立踟躕。視兄一緘未報，我心怦怦。謂兹巖壑，遠彼旆旌。今者八月，我子侍側。驚聞告凶，一哭而踣。嗟砭。兄既懸車，我復于役。冀北江南，尺素斯隔。每思舊遊，如驥馳隙。兄政七十，遺雙織成。女去。我曰卜爾，于秋之暮。兄訓我子，誼敦禮嚴。示以奥義，炎炎詹詹。我子頑愚，是訂是滯里門。一棹而訪，笑語載温。分則姻婭，情則弟舅。兄勸我北，無憂内顧。待我壻來，我遣面。今秋六月，瘧鬼復來。杜詩韓句，再誦不迴。視余如嫗，博祀牙欸。十日見困，亦曰殆哉。七月三日，得兄凶問。予懷則傷，予心則震。晝焉隕涕，鰥目而旦。失我老友，猶曰我私。失此長者，孰示惠慈。失此碩學，孰與師資。力疾作誄，兄其鑒之。

祭陳明府文

惟子諒之入人深兮，閱日月其焉替。當夫子之涖吾邑兮，值前政之瘵敝。初下車而諏度夫疾苦兮，酌民便以立制。曰予實父母爾兮，非濕束以倚勢。條不煩而易守兮，仍理竿而揭示。外嚴猛而內仁兮，禮高年而嘉我子弟。彼捍網與躍冶兮，久乃歸德而消戾。争既化而無冤兮，受之者曾不知其所。自鄰境之聞風興起兮，賢取則而才亦不忮。羌忽忽共逾四紀兮，奄雙鳧之辭世。邑人比之朱邑兮，望梧桐而隕涕。至今父老之追慕兮，薦春菘與秋桂。陳群之幼而尫弱兮，角方總而應試。邀夫子之藻鑑兮，冠千人而拔幟。廉予代有清節兮，分禄米以相繼。命公子以文會兮，收切劘而砥礪。既就學於京師兮，詣晤别而三執。予袂曰爾驊驊之終得路兮，吾老矣其將至。申明訓以贈行兮，奉一言以爲佩。抱荆璞而不售兮，又十年而顛躓。涉章貢以遨遊兮，訪邱壠而下拜。款闠市之數椽兮，子朝負薪而暮實此寄。胡夫子之積善兮，而天不厚其裔。尋余服官明廷兮，辱非據于卿貳。提玉尺而衡士兮，收此邦之令器。告成事以言旋兮，敢逶迤以紆轡。慚衰白之無善狀兮，凛箴規于寤寐。望故里而神馳兮，余肆惟其好懿。古星軺之採風兮，必先逮夫清惠。矧兹邑人之母兮，余又身浴乎遺愛。潔牲牷以陳詞，託微忱于丹荔。

明府姓陳氏，名大宏，字質夫，建昌府南城縣人。以藩掾入貲，除浙之嘉興縣令。時吏尚侵牟，獄訟繁興，明府慨然以誠，實化導爲事，聽斷公平，不冤不滯，邑人比之況蘇州。嘉興與秀水、嘉善嵌田一案，百餘年來，三邑紳士聚訟不休。明府誓于神，清理數月，衆論帖然。至今思其德，立祠祀之。

香樹齋文集卷二十三

祭文二

祭監司武練湖文

列宿沈輝，楚猿聲斷。循吏云亡，風流雲散。感逝論交，能無永歎。我遊津水，貧著短襦。子本華閥，實幼而孤。結交傾蓋，子也兄予。津俗侈靡，豪邁相尚。羔雁填車，笙歌連舫。匪我思存，元風斯暢。人皆趨利，子則避炎。以我戇直，取以爲砭。凡所規瑱，如和投甘。子好吟詩，示以王孟。子復工書，筆瘦而硬。繼而別去，厥功未竟。我仍冰署，子官倉曹。奉母子舍，歲時蔬牢。公餘過從，以泳以陶。西陲需才，時論推轂。皇帝曰汝，其往毋宿。奔走後先，轉輸芻粟。汝方勞士，我亦循行。朔方雪夜，小隊來迎。藉草道故，歡若扳荊。我歸京師，子旋復命。遂參楚藩，江樓高詠。子也華筵，我也孤檠。能不我憶，我亦爾思。平生乞米，拙于言詞。惟汝知我，以貧告之。汝復書云，遣兒請業。兒業之成，行助爾乏。古之十脡，義在斯及。此雖嬉笑，親愛則然。千里問訊，以當話言。如何浹月，竟隔重泉。督漕于淮，力疾視事。

藥石罔功，奄然長逝。魂不可招，臨風涕泗。

祭王儀曾秀才

昔楚老之長歎兮，悲蘭摧而蕙折。胡今古之同慨兮，當吾世而一閱。記昨歲之孟夏兮，來校士于恒陽。烝雅雅與魚魚兮，課六藝于饘堂。爾挺衆以應功令兮，羌離經而辨志。試之難而無不赴兮，曾不遺乎一字。顧廣座之千人兮，咸俛首而驚異。命來前問其年兮，髧兩髦而舞勺。明扃鑰以受帖括兮，草千言而不加删削。賈餘勇以軼儔輩兮，比晶瑩于干莫。理沉著而就班兮，抽春泉于既瀹。遂列名于學官兮，紛芹藻之高掀。廼按籍而詢里居兮，實惟相國之文孫。信師承其有自兮，毓在璞之璵璠。余持衡于畿輔兮，惟取士之必得。譬嘉魚之自麗兮，手自結夫九罭。遵州郡以循行兮，曾不遑乎休息。雖勞瘁而不辭兮，謂得人有如此者，而吾責亦庶幾少塞。今十月之哉生明兮，望滹沱而前旌。邦人喜余涖止兮，子衿濟濟而郊迎。排雁序之舉舉兮，獨不見乎此。生復牓示以賓興兮，乃檢册而無名。維時學官之在執事兮，停余筆而問故。云爾弱質而勤學兮，驚脆促于歲暮。余聞之而悼惋兮，泪涔涔其欲雨。惟歎逝之有節兮，禮不及乎殤也。顧童子而茂經術兮，雖勿殤而亦可。余惡涕之無從兮，備時羞與衆果。年不永而名則成兮，庶以勸夫存者。亂曰：照乘飛櫝，魚目珍兮。神駿化骨，凡馬駪兮。吾見其進，不見其長。理不可知，任兹惝怳。誄以哀之，爾其來饗。

祭文學張生文

羌余老倦行役兮，指江城而弭節。維九秋之六日兮，告棘闈之曉撤。五色既迷予雙眼兮，胡老泪之難遏。痛清河之長子兮，忽蘭摧而蕙折。隔千里之茫茫兮，寫余情之如結。惟文學之初生兮，料前身是明月。離褓褓而識之無兮，剪秋水而瞳人如漆。謂是稱師門之清節兮，承儀封之名閥。汝翁既呼我爲兄兮，予亦汝子而汝侄。記汝年之未齔兮，保氏將汝而來謁。或繞床而不去兮，或餺飥之稍設。母氏抱汝如孫兮，衣文繒與紫纈。又予下直而捧天賚兮，分餉汝以賜物。汝于是日忽降階而拜兮，曰是來自天家而不敢忽。時庭除觀者下至臧獲兮，莫不相視而咋舌。既翁携汝官南邦兮，旋離經而啟鐍。年十五而歸應童子試兮，早軼群而穎脱。隨翁秉臬于洪都兮，登高閣之巀嵲。眄帝子于雲中兮，懷作賦之王勃。翳吏局之遷徙無常兮，又侍二人而來闕。綈舊好而過從兮，辨賦字之雌霓。與諸子共親棐几兮，每驚異夫江筆。嘉汝文之高淳兮，欽汝行之能塞。間亦咨汝以官政兮，必中理而合節。汝翁移駐河壖兮，防黄流之奔汨。汝侍母于京師兮，省晨昏而宵燈不輟。曰南征其不遠兮，晚詣予而言别。甫坐席而涕下兮，曰有妹其忽逝。叶訃音至而秘不發兮，懼吾母之悲絶。邀予尺素以馳慰阿翁兮，謂予善慰吾友而言之切切。凡汝言行之不苟兮，期曾閔于一室。秋八月上方有事于嵩高兮，予承恩而扈蹕。謂汝當旋里以應賢書兮，展蘂榜而姓名高揭。計予奉屬車之清塵兮，正汝得意之日。乃予忽銜命而來豫章兮，鎖院深而音書難達。方伯爲汝執友兮，作汝誄而情竭。予讀誄而駭且狐疑兮，遂傷悼而如割。謂天其福善而禍淫兮，乃有德與才而汝算其竟奪。對秋風而隕涕兮，念汝翁而臨文憂啜。既馳唁以招汝魂兮，復諄諄而叮嚀吴札。聽庭樹之摵摵兮，又增悲于蟲吟之唧唧。靈而有知，鑒予嗚咽。

祭族叔恭恪公文

於戲。傷宗支之凋謝兮，驚吾叔之云殂。緊昔先人之相承兮，篤忠孝而傳家。叶鍾族秀于厥生兮，挺中朝之楷模。内體仁而藴經綸兮，庶德鄰之不孤。外柔順而泯圭角兮，一善氣之相孚。由縣令以躋秩宗兮，載敬慎以爲輿。同朝無論識與不識兮，謂如夫子者庶幾其匪敖而匪紓。攄懿美其不可殫兮，早稱説于道周。叶指端緒于睦族兮，舉平生之一隅。記吾祖之官信安兮，叔擔縢其來斯。飽苜蓿其如飴兮，縱爛柯之清遊。叶群時髮其未燥兮，猥辱方余以璉瑚。中宦跡之超越兮，歷交廣之崎嶇。昌先我而依人兮，群亦事于馳驅。適循良之上注兮，拜顔色于徵車。感涼燠之推移兮，曾何戚之匪疎。念微波之同源兮，每顛狽其相扶。招群從于花晨兮，接文讌之歡娱。慶鼓吹于休明兮，評道藝之精麤。尋各丁夫私艱兮，返邱壠而息廬。泛烟艇以存問兮，訪白社于枌榆。際聖人之當陽兮，欣萬彙之昭蘇。擢臺寺而聯星台兮，群等亦先後振羽于雲衢。界理縣于關中兮，昌承乏于郡符。時寄言以訓誨兮，勖群職之勤劬。群接武于館閣兮，陪諸子而承趨。朝考業而夕稽古兮，惟論説乎唐虞。憐北阮之貧窶兮，分大官之頒糈。或歲時而伏臘兮，洽百禮而惠及于妻孥。或同跪而恭聆天語兮，退銘心版之中區。慕古大臣之以臣事君兮，爰廣搜乎瑾瑜。薦不責以私感兮，況忍以之邀譽。時六師之遠討兮，實謀猷之所需。聖心方殷西顧兮，叔每退食而躊躇。曰余先人之勇烈兮，効成仁于捐軀。荷聖主之褒崇兮，賞延世而旌閭。顧余老其行就木兮，忝厚禄之遷除。言及此而涕滂沱兮，實性分之所流。叶積勞勩于四紀兮，況衰邁之行徂。懼曠職而乞身兮，非慕夫井里之蓴鱸。章未上而群役于西秦兮，猶握手于須臾。心含愴而不忍别兮，奈四牡之戒塗。昨晨發于朔方兮，枉郵致之雙魚。告群以得歸舊林兮，慰宵寐之縈紆。今四月其維夏兮，群弭策于皇都。道逢季弟之南來兮，曰眠食其如初。洎涼秋之九月兮，方檐雨之淒淒。忽凶問其奔聞兮，痛填臆而淚枯。昔趙文之觀于九原兮，曰如有作者吾其誰與歸歟。欽我叔之亮節兮，其始終而不渝。遵遺範以自淑兮，雖曩今其奚殊。跪陳詞而道感兮，聊薦芬而醊醹。

祭嵇太夫人文

嗚呼！天顯奇節以垂範于女宗兮，必崎嶇之盡歷。人見福禄之萃于一身兮，而不知食蔗者之備嘗夫冰蘖。爰悼往而誄遺徽兮，庶摭拾夫曩昔。當太夫人之歸我贈公也，警昧旦而戒雞鳴。奉高堂以躬操作兮，著壼内之賢聲。委令才以理門户兮，志四方以爲程。值逆藩之不靖兮，乃陸梁于閩嶠。公依人而就此邦兮，驚烽火之來告。制府抗節而不屈兮，公亦誓死以相報。惟殺身以成仁兮，淬芙蓉而一笑。賊既平而歸骨于故土兮，慘不知其所云。哭杞梁而感鄰里兮，期身殉于孤墳。曰餘生其奚恤兮，奈垂暮之二人。顧在抱之孤露兮，更誰倚以爲存。天實篤生夫霖雨之望兮，乃默相于其身。身爲慈母而兼嚴師兮，高堂無子而有子。咽糠籺其如飴兮，仍不廢乎甘旨。仰有事而俯有育兮，僅取辦于十指。終厥養而力擔夫大事兮，靡不效法乎書史。雖播遷其奚辭兮，曰昔孟氏曾聞夫三徙。皇秉德以彰旌淑兮，相國亦應運而振翮于天衢。膺寵命而被翟茀兮，起子舍于河渠。資義方以勵臣節兮，禀懿訓爲嘉謨。天下父母之誡其女子兮，莫不以太夫人爲楷模。即女子之稍知自好兮，莫不私淑以善其身圖。胡天不長留此師範兮，乃未百歲而云殂。群幸忝夫葭莩兮，得備聞乎梗概。曾進謁于皮閣兮，揖諸孫而行輩。憶昔侍母氏以南歸兮，接綵鷁之同隊。每駐楫而問安兮，輒召群而面誨。曾歷數平生之多難兮，猶潸然而下淚。曰凡忠節之傳于無窮兮，實汝史官之事。吾老其無他請兮，幸抽筆而一爲之識。嗚呼！佩明德其烏能忘兮，矧日月之易逝。倘未即填夫溝壑兮，殆將縷述而仰酬乎夙志。言及此而哀滿胸臆兮，庶寄言以侑酹。

祭蔣母杜太夫人文

於戲！惟我夫人，浣花著姓。幼嫺女宗，淑惠秉性。濟以幹識，燭理精瑩。事我夫子，内問稱令。奉太夫人，惟孝惟敬。潔瀡致饌，微及酏醬。以色以志，豈惟溫清。太夫人安，俾綜家政。惟天福善，無感不應。大啟宗祊，維麟之定。太夫人喜，曰維家慶。吾師既貴，恩遇日盛。迎養賜居，蒲輪夾乘。晨入暮歸，羔羊是詠。跽而捧觴，月筵花徑。輾焉顧之，遂申慈命。曰媍誠賢，宜家道稱。有婦若此，而亦何更。臧婢環者，莫不歡聽。吾師純勤，益謨臯賡。瓶缶筐篋，不營若屏。實委令才，理劇以靜。吾師敦睦，仁氣薰蒸。夫人體之，量力以罄。或衣食之，或嫁聘之。凡奉所入，瞻舉靡賸。吾師媚卹，雅留擔勝。公餘論說，精粗考評。內適戚疎，雜佩以贈。亦有後進，室如懸磬。待火仰薪，以黔其甑。彼單寒者，窮年短檠。誰以苦陳，洞若探詗。言念及之，能不淚迸。夫人之德，筆亦難名。叶訓子義方，曰動必正。句讀口傳，以緯以經。教一愛均，鳲鳩志興。長也瑚璉，淵澄玉映。器業早成，文章縱横。接武西清，勳職光榮。叶景仁寛厚，人方比並。母則歎然，以古自鏡。曰守以謙，惟德之柄。席豐履盈，返乎清净。生備賢明，没亦澹定。忽駕雲軿，如游如泳。如雨之化，而亦何病。數任去留，明理斯勝。殮具夙治，慧業之證。吾師退夕，視琀而瞑。遺訓在笥，意寫手訂。用揭官箴，嘉言懿行。緬兹徽音，庶幾陶孟。誄以致哀，詞何能竟。

告祭故友浙江方伯前福建巡撫蜀安居樓山王君文

記壬戌之六月，君釋軔于京師。罷巖疆之節鉞兮，心猶豫而差池。予辱君之舊好兮，歷炎涼而勿移。既下榻于荒齋兮，敘情愫而相披。予適舉一女而呱呱兮，君曰吾有孩其甫期。訂平生之款洽兮，解雜佩以申之。皇任人而蠲瑕兮，屬旬宣于紫薇。遂陛辭以告別兮，指浙水而遄馳。君銜感而益黽勉兮，庶矢報于倚毘。胡分袂之未浹月兮，忽凶問之北飛。乃爲位而灑淚致醊兮，雲慘澹而低迷。念諸雛之孤露兮，嗟旅櫬之流離。度萬里而返故土兮，憐遷播之二𦠆。予奉職于秋官兮，魂夢時詄蕩于峨嵋。羌十載而一彈指兮，予遘疾而言歸。荷聖主之眷舊兮，敕扁跗而來醫。拜存問之日至兮，頒上藥以扶衰。安舊巢之偪仄兮，百口蠖屈而雞栖。理嫁娶以遺餘年兮，寄尺素于邊陲。曰交情之誓生死兮，奚末俗之尚夫多儀。令序昨臨恢台兮，欣母子之來斯。賃卑湫之數椽兮，通鹽豉與醯齏。愛季子之倜儻兮，宗黨咸嘖嘖夫門楣。諏仲冬之吉日兮，偕百年之永期。女廟見之尚須時日兮，告嘉禮于神祇。踐一諾而不敢忘兮，幸我友其鑒兹。倘予未即填于溝壑兮，願卒業于師資。要靈貺之默相兮，臨寒風而涕垂。維達賢之有後兮，信古語之非欺。於戲，尚饗。

祭王恭人文

於戲！以夫人之孝與德，而不獲享遐齡，知數之不可以理奪也。媍人之孝，事舅姑視子事父母，下氣怡聲，問衣燠寒，或先或後，敬扶持之而已。然大率從其夫爲之。至于進盥，則少者奉槃，長者奉水，冢婦率群子婦爲之，其道猶易耳，夫人之事舅姑有難能者。瑟齋兄以獨子寡兄弟，是無别婦可代也。又瑟齋自弱冠舉于鄉，連不得志于有司。自癸未至辛丑，凡二十年始獲一第。先是瑟齋率以榜放後，跛履歸里，省視二人。贈公見鄉里士子多苦棧路修阻，一再赴禮闈不售，輒不偕。計吏來京，將上注，始謁選人，得縣令去。懼瑟齋坐是不獲成進士，乃嚴諭瑟齋曰：『得第遲早有命，吾精力未衰，汝婦善事汝父母。爾應試後，即不售，可勿遽歸，或就館鄰近省分，或游歷他省，庶廣見聞。勿以我爲念。』瑟齋承親意，遂不敢歸。夫人時定省，奉甘旨，頗得二人心。瑟齋藉是得游學交廣閩嶠、吴會晉豫間，業亦日進，至辛丑成進士。是夫人之孝，又以婦道兼子道，而瑟齋之克成親志者，皆夫人有以成之者矣。瑟齋由翰林遷臺省，時子汝舟亦有室矣，是年舉于其鄉。贈公見孫婦克盡婦職，乃委家事，而遣夫人攜幼子汝楫來京，治中饋事。群始得隨母氏相拜于邸第。群與瑟齋友也，而親若兄弟。瑟齋率夫人置酒奉群母壽，群亦侍焉。母顧諸婦曰：『今日見王家婦舉止閒雅，是可爲汝曹師也。』又數年，群母召瑟齋曰：『婦習辛苦。昨見其箱中止一綌，類黄絲絹耳。爾曷稍製一二衣飾，酧廿年代爾事父母耶。』瑟齋敬諾。衣成，夫人曰：『吾幼安荆布，頗不慣紈縠。今承錢太夫人命，敢不拜嘉。』然終不輕試也。其儉德如此。又數日，群約同館諸子小集花下，瑟齋先至就坐。閽者報蜀中人來，瑟齋伺其色遽，驚駭不知所措，及告，則贈公訃也。瑟齋仆地，移時少蘇，遂斥輿從，群以小車扶瑟齋還寓，則夫人已哀毁欲絶矣。群母率群婦往視之，留數日，未嘗見水漿之入于口也。瑟齋違膝下久，且遠抱終天悲憤，幾不欲生，宜矣。夫人自始事以至奔喪，蓬髮垢面，勉襄大事，其盡禮盡哀，又非世俗爲婦者所可及已。方夫人之來京師也，留長子汝舟伺祖父母顏色。俄而贈公寢疾，汝舟奉湯劑，目不交睫者月餘，及執喪，哀痛踰節，遂至不起。夫人同瑟齋歸蜀，未及里門，聞之悲不可任。於戲。汝舟之死，即執友中如群者，猶悲愴逾時，況夫人耶？瑟齋釋服後，群亟請夫人起居，瑟齋云：『晝夜哭不止耳。』於戲。群固知其不永矣。夫人之孝與德若此，而所遭又如此，天固有不可知者耶？爲婦三十年，勞勩無不備嘗，其間離別死喪，皆人所難堪者。年來瑟齋又以職守留金陵，夫人以姑老不能遠出，至身没不獲一見所天，世之爲婦者不能師夫人之孝與德，且以夫人之遇爲不可學，而天又厚之，俾之衣輕暖、甘膳旨以永厥年者，又不知幾千百輩矣。彼其所得于天者，固有自耶？於戲。可哀也已。夫人凶問來時，群于次日即設夫人位于内寢之中堂，率群婦及子女輩灑淚致醊，復爲誄言，寄呈靈几。

祭馬母莊孺人文

歲在乙巳，奉母南旋。邐水老屋，僅存數椽。吾妹之姑，巾幗所難。夙欽吾母，雅誼是敦。日有安宅，所居東偏。掃徑以俟，有堂有軒。予時奉母，容膝而安。妹事其姑，夏凊冬温。姑視其婦，如所生然。率婦拜母，曰請訓焉。有兒孱弱，幸有諸孫。嬉戲闤市，習染攸關。謂當從此，仁者爲鄰。妹拜吾母，亦以母論。召予相見，如娣如昆。吾行别母，守翰林官。吾母卜宅，又一再遷。妹時趨候，起居殷勤。又十年後，迎母長安。訊及親串，稱姑婦賢。丙辰之冬，吾丁私艱。百日匍匐，言返家門。妹來哭母，出涕漣漣。以諸子見，禮數則閑。既予服闋，復點清班。壬申遘疾，詔許還山。親知凋謝，杜迹里端。憐我衰白，枉用相存。孟冬之晦，長須訃奔。曰主當洗，忽冥而昏。諸子諸婦，呼搶聲吞。予臨力疾，一哭汍瀾。妹之令淑，惟予能言。事姑馭下，曰孝曰仁。秉義行惠，而勿自專。宗黨里閈，惟德是薰。寒舂不相，歌卷不聞。令望所感，庶以誄宣。

沈恭人祭文

惟我恭人，延陵之裔。作配吴興，尚書門第。雍雍其儀，秩秩其髲。翁官京師，伉儷來詣。我友固廬，實翁之季。恭人相之，克主中饋。翁佐綸扉，翱翔丹地。望重文壇，而好是懿。秋夜月場，春時花砌。謝舅何甥，友朋兄弟。往來篇什，翁則第之。鹽豉飣餖，婦則治之。豈惟敬客，實以先意。康熙甲午，應京兆試。候捷邸中，笑呶揚觶。過酒牆頭，衆賓既醉。火馬打門，固廬拔幟。座中名流，先後咸絓。既翁歸田，以公告瘁。恭人拮据，傾奩以佽。翁邁家貧，履險以濟。相對牛衣，中宵涕泗。惟天福善，以佑厥嗣。嶄然頭角，人中稱驥。有淑其女，温温愷悌。錫我嘉姻，家兒作壻。令子能文，敦行自勵。我心儀之，薦剡是麗。我懷在昔，得人以事。俊宅灼知，非訪非介。皇室求賢，敢辱兩拜。廷試既呈，一行作吏。乙丑之役，予主南宫試，令子榮昌中式。廷試予忝讀卷官，榮昌以一甲三名進呈。次日，欽定二甲第三名，成進士。榮昌以榜前曾被薦引見，命往山西，以知縣用，曰：『家貧親老，作吏迎養，受國恩多矣。』曰有二親，迎養庶逮。晉水之濱，丹川之界。板輿雙扶，融融藹藹。恭人曰嘻，我心少慰。既慰既嘉，以惕以誡。梁案相莊，子婦敬侍。愛屋及烏，家兒亦致。偶道勤苦，公餘情話。兒政既成，國恩亦施。拜二千石，黄流之次。惟此殷邦，大家所莅。在昔稱榮，于今豈異。瓠子方決，遣重臣視。令子分防，堵禦功大。河患既平，遭逢國瑞。覃恩誕敷，翟茀是被。七十齊眉，誥不稱太。凡夫婦偕老者，以子貴受封典，母不得稱太。爲人子者咸以此爲榮。含飴弄孫，離經辨志。早貢成均，英英國器。茹荼而甘，食蔗而味。賢母之報，而康而熾。屏書兒名，殊擢方戭。哀音忽傳，來自宋衛。太守罹憂，家書遠寄。上陳哀哀，鞠凶是戾。下慰乃翁，悲來祈制。榮昌猝遭母艱，時固廬適回雪川，寄書於父，恐乃翁過戚，悱惻勸慰，並商舉襄大事，情致懇切。固廬得書，遣力以示，開緘泪落，不能終讀。友朋兄弟，非慈孝親愛之至，亦何能至於斯耶？節俸所入，吉壤用識。兒行奔歸，堂斧是置。翁得兒書，伻來我示。開椷循誦，慈孝所遺。兩姓通門，敦兹親愛。痛不可收，遣諭奴輩。恭人喪歸，取道宿沛。我兒我婦，河干爲位。扶棺一哭，靈舟凝滯。明當南指，布帆風挂。我猶力疾，於苕之外。酹此椒漿，登堂長嘅。敘舊述情，豈曰詞費。嗚呼，尚饗。

香樹齋文集卷二十四

墓誌銘一

方伯唐公暨夫人吴氏合葬墓誌銘

方伯唐君以疾卒于官，喪既歸，葬有日矣。其子扆衡、倚衡抱其父行狀，行五百里，叩門請曰：『先人執友，四十年來零落殆盡。閣下知先人深，其爲誌之。』余不敢辭，曰：君諱綏祖，字孺懷，號莪村，先世自海陵徙居江都。曰虞佐，由歲進士知開化縣，高祖考也。曰明獻，鴻臚寺丞，曾祖考也。曰之日，名諸生，祖考也。曰之天，以貢生知廣東靈山縣事，本生祖考也。曰詩，績學篤行，以候銓司訓終，爲鄉里推重，考也。司訓公子六人，皆有文名，掇巍科，都顯職。君行第六，幼敏悟過人，司訓公鍾愛尤甚。隨侍館塾，學業日進。先後執親喪，哀毁骨立。時兩棺在室，家人不戒于火。君從煙燄中躍出，抱棺跪哭，火爲之熄，人謂至孝所感。丁酉登賢書，試南宫不利，就選授河南封邱令。邑距省近，民多挂名，上游胥役，侵牟鄉愚，廉致于法。會河决中牟，邑大堤卑薄，君酌議每田百畝出夫一，計工受直。劣生某倡率抗阻，脅衆罷市以制。大吏得其狀，置首惡于法。數調劇邑，皆有治行。除歸德府，在任三載，每遇疑獄必得其情，衆咸稱爲神。擢濟東監司，調鹽運使，尋授山東臬司。定鹽價，恤竈户，革供應，清理積欠，按年區別入奏，邀恩旨寬免。捕巨盜十五人，盡置于法，境内肅清。庚戌秋，濟、兖、東、曹四府被水，災重之處，飢民聚輒數十人，見瓶罌有粟者攫之，有司律以强刦，凡百餘案。君極陳情形于撫軍岳公，得輕減，全活者數千人。癸丑，補太常少卿，隨駕恭謁山陵，贊襄大典。禮成，晉階一級。戊午六月，補廣西臬司，在任二載，民無寃獄。時義寧、桑江逆苗爲患，境内戒嚴，巡撫召寮屬密議，欲遷城外居民，爲堅壁清野計。居民難之。君後至，即正色言：『大兵即日壓境，苗雖猖獗，焉敢薄我城下？稍涉張皇，示之弱，且先自擾。』衆深然之，民得安枕，苗果敗散。設計剿除，凡所建議，悉中機宜，有旨褒嘉，加軍功階一級。辛酉，擢廣西藩司。陡河歲久壅塞，奏請動帑金疏濬。採礦銅商，工本不敷，奏請添價。又奏請添州縣養廉。又酌計微員回籍路費。時君方入覲，署撫以風聞數事裁劾，歲餘得白。丙寅夏，補山東臬司，尋擢浙江藩司。被劾，經欽差大臣審白，旋補山東藩司。力請于中丞阿公，運奉天米接濟登、萊、青三府，民無乏食。戊辰十月，補授江西巡撫。明年，調湖北巡撫，兼署總督印務。所屬僚佐，見君察覈嚴明，交相傾軋。得旨昭雪，即蒙召還京師，塗次拜命晉臬。凡二載，清理滯獄千有餘案，平反十數事。癸酉十月，補授西安藩司。會城數萬家，向資龍首、通濟二渠，以資汲引，自故道久湮，民苦掘井味鹹。蒞任後，即訪輿情，開濬故道，居民便之。又奏請修興安堤工，自此得免黃洋諸河漲溢。大兵剿撫準夷，軍分兩路，關中爲軍需總滙。凡安臺備餉，君悉心擘畫，夜分不寐，口不言勞。未幾，得疾不起。君性極孝友，操守清白，能文章，輒爲政事所掩，與人交不設城府，而嫉惡稍嚴，易罹毀謗，屢蒙聖心洞燭矜全，得以功名終。君生于康熙二十五年十二月十五日，終于乾隆十九年九月初三日，享年六十有九。子三人：扆衡，國學生，候選州同知。倚衡，舉人，江西南安府知府。秉衡，廕生，候選八品小京官，先卒。配吴氏，初封淑人，後贈夫人，歙望族高淳司訓居揆女孫，真州教授鼎元女。年十八歸于君，事舅姑以孝聞，當大事盡哀。時家計中落，夫人性甘淡薄，勸君折節讀書。君任封邱時，邑被水，夫人抵任所，過村墟，見多漂没者。至署即語君曰：『令有家室，民無屋廬，奈何？』明日即請緩徵，出陳穀以賑。君在豫以幹濟稱，鄰郡公事，大吏輒倚任焉，兼篆至纍纍，而内政悉委夫人，莫不井井。君疎于財，所至之處，不名一錢，戚友嘗坌至，多觖觖失望，夫人脱簪珥以濟曰：『寧使子女少一衣，節一食，毋使旅人失所也。』訓子女甚嚴，和于妯娌，隨君幾十年，致問餽遺，往來不絶。族黨中貧乏者，預列其姓氏置針箱中，奉禄所入，量爲分寄，歲以爲常。夫人生于康熙庚午八月，卒于雍正癸丑十一月，年四十四歲。某年月日，其子合葬于某都某鄉。銘曰：爲政者，與其不諒于斯民也，寧不諒于同官。不諒于同官，而民實諒之，則自有公道者存。聖明鑒之，輿人誦之，生也何榮，政善民安，久乃勿替，没也宜銘。邗之水流湯湯兮，唐君爲政澤孔長兮，臨其穴若斧堂兮。配温淑而偕藏兮，詒子孫其熾昌兮。

族長從祖文學偶莊公墓表

嗚呼！吾族長從祖偶莊公之没也，其族孫陳群方在苫次，聞而增哀，且傷吾族之弱也。同弟界揮泪設奠，而從父、同祖等袒括髮，稽顙而起，曰：『不孝依士禮，三月而葬，今逾月矣。不孝等貧處鄉曲，素不與達官貴人善。汝幼侍先文學久，其爲作墓表，勿以少辭。』群跪而謝，乃綴筆而述曰：嗚呼！木之茂也，葉沃若而枝敷榮，塲師勿貴也，曰培其本。川之流也，潤田決畦，浩淼瀁茫，塞其源者，立而待涸。又觀夫射，或遠或近，或左或右，易序而旅，面勢而發者，其必以彀率乎。夫族之有長，長之繫于族，猶木之傅本，水之尋源，射之彀率也。公之云亡，凡我族人，能無殄瘁之悲耶？噫，我族自臨安析居邏村，歷二百餘年耳，非有扶漢翼唐之尊遠也。族之先以仕顯者，外不過二千石及守令者，内不過納言及爲郎者，非有珥貂帶劍之尊也。然當其盛時，或仕于朝，或歸于家，父子昆弟，相師相友，月吉相會，燈火相望。蓋族人尚少，俗尚淳，易爲治也。厥後族益繁，人益衆，聚而處者，誶語德色，析而遼闊，且對面不相識，其間强弱之不能相勝也，有無之不能相均也，長之良難也。公惟持之以公，行之以恕。族子弟之偶麗于過者，每不輕面斥，委曲引喻，使之自悛。其有能遷善者，公必棄其舊而圖其新。公又雅好扶獎善類，族子弟之能爲文及有德行者，甚至忘分師資，往復無間。用是族之良者咸樂親近公，而其餘亦庶幾不自絶于爲善之路，蓋二十年于此矣。先是，先王父罷官歸里，先公爲族長，頗器公度量。一日，謂公曰：『吾死之後，汝當長吾族。其何以治之？』公退然如不勝，良久乃徐對曰：『吾以治吾身者治吾之子孫，以及于族之子孫而已。』先王父握手稱善。嗚呼！此雖平時嬉笑之言，亦足以想公大概已。少時貧窘，不能自食，教授生徒，邑之良子弟多從公游。晚益好道，澹泊自居，艱于步，置一書几于卧榻之側，足不越户，手不停披，每不甚言語，然族子弟及群子弟以難字謁者，問必答。如是者有年。嗚呼。如公者，可謂修身以俟之者矣。公未没之數日，且有治命，屬子若孫而告之曰：『吾賤且寡德，無由化俗。吾見世之喪其親者矣，吹簫擊鼓于門之外，上人羽士雜然而陳于中庭，焚楮燔帛，光燭四野。甚者斂手足形，勿躬治也。土司泥腳以伺之，陰陽符咒以壓之，人孰不死？死孰不附土？而世之葬親者，擇吉地，考良辰，環而聚訟，更端不決，有遲至不舉者，非盡窘于財也。凡此皆世所爲厚其親以自便者，吾甚無取焉。吾即不韙，幸勿以俗相加。有一于此，吾死目不瞑，吾祭食必吐。且以吾志稍白于戚族及與吾相知者。』于是，諸叔昆弟咸長跪俛而受命，曰：『敬諾。』遂正席而没。嗚呼！公于生死之際，猶能以禮自處，其維持風教之意，一息不敢自寬若此，與楊王孫之羸葬，屈大夫之嗜芰，治亂相去爲何如乎？後公而長吾族者，或在大宗，或在小宗，毋偏僻自用，毋先利後義。俾道有所考，業有所問，以毋失先人之緒。如公之行，在其身焉，若木之有本，若水之有源，若射之有鵠，俾錢氏之延于世者，以鹽官爲法，賴公靈爽，實誘厥衷矣。

沈贈君墓誌銘

吾友沈子青崖督糧儲關中，陳群奉役，往來三輔。青崖詣行署道舊，適驟雨至，止之宿，篝燈擁被，談至少日孤露狀，且曰：『先人棄不孝二十餘年，貧不能葬。通籍後，例未得請假治之。繼而入關，有師命不敢以請。』時夜將半，雨浪浪有聲，青崖涕泗交作，群亦不知涕之何從也。又七年，群銜恤里居，青崖自蘭州遺書曰：『比者戎馬既息，行將假歸，卜日營葬，請子爲誌。俾先人隱德勿墜，惟子矣。』群不敢辭，乃爲誌曰：君諱應龍，字翼飛，先世望于吴興，分派于嘉禾郡之長蕩。數傳至霽懷公，有善行，推重鄉里，是爲君曾祖。祖諱中立，以舟車懋遷豐其家，顧任俠，重然諾。曾致米江淮，門下有以急難移巨艘去者，亦不責問，其大度如此。凡三娶，始舉子，曰麐，字天鹿，别字伊尼生，學者稱爲荑菴先生。少喪父，依母胡孺人存活。少長，博涉群書，丁明末造，隱居不仕。娶錢氏，群族祖姑也。時族祖龍門公以巡撫擁兵淮上，拒逆闖，素重先生，表薦以部職留幕下，勿就。晚居鶴湖，著述自娱。有孝行，名載《通志》。以子青崖貴，貤贈奉政大夫、陝西延鳳漢興糧儲僉事道，君考也。錢氏，贈宜人，君妣也。君爲荑菴先生少子。伯兄應麟早卒。仲兄應蟾，生而驍勇，時鄉里數患流寇，應蟾司其踪跡，寇猝至，徒手搏二人，敵大驚怖，遂散去，鄉人德之。君至性過人，荑菴先生即世，家計中落，事母孝，常傭書得錢以佐菽水，奉兄嫂惟謹。應蟾以材官從軍閩嶠，以君孱弱，戒勿往。君嘗齎衣服糗糧，徒步走間道，以佐匱乏。錢宜人性嚴厲，嫂氏有微過，輒召至呵責之，君叩頭代爲謝過。國初兵革方偃，鄉塾未啟，坐是失學。然性好讀書，通知時事，就幕襄鄧間數年。每當疑獄，夜必焚香私禱，或夢寐中，若有人白其冤者，即披衣坐而待旦，爲居停言之。如其言，廉之果然。當塗爭致恐後。君與當塗論治，必曰：『欲勵風俗，莫先于養廉恥而衛善良。』知言哉。馮氏姊早寡，事之如兄，居母喪，茹齋三年，僅以骨立。懼父業失傳，青崖甫五歲，即爲延名師受業。嘗戒青崖曰：『某先達讀麯袋成名，人亦貴自立耳。』謂粥麯者率取故書糊紙囊盛之，故云麯袋也。没之日，青崖方十五歲。蓋君以順治六年八月日生，康熙四十五年七月日卒，又二十九年遭際皇上登極，覃恩贈君如子青崖官。娶翁氏，明宮保、尚書正春曾孫女，中書健女，後君十八年而生，後君十三年而卒，贈宜人。子一：青崖，歷官至奉政大夫、陝西延鳳漢興糧儲僉事道。孫三：敦恭，太學生，曰某、某，俱幼。自育吾公，至君三世，少孤苦，體彊善，積厚流遠，謂非明徵歟。某月某日，合葬于某縣某原。銘曰：

河之水，潤千里。隱于陽紆，髮可比。河之隱也，長于瀆也。然則君之久處約兮，貽孫子以穀也。

贈中大夫兩淮鹽運使太學生吴君洎元配錢太淑人合葬墓誌銘

君諱岱齡，字崧山，姓吴氏，系出周太伯。後自唐少微公爲新安刺史，遂家焉。國朝初，曾祖民悦公遷居杭之錢塘。文林郎育萬公，君祖考也。禮部主客司主政、贈中大夫鼐菴公，君考也。君幼而穎悟，性純孝，十歲能屬文。既長，博覽群書，目數行下，尤精史學。時朝右鉅公方修明史，耳君名，敦聘裁薦牘。君以祖母汪年近九十，母潘抱病床笫，未敢少離，遂辭不就。先後居祖母、母憂，哀毁骨立，竟得羸疾。然撫育諸弟，友愛備至。鼐菴公以長子、冢婦善體親心，用是壹志功名，屢上公車，無家室累。既成進士，授壺關令，有聲。凡免征徭、興學校、治城池諸大政，君實襄力居多。又以暇時條摘《史記》《漢書》，集註諸家，考据互異，乃博採群籍，訂訛增註。雖老儒宿學，爲之屈伏。甲午六月，大司成高安徐先生集諸生有文望者十數人，會講裘君璉、汪君應銓、傅先生玉笢、吴君應芬、徐君衡，陳群與君亦與焉。獨賞君考据精確，曰：『是吾門賈長頭也。』是年，高安主京兆試，初撤棘，南元張君謁見，謂曰：『某號，吾所定南元也。索後場不至，乃易汝。』後知爲君卷，因病輿疾歸，未終場耳。君聞之，爲之氣沮，舊疾益熾，遂不起。君以康熙十六年十二月二十六日生，康熙五十三年十月十五日卒，年三十有六，以子嗣爵貴，贈中大夫。配錢氏，以子嗣爵貴，誥封太淑人，系出先武肅後，文林郎、候選知縣彦雋公長女。幼嫺女則，通書史，性温淑，然遇事明決，少巾幗習氣。年二十一歸贈公，三日後易常服，其事兩姑敬，抑搔潔瀡瀡，侍湯藥惟謹，頗得兩姑歡心。當大事必誠必謹，勿之有悔焉。侍繼姑張，隨鼐菴公之官山右，内政肅然。方贈公遘疾，太淑人寢食俱廢者累月，已而轉劇，潛自剪臂肉内湯中以進，不效。没之日，呼天搶地，死而復甦者數四。于是，顧諸子曰：

『吾豈愛一死，以爾等故不敢輕生耳。』訓諸子甚嚴，躬自紡績，夜必篝燈，親自督課。又十年餘，諸子皆學成名立。仲子嗣爵成進士，任銓曹，掌選人，尋奉命視學楚、閩。任滿遷監司，擢兩淮都轉運。歷任必迎養，每遷一官，太淑人必就職所最重者，眉列示誡焉。令甲年三十守節，至五十歲以上，得請旌。贈公没時，太淑人年甫逾三十，戚黨有以稍匿數月請旌勸者，正色拒之曰：『吾一生所自守者，惟誠信二字。匿歲月以邀恩，吾恥不爲也。』太淑人方正識大義類此，其他嘉言懿行，不可覼縷，詳行狀洎傳。太淑人生于康熙二十二年九月初七日申時，享年七十有一。

子四：嗣丹、嗣爵、嗣熊、嗣譽，譽早殁。女一，適隆平令潘思藻。孫男七：嗣丹出者二，璉、璿，嗣爵出者三，瓊、琰、瓛，嗣熊出者二，珽、珏。女孫三。某月某日合葬于某鄉。太淑人，陳群姊也，又與贈公同業于成均，友也，是宜爲銘。銘曰：

延陵之裔古孝童，孝乎惟孝友且恭。枕經涵史光辟雍，生而嗇也後乃豐。厥配承之代有終，子孫奕奕昌家邦。聖湖之濱山隆隆，考行壽石傳無窮。

趙景汾庶常墓誌銘

乾隆六年二月某日，余按部校士于静安行廨。巡綽官李某、鮑某告余曰：『有寧津趙生者，素服詣轅下，長跪某某等，涕洟滿頰，若急有所請者。某等以試事森嚴，未敢遽白。則又啼泣不能止，因叩所以，曰：「吾父趙某，没十九年矣，尚滯淺土。今吾母又棄世，某月某日將卜祔于先人之隴。求使者一言，以銘于墓。數百里徒步而來，惟此而已。」」余聞之，歎曰：『是吾同年友趙君子也。趙君葬有日矣。余雖不能文，誌而銘之，不可辭也。』君諱笏，字景汾，世以耕居寧津之某里。考某有隱德，好施與，遭父喪，其鄉人重之，匍匐往救，致錢數十萬，布數百疋，悉頒諸兄弟之貧者。鄉人稱爲趙孝子。君生方五歲，授四子書，成誦後越數月不遺一字。七歲能屬文，十一歲通舉子業，有神童之號。十五補博士弟子員。既冠，好學不倦。初邑人多不通經義，君約同志者數人節解句釋，有未得者，獨坐静慮，亘日移時，或廢寢食。既得，必遍示同志，一時從遊者甚衆。遇歲歉，日爲食于門，以待餓者。當道聞而褒之，則矍然曰：『此吾父遺命也。』因顔其閭曰『樂義承考』。又嘗延里中後進之孤遺者于家，躬自入書肆購而句讀之以授，或手自鈔録以授，俟其學成，乃遣去。康熙六十年成進士，選入詞苑。國初以來，寧邑成進士自君始。爲翰林三年，扃户讀書，無異爲諸生時也。交河王少宗伯振聲，聊城鄧鴻臚東長，孝友素著，人無間言，然皆不輕許可人者。每推重君德性，曰：『吾不如也。』雍正元年，以病假歸，遂不起。夫人黄氏撫二子成立，延明師，督課甚嚴，朝夕飲食，必手自檢視。君没數年，子若姪或登賢書，或爲學官弟子，君之業用是弗替。夫人後君一年而生，後君十七年而没。某年某月某日，合葬于鄉祖塋之側。銘曰：君德承先，君學啟後。邑之經師，君名居首。仕未竟緒，業可傳薪。顧牖新進，俾行在身。

香樹齋文集卷二十五

墓誌銘二

范母諸孺人墓誌銘

乾隆七年春，侍御范省齋先生郵寄手撰元配諸孺人行略，寓書于群曰：『吾年過七十，當令諸兒營其母葬事。吾得見之誌儒人墓者，子也。』先生爲群丈人行，引分固辭不得，乃謹誌之。孺人諸姓，系本紹興。元至正末，知廣西梧州府事諱忠，遷于禾郡秀水之思賢鄉，實爲始祖。忠生斅，斅生偁中，正德間進士，歷任貴州按察使副使。四傳至贈文林郎、知陵水縣諱諧，孺人王父也。陵水公三子，長諱惟欽，孺人考也。自考以上，仕隱皆有令德，重于其鄉。孺人幼而端莊持重，寡言笑，年若干歸于先生。是年秋，先生方領秋薦，赴公車，孺人侍庭闈，頗得舅姑歡心。數年先生成進士，之官南城。孺人侍舅姑就官舍，色養備至。南城遭兵燹之餘，民俗疲瘠，孺人益厲澹泊，力行節儉。歲時伏臘，邑老婦有躋堂入署，見孺人布裠侍左右，躬自浣濯，咸化之。既而，先生報最被徵，還家，罹吴太孺人之憂，助先生舉喪葬禮，竭誠盡哀，宗黨稱其孝。先生以禮部主事授御史，孺人奉封公命，率諸子來京師，俾襄内政。辛丑春，恭逢聖祖仁皇帝萬壽聖節，先生與同臺諸公以建儲事上請，有旨以原官効力西陲，即日就道。瀕行，孺人謂先生曰：『師行戒嚴，義無久留。凡君所内顧者，妾在當一身肩之。』摒擋家具，率諸子回籍。時封公年登八十有四，孺人調滫瀡以娱老懷，而督課諸子行學，不少寬假。封公以壽終，孺人理喪事益周密，曰：『不欲使征人有遺憾也。』已而先生奉世宗憲皇帝恩旨，調還里門，則諸子皆學成，先後登賢書矣。復出釵釧諸物，謂先生曰：『翁殁數年未即舉葬者，以大事非婦稚所專。今幸生還，願售嫁時飾，以襄葬事，不亦可乎？』聞者皆嘆其賢。孺人生于康熙九年己酉正月二十日，殁于乾隆六年十一月十一日，以某年月日卜葬于某邱。銘曰：

德容既充言行踐，瑩石記美何炳焜，吉藏卜爾慶其衍。相夫當官起賢聲，代夫事舅以孝名，壽終有夫營其塋，嗚呼孺人何其榮。

吴恭人墓誌銘

陳群持服里居，荒棄筆墨，將二年矣。先是爲翰林時，與席編修釗同館，稱莫逆交。後釗弟曰雍、曰鏊者官京師，寓居密邇，並以志業相許。至是，以束紡先之遺書，請銘其祖妣吴恭人之墓。謹按其孫鎬所爲行狀，誌之曰：

恭人姓吴氏，江南太倉州人。自六世祖諱某以禮部起家後，參政公諱某、鴻臚公諱某，皆以科第儒術，顯名三吴。父諱琨，績學砥行，以子梅村公諱偉業貴，封嘉議大夫、少詹事。恭人生而婉娩，動中儀則，詹事公以最小女偏憐之，不加呵督。聞太湖之濱席太僕公有子能文章，遂締嘉姻，即虞部主事，今貤贈中憲大夫、按察司副使，諱啟寓席君是也。詹事公即世，恭人甫數歲，哀毁如成人。十五，梅村公以禮來歸。時中憲公母吴淑人延太孺人在養，恭人曲盡婦職，各得其歡心。事奉太孺人最久，嘗侍疾三載，藥餌厠牏，必躬司之。後先治兩姑之喪及葬，盡哀盡禮，里中士大夫家訓其女與婦者，咸舉恭人爲法。從中憲公官京師，綜理内政，邸第肅然。中憲公壹志奉職，有聲虞部，恭人實佐成之。既而，中憲公請假奉養，移居常熟，與平湖陸稼書先生友善，設堂壇，令兩子受業。陸先生臯比講學，一時碩彦，負笈而來。恭人以禮留賓，親治膳服惟謹。中憲公既没，恭人懼其行之不稱，稱之不遠也，將葬，召兩子曰：『汝父事母孝，奉職勤，取友端，其丐當代老于文學者，爲銘以傳之。』兩子奉命請于長水朱先生彝尊，乃得銘焉。自陸先生没後，即命兩子受詩學于朱先生之門，數歲學亦大進，然亦不永年。恭人慟悼不止，訓諸孫如子，而諸孫輩亦倚恭人爲怙恃，十餘年來，翺翔館閣、報最循良者，踵相接也。陳群嘗舟經太湖，宿洞庭山下，居人之稱席母賢者，雖販夫漁婦如出一口。洞庭，中憲公故里也。懷德且然，矧其宗族戚黨之沾溉又深且久者耶？於戲，賢矣。恭人前後封贈、生卒時日、子孫次序名位，孫鏊有合祔志，載于碑陰，兹不備焉。銘曰：

頂山之麓，席君之阡。後三十載，恭人祔焉。恭人之德，柔嘉有侐。是曰令妻，南國是式。

恭人之教，服于孫曾。是曰壽母，彤史是登。封則堂矣，日月良矣。殷籛之裔，來銘其藏。

同年柯石菴墓誌銘

同年友柯君殁二十三年矣，其子基泰來請曰：『基泰貧不克營先人窀穸。先友存者惟公與德州雅雨盧公，氣誼獨厚，敢以期告。』明日，基泰徒步攜予書至邗江，雅雨得書，慨然曰：『此朋友責也。』佽而遺之。復予曰：『香樹與柯君同里，非予匏繫者比。其經紀之，且誌而傳之。』予不得辭，爲之誌曰：君姓柯，名煜，字南陔，號石菴，爲邑望族。王父名聳者，康熙初爲納言，有聲于朝。州倅名宏本者，考也。君生五歲，即曉四聲。稍長好學，于書無所不覽，覽即不遺。尋遊京師，與姜西溟、查初白、魏水村友善。三君子不妄許可人者，獨重君博物，自是名譽日起。作詩根柢漢魏，于有唐諸名家愛皮襲美、陸魯望，以其遇相似也。尋舉于鄉。又十五年，成進士，廷試違例被黜。世宗憲皇帝登極，詔舉績學，公卿上其名，復進士，知湖北宜都縣，有善政。君淡于仕進，嘗自誦曰：『人苦不自知，吾素不樂親簿書刑名事。惟以身率子弟，勉孝弟以厚風俗，庶有志焉。』遇繁劇，輒不耐，遂改教職，授衢州府教授。制府汝寧程公冠文聘脩省志，卒于西湖昭慶寺。所著有《慈恩集》《樵唱集》《鶴洲倡和集》《瑪瑙湖櫂歌》。生于康熙四年，殁于雍正十三年，享年七十有一。娶錢氏，副都御史名朝鼎孫女。子三：壽坤，廩膳生，娶丁氏。堦恒，娶浦氏。皆早卒。基泰，其三子也。孫嘉錫、嘉鏞。乾隆二十二年十二月二十日，葬于遷南區。銘曰：

豐于文，嗇于遇。終師儒，守章句。淒旅櫬，淹舊廬。兆未卜，誰過歟。哀遺孤，叩先友。指麥舟，備廣柳。魏塘曲，水環環。若斧者，其久遠于元切。

中憲大夫慎齋曾君暨元配陳恭人合葬墓誌銘

余抱疴里居，杜門結夏。六月廿有四日，郡太守曾公曰理偕其弟曰珏，踵門請曰：『先府君没距今將三十年，曰理兄弟各以奉職四方，未獲求當代大人先生作銘，以誌府君生平梗概，用是日夜慚悚。今葬有日矣。屈指先人舊交，知先人行事，惟先生一人耳。曰理又待罪知郡事，郡爲先生珂里，敢泥首以請。』憶余與君訂交時，君任直隸吴橋令。余每北上，留余署中數日，公餘倡和。君同里萬字兆學士未第，時亦在坐。君獨賞予詩，謂有漢魏遺意。君任俠，俸入輒周里黨之貧者，受者方懷感，而君猶歉然。坐是用常詘，閲今五十年。每歎君之才略實有過人者，而阻于遇，限于年之不永，不獲大展抱負。長子曰瑛，官閩，屢以政績被薦，爲台灣郡守有聲，尋卒于官。今仲子守吾郡，清身苦體，部民畏威，懷德上游，咸器重焉。曰珏醇謹，署令著循績。予向以君不永于年爲恨，今後人克自振拔，且爲君幸矣。乃按狀而爲之誌曰：

君諱逢聖，書自字也，又號慎齋，姓曾氏，宋南豐先生裔，遷居撫之宜黄。明中葉，遠祖學孔公爲寧藩孔目官，始居會城。邑庠生諱日旭、字大臨者，祖考也，以君貴俱貤贈中憲大夫。

諱有典、字吉甫者，考也，贈奉政大夫，加贈中憲大夫。君生而穎敏，性孝友，稍長博通典籍，書詩古文，皆經名宿指授。重然諾，有膽略。未弱冠，居贈公喪，哀毁骨立。主家政十餘年，遂棄舉子業，援例入太學，授南城副指揮。理冤除蠹，遇徵發期會，無累民絲黍。時武進趙恭毅公爲都御史，極賞識之，每于公所舉君廉幹以示屬吏，方裁薦剡，以内艱去。服闋，補直隸吴橋令。益厲清節，發奸摘伏，無所隱蔽。以薦除順德府同知。世宗憲皇帝知君才能，特授順德府知府。有妄人鄭永書燈節被酒，陡發狂疾，作囈語不休，爲人首告將刦庫，謀不軌，城門晝扃，居民震恐。時君以公赴保定，聞之馳歸，捕訊，俱屬子虚，立懲釋之，被誣者置不問，皆羅拜涕泣而去。其遇倉猝，決斷類如此。大吏益重君器局可肩大事，屬邑刑臺黄山中有劉、彭、馬等八姓，聚族以居，持準提齋教鄉人，相率持齋者衆，奉密旨誅捕。君廉知鄉愚惑于二氏教，因明末避寇屏居山麓，丐福于神，祈免鋒鏑，誓世世子孫不茹葷，以答神貺，貽百餘年矣。每當佛誕之辰，山左右近境聯會進香，醵金建佛殿，供奉佛像，幢旛甚盛，有類白蓮聞香教者。憲皇帝防微杜漸，特降旨捕治。君奉檄措置盡善，焚其書，毁其祠宇，寧其室家，各安生理，未匝月而大定。奏入，上温旨嘉奬，手詔督臣『有如此賢員，當留心提拔之』之諭。時方改守巡道爲藩臬，廷論君與浦君文焯堪膺是寄。適督臣奏大名乃直隸財賦之區，賦多積逋，官吏蠹民，因緣爲奸，非君不能清理，請調，報可。先是，議改大名巡道爲清河道，敕督臣遴選幹員補授，首列君名，次浦君文焯，次趙君國麟。奉上諭，曾逢聖、浦文焯另有用處，清河道員缺，著趙國麟補授。

尋推陞陝汝南道，引見時改授刑部正郎，以江南司兼左右現審司事。多所平反，旋被議解任，卒于旅邸。

今上御極之初，擢滯起廢，方欲柄用，則君已下世矣。惜哉。君任事有膽略，官畿輔二十餘年，有疑難案件，多倚君辦理。君亦以上游信任，就事直陳，同事忌君，流謗下石者不少。君怡然曰：『是可勿之校。以謗受屈，命也，吾安吾命可耳。』卒之日，家無餘貲，惟圖書數卷而已。乾隆二十四年某月某日，合葬于進賢門外老龍窩之麓。銘曰：

邦之循良南豐裔，化被大陸歷瀛冀。由令而守無躐次，薦者推轂陳殊異。忌者下石工嗇蔚，嗟君奄忽志不遂。至今耆民誦清惠，嗇于身者昌其嗣。家傳治譜民所塈，佳城鬱鬱樹藹藹。吉壤封兮安厥配，以妥以侑欽世世。

誥封光禄大夫太子太傅吏部尚書贈太子太師謚文端汪公墓誌銘

休寧冢宰汪文端公之喪過嘉禾，其故人錢陳群致奠醊于舟次。翼日，孤子承沆等踵門來乞銘。因憶公自諸生與陳群爲金石交，垂五十年，迄今衰病里居，書問往來無間。一日，得兒子汝誠書，具述公病狀。凶問至，嗚咽不能言。又數日，齎摺家人歸，祗奉硃批，内有『汪由敦，汝老友也，今竟物故，可惜之至』十五字。友道始終，上邀聖主垂察，亦史册所未有也。今以賜塋卜吉，于乾隆二十四年十一月，葬于環塢之原。所以誌生平者，惟故人是屬，何得辭。按狀，公諱由敦，字師茗，號謹堂，又號松泉居士，徽州休寧人。九世祖諱齊，壽百歲，五傳至高祖考泗論，太僕寺少卿。曾祖咸和，祖慎然，考品佳，三世皆以公貴，累贈如其官。妣皆贈一品太夫人。公生而穎異，八歲能屬文，同邑查君禮南以女字焉。年十九，補浙江商籍弟子員，讀書錢塘僧舍，靡間寒暑。長白徐文定公撫浙時，重其才，延致賓館，以母憂歸。雍正二年，舉京兆。是秋成進士，廷試二甲第一。甫登史館，聲名早重輦下。前此以徐文定公薦，充《明史》纂修官，淹雅閎達，史筆擅長，故《明史》之成，終始賴公云。授職編修後，館閣鉅製，出公手居多。由坊局轉侍讀。乙卯八月，世宗憲皇帝升遐，皇上御極，一切大典禮進御之文，撰擬詳贍，能當上意。入直南書房，補授内閣學士。洊歷六卿，由禮、兵部侍郎，擢工部尚書，轉刑部尚書。爰書填委，覃思推勘，時陳群居左職，公詳慎和平，虚己以受，每集衆見以成一是云。

上倚公綦重，委任事繁，命在軍機處行走。聖駕謁陵，及巡幸山左、山右、江浙、盛京、吉林，皆扈從。每承廟謨指示，耳受心識，出即傳寫，不遺一字。乾隆十四年，金川平，敘軍功，加三級，加太子少師，協辦大學士事務。十八年，晉階太子太傅。準噶爾平，軍功加三級。永定河決固安，奉命往勘，籌議堵築，有以别開新河爲言者，公主仍濬舊河爲便，得旨允行。都下錢米價昂，議先支甲米，加放月餉錢，市價遂平。人第知公以文章受知遇，黼黻隆平，不知其綜理庶務，安詳周密，房謀杜斷，一身兼之。至于出入勤勞，謹慎備至，雅量鎮物，寵辱俱忘。雖曾罣吏議致左遷，而匪躬蹇蹇之忱，仍荷聖主矜全。賜第内城，禁垣騎馬，廕長子承沆，授主事。

與夫御書筆墨、白金文綺、豐貂食品之賜，駢蕃稠疊，難以悉數。二十二年春，晉吏部尚書，扈從南巡，給假歸里，旋扈蹕還京。明年正月，卧病園第，特遣太醫診視。中使存問，日再至。内廷曲宴，仍一體與賜。病增劇，賜哆羅衛一襲，命御醫宿邸中，動静輒以聞。二十二日，知不起，呼承沆口授遺疏大意，踰時而逝，無一語及家事。上親臨奠醊，入門即號慟，降旨加贈太子太師，崇祀賢良祠。賞内帑銀二千兩，兼命入城，賜祭葬如制。復賜祭一壇，令翰林院立傳，謚曰文端。御製五律一章，有『贊治常資理，論文每契神』之句。嗚呼，榮矣。

先是，公謂承沆曰：『適撿《舊唐書》，得《李鄴侯傳》，末數行言月蝕東壁，張燕公由是以亡，而已恐不免，明年果卒。今歲建未之月，月蝕于奎，恐有當之者，吾病其不起乎？』是殆有先兆矣。公生平美行嘉言，不可勝紀。孝于親，友于弟，族中貧乏者，量予周䘏。出俸賜千金，捐入家祠，遂仿范文正公義田遺意。又建休寧會館，俾旅居有即次之所，桑梓咸感德焉。顧未嘗事家人産，喪還，老屋數椽，不容旋馬，惟賜書滿載而已。屢事文衡，得人最盛。充同考官者三，主文、武鄉會試者六，充殿試讀卷官者四。承輯諸書，各館皆爲總裁。詩文集若干卷，付梓行世。書法力追晉、唐大家，兼工篆隸。公既没，上命集公書爲《時晴齋法帖》十卷，勒石内廷云。公卒于乾隆二十三年正月二十二日，距生年六十有七。娶查氏，誥封一品夫人。側室邵孺人。子三：長承沆，户部郎中，丞霈、承霨，皆太學生。女二：長適内閣中書吴恩詔，次許查承裕。孫一，本中。孫女三。銘曰：

岐山白嶽，秀萃靈鍾。篤生偉人，世德攸隆。惟公應辰，懿德純畀。秉醇儒姿，具公輔器。我公之發蹟，物望所推。學有根柢，積厚而丕。鶴立詞林，高文是式。肆而益醇，華也非飾。我皇文思，昭回四垂。芒寒色正，公筆公詩。鴻猷是潤，考禮釐樂。勤宣絲綸，密承帷幄。遇深三接，歘歷六卿。秋官久任，惟允惟明。瘁不言勞，夙夜匪懈。備物酬庸，以風有位。公謙益撝，公誠益輸。維國之瑞，維臣之模。列星歸垣，天不憖遺。寵極哀榮，附身祕襚。既崇禋祀，復賁誄章。佳城鬱鬱，吉壤爲光。公生日孜，請共以獻。公没神存，旁魄思贊。老友作銘，契闊死生。如執公手，我言公膺。

誥授文林郎翰林院編修迪甫蔣君墓誌銘

同年友蔣君，諱恭棐，字維御，一字迪甫。其先廣陵人，後徙蘇州。五世祖育馨，以舉人知清流縣。高祖燦，由進士官至天津兵備道。曾祖圻，以子鐕貴，贈奉政大夫。祖鉌貤贈，考溶封並如君官。君生四歲，即通四聲，讀書過目不忘。十歲爲文章，有奇氣。十四補博士弟子員。時華亭張文敏，亦以五經受知學使者，江左文士矜奇耀異，人握靈蛇之珠，而張、蔣兩君，獨守先正矩矱，所爲文流傳都下，安溪李文貞見而歎曰：『是今日之思泉、震川也。』後文敏數年成進士，以廷試違式落第，夷然歸里，益肆力于古。又七年與予同成進士，入翰林，充玉牒館纂修官。一時制誥典册，出君手者，輒爲院長所賞激。以封公七旬，假歸上壽，里居七年，極色養之樂。

今上即位之初，昭回之光，下飾萬物，天下文士争自濯磨，與時而奮。封公以精力尚强，命君北上供職，充大清會典五朝國史舘纂修官。居無何，以原官休致。適封公以哭長子過慟，朝夕奉侍，未嘗須臾離膝下。先後居二親喪，哀毁骨立。時予與張文敏同事西曹，公餘屈指當代古文，必推迪甫。每欲邀予公裁薦剡，既而文敏以疾去，不果。辛未二月，法駕幸吴中，侍直宫門，蒙温旨垂問，賜内府緞疋。予時忝扈從，見君于豹尾班後，則鬚鬢皓然矣。癸酉冬，德州盧君抱孫再擢兩淮都運，延君主安定書院。諸生慕君名，擔簦而來者，咸虚往實歸。君自誦曰：『吾雖老，願以平生所得公之諸生，當不負盧君也。』予適訪盧君于邗上。盧君招予兩人飲花下，賦詩以紀斯會。數日，予辭歸長水。未浹月，而光嶽等已扶櫬歸吴門矣。盧君經紀其喪，人皆以君篤于友誼，卒得友朋之助云。

君湛深經學，詩文無專師，于唐宗少陵、義山，于宋愛廬陵、臨川。藏書數千卷，皆手評數過。著述十數種，光嶽等方編輯授梓。君生于康熙庚午十月二十三日，卒于乾隆甲戌六月初四日，年六十有五。娶宋氏，先君卒。男七，存者光嶽、道恢、師郯，皆能世其業。女五。孫男三。孫女五。以乾隆二十年十月某日，合葬于長洲縣二都十五啚福字圩。銘曰：

予少賤，走皇都。儔衆中，揖二厨。評道藝，説唐虞。雲間張，吴趨蔣。一扶摇，雲霄上。一守官，師儒長。尚書星隕峒峿郵，詞客又訣邗水溝。低徊往事五十秋，感舊一哭霜滿頭。魂歸來兮樂斯邱。

直隸開州牧嚴君墓誌銘

同年友嚴君，與予交，數十年如一日。君官畿輔時，予視學循行，稔君治狀。予役滿還京，君以公事往來京師間，詣予邸第。一日天大雪，留飲，賓主各微醉，戲曰：『我兩人年相若也，他日孰後死，當誌墓。』君曰：『侍郎文名日盛，書勁秀，理宜大壽。又爲舊史官，其受吾拜。』於是大笑辭去。又數年壬申，予猝遘沈疴，蒙聖恩賜人參上藥，日遣醫診視，少差，復召見數次，體恤備至，命兒子汝誠侍還鄉里。其明年癸酉，君没于開州官舍。予舊疾既瘳，後患疽，吟呻床第。君子秉圭、秉瑑以狀請誌，未應，亦不辭。予自知病起有日也。家人見予卧病，取架上求爲文者概置字盝，不復設。已而病愈，遣人過江詣秉瑑，索君行狀，乃得爲君誌焉。

君諱宗嘉，字二猷，又號孚亭。始祖季津公，自閩遷江右袁州府分宜縣，傳十世，至方伯公諱孟衡始顯，爲袁右族。又傳十世至君，代有懿行。君王父母、父母皆以君弟宗喆官二千石貴，貤贈誥贈如其官。君幼誠樸，舉止端重。稍長後先居母喪，哀毁如成人。弱冠補博士弟子員，與弟宗喆各以志業相尚。居贈公喪，盡禮盡哀。甲午舉于鄉，計偕未售，喜怒不形。高安相國朱文端公愛其文，尤敬其品。淳邸聞其賢，延課世子，誦讀之餘，惟以制節謹度相勉勵，益加敬焉。初任楚中，署武昌府屬之咸寧，復署沔陽，多異政，以拂署督意，咨部歸原注銓選。雍正七年，補授直隸高陽縣。明年兼攝完縣，又署祁州。一身兼三篆，延袤千有餘里，君整理無毫髮遺誤。如猪龍河建橋利濟，謁靈祠禱雨，一州二邑，後先沾足。每秋雨堤決，捐資堵禦，復築月堤以護，至今便之。甲寅調玉田，下車後密捕巨盜海潮，置于法，毘連數邑，民得安枕。丁高太恭人艱，君銜哀奔歸。制府李公以薊運還鄉，兩河堤決，淹村落數百，堵禦工急，非君不可。君以事關民命，乘小舟歷各鄉，水急風大，幾覆溺者數四。賑撫有方，貧難得活，遷薊州牧，尋改延慶牧。乙丑秋，州屬被旱災者百三十餘村，君酌其輕重，運粟撫恤，大吏稱善，每遇旱潦，往往諮君所定章程，仿而行之輒效。調開州，未得代。時以金川小醜蠢動，奉旨調船廠等處滿兵赴川進剿，檄君赴良鄉辦理，經畫周詳，軍實無誤，而民無驛騷之苦。時有倡爲椎牛饗士者，君曰：『此所以待有功也凱旋時用之，今方出兵，勞以酒食足矣。若援此例，則沿塗廢耕牛萬計，不可不慎。』衆皆悟，議遂已。君持論得大體類此。州境鄰豫，辛未秋七月，陽武河決，受水者五百餘村，廬舍多無存者，甚或巢樹以避。君立輸金錢米粟，僱四十餘舟，遴役往拯，全活數千人。又協辦阜城、新安、涿州、順義差務，無不井井。在畿輔二十五年，歷治州邑十五六，所至民安，既去民思。持身清潔，待人不設城府，誠意感字，人咸歸其長者，位雖未顯，而政蹟著于三輔。没後數年，部民懷德，多祀其威儀。鄉人族子，過君所部境，境民詢之，有延入其家，追思舊澤，至流涕者。年月日，子卜葬于鄉。銘曰：

君之孝友，曾閔是期。君之慈惠，召杜兼之。政在理人，親民乃見。行在門內，外亦罔間。人亦有言，識墓者諛。我儀圖之，惟君不誣。老友作銘，有諸在昔。子孫守之，用壽斯石。

香樹齋文集卷二十六

行狀一

待贈文林郎顯考廉江府君行述

嗚呼！府君廼遽棄不孝群等耶？府君夙嗜名山水，少事遊歷，渡黄河，踰泰岱，窮龍門積石，覽終南之勝，又嘗跨嶺嶠，探武夷三洲之奇。所過神仙窟宅，靈景祕迹，輒移日不忍去。後貧窘不能治行，常端居杜門。今年夏，同里陳君官姑熟郡守，與府君舊。姑熟爲江淮屏蔽，采石、牛渚之險，稱于東南，遂薄遊，詣陳君于姑熟，期以秋深，從徑道遊黄山、攀白嶽以歸。留姑熟凡三閱月，偶感河魚腹疾。數日大漸，窮俞扁術不起，八月二十有一日遽逝。先是府君命不孝峰留奉母，不孝界從遊，因得侍疾。時寒暖服食，鼻糞色臭，以司疾之差，刃股投劑，竟不果效。不孝群黜于南宫，未獲歸。得凶問，昏迷不知所爲。强起奔赴，麻鞋徒步，歷二十有五日，抵盧次。嗚呼，痛哉。不孝等罪大惡極，百死莫贖，其尚忍强顔視息耶。惟是府君文章倫行，卓卓可紀。雖困屈無由風世，而扶獎善類，孝友無間，素爲人望所宗。不於此時少述一二，使家乘無稽，鄉評失實，不孝罪更何似沾淚梗述，以竢覽擇。府君諱綸光，字廉江，姓錢氏。自武肅王孫忠懿王納土歸宋，子姓分隸中州、江南，其在臨安者又散居各府。武肅王十四世孫富一公始遷鹽官，嗣子孟寬公諱裕，裕生實，實生達，達生珍，代有陰德。珍生薇，府君高祖也，官禮科給事中。明隆慶間，贈太常寺卿，特祠顯忠，欽定《明史》列《儒林傳》，與叔父琦、弟萱、弟芹，皆以進士同官中外，有聲於時。曾祖孝廉公與映，遵父遺命，立義田贍族，撰有《書》《詩》二經條解，蒙聖祖《御纂書經傳説》採入焉。祖孝廉公陞，父孝廉公瑞徵，三世皆博學，爲世名傳，没祭於祠，於邑爲望。府君生而穎達，十歲工文詞，後隨王父謁選人，得交老蒼輩，闊略自喜，雖遊公卿門，無苟謁也。初娶母蔡孺人，奉王父母極孝，脆促不永所事。府君悲痛逾節，數歲始再娶吾母陳孺人。時家計中落，府君館吾母家，爲秦聟，一時名流，與府君往來結契，吾母脱簪珥以佽。吾母尤工繪事，每一圖成，世争購之，售值數縑，持縑易米，歲時不絶，數年而歸，歸之日，不孝群已在劍矣。於是王父薄宧，將之信安，瀕行謂府君曰：『吾垂老一官，豈可使爾等遠離膝下？然春秋蠲潔，必躬親之，其留汝奉祭祀。』時府君迫以嚴命，勿果從，歲一省視，裹糧渡江，十餘歲率以爲常。秋而往，逼歲遺歸，著有《寒江歸棹詩》，即古人望雲陟岵意也。歲丁丑，王父俸滿當遷，將上計矣。府君侍，有憂色，輒以間請曰：『日兒來省時，命諸孫薙徑草，待阿翁歸矣。』如是者數四，先王父解曰：『吾亦念之。』遂侵星謁郡守董君請致，董君固留。會至日祭先聖于學宫，先王父佯失足于殿之西廡，董君笑曰：『吾不可奪君志也。』遂許辭歸。府君色養數歲，旦暮常不離臥側。一日，先王父示所畫墨松，命府君題識，即信筆獻詩云：『攜來一疋胡威絹，寫出千枝陶令松。』王父稱善，舉酒相屬，于是盡醉歡甚。府君後先居王父母憂，哀毁骨立，凡附身附棺，必誠必謹。嘗栽蓮于王母繐帳前，蓮獨盛，淩霜不萎。十月，蓮復花成房，人以爲至孝所感。府君篤于兄弟，喪具常獨任。事畢，諸世父欲計費議償，府君惶悚固謝，遂不果計。諸世父有疾，府君每爲廢食。諸世父先府君棄世，府君視諸姪如己子。雅不治生産，恥與乾没者俱，好施與，疎于財，不苟得，于是貧益甚，無儋石儲。課不孝等甚嚴，嘗自題書齋聯云：『讀嫌腹儉添兒課，飲拔釵空讓畫圖。』蕭然四壁，宴如也。暇時嘗乘小舟抵郡城，與一二名宿爲忘形交，或浹旬不歸，歸必吟咏充篋焉。先是，不孝群初就外傅，甫離經，府君命讀性理諸書，塾師笑曰：『君不欲兒輩博科名耶？』府君曰：『科名重人耶？人重科名耶？當今人文燦然，習尚瑰麗，然自古文章風氣，隨時變遷。聖天子方尊儒重道，又得一二鉅公主持文運，安見是書之不足取科名乎？』遂卒業。歲餘，即有旨程天下士子，皆用性理。不孝群知昧才絀，然自童子試及舉于鄉，率以五經售，不孝峰、界，亦先後補博士弟子員，食餼于黌，謬膺鄉譽，皆府君先物之識，有以成之也。府君雅好奬借人才，讀李文忠與昌黎書，論薦陸湋事，心竊慕之。戚族子弟，或少孤苦失學，或窘乏不能延師者，府君常飲食之，勸令從學。後爲名士，尤樂規瑱人過，甚至涕泣相告，使之自悟乃已。然不泥成迹，無責備意，衆咸諒府君之誠。平生嗜讀書，卷不釋手，常徹夜論究無倦容。年逾六十，齒不豁，眼如漆，髮蒼如童子。然頗以此自任，嘗不甚愛惜。不孝峰、界少事府君，未嘗一日相違。不孝群自弱冠遊京師，往返常不暖席，後充八旗官學教習，將期滿時，府君仍命應順天省試。甲午貢于京兆，明年下第，又明年歸省。府君洎太孺人以禮闈届期，遣不孝群北上。不孝猶豫不果，府君以精力强健，委曲況示，戒不孝毋戀戀。嗚呼，痛哉。豈所謂詹在京師，雖有離憂，其志樂者耶？嗚呼，痛哉！不孝群不罹寒賤，碌碌無所見于世，又以飢驅，役于四方，生不能奉菽水，没不能視含殮，終天之恨，更有甚于不孝峰與界者。嗚呼，痛哉。嗚呼，痛哉！府君生于順治乙未十月十七日子時，卒于康熙戊戌八月二十一日寅時，享年六十有四歲。貢生，所著有《辨博物志》及雜著六卷、詩二卷，俟續刊問世。不孝五内摧裂，昏霍憒眩，語多掛漏，伏惟當代大人先生鑒而察之，錫之琬琰，以榮窀壤，不孝等感且不朽。

桐川年姻家眷弟俞長策填諱。

誥封太淑人顯妣陳太君行述

嗚呼，痛哉！吾母太淑人竟棄不孝陳群等長逝耶！不孝未弱冠，遊學四方，數年而歸，一侍顔色，席未煖，即飢驅出門。通籍後，僅迎養三歲。請假侍歸，假滿還職。又十年，蒙世宗憲皇帝體恤深仁，簡任畿輔學政，命就養邸第。私心竊喜，謂從此得以公餘承色笑，奉瀡瀡，庶可報恩勤于萬一。乃未及數月，抱痛終天，祜薄孽深，至于斯極。搥心飲血，呼搶靡依，誠不能强顔人世。惟是太淑人食貧苦志，芳範懿行，實無愧于女宗，若不手爲詮次，罣漏無傳，則不孝之罪滋甚。用追維言行，和淚伸紙，伏冀當代大人先生，憐其哀悃，俯垂採擇，錫之鴻章，以榮窀壤。不孝等庶獲遵奉斯義，稍自奮勉，俾勿替墜，仁人之賜，于是乎大，不孝感且不朽。

太淑人諱書，姓陳氏。自宋相國文僖公諱康伯，以護蹕南渡功，賜第于郡城之春波門外，遂爲秀州人。文僖公四世孫諱彦斌，爲浙江廉訪使，有異政，杭人爲之立廟祀。七世孫諱俊民，明洪武中任貴州右方伯，安輯苗疆，撫民有法，謚曰簡。十一世孫諱憲，嘉靖戊戌進士，太淑人曾祖也。祖諱懋義，邑庠生，生先外王父，諱堯勳，太學生，以善行著于鄉。所居屋傍有梓潼神像，歲久毁壞，守僧數募里民新之，歲餘莫有應者。夜夢神語曰：『陳善人來，當新吾像，爾何得他請耶？』明日，外王父果至，僧具以告，即鳩工修葺廟宇，並裝演神像。無何，外王母錢有娠，將娩身矣，外王父夢神降其家，已而生太淑人，乃二月三日，世傳梓潼誕日也。太淑人幼沉静，寡言笑，生八歲時，見同祖諸昆從學舍歸，輒問所讀何書，促口授，默識之，不遺一字。外王母錢恭人相遇甚嚴，每令學女紅，頗不許習柔翰。曾就外王父齋中，見壁間名繪，取紙筆倣之，無不神肖。外王母怒而撻焉，乃止。一日，外王母夢神語曰：『我昨遺汝女筆，他日當以翰墨名天下，汝何得禁之？』自是延師授經，歲餘便通曉大義。曰：『讀古人書，當學爲古人耳。』乃取《女史》孝行諸事實，圖于所居室中，躬傚爲之。外王父鍾愛特甚，每歎曰：『惜乎女也。若男，亢吾宗矣。』

外王父需次入京，行至天津，以暴疾卒于舟中。旅櫬歸，太淑人死而復甦者再。自是，奉外王母益謹。時家計中落，外王母孀居貧乏，舅氏孤露，太淑人縫紉給饘粥，仍句讀經書，以授舅氏。先王父誥贈中大夫孝廉公，與外王父有舊。適先府君賦悼亡，聞太淑人賢，請以繼室。不孝前母蔡太淑人賢而不壽，先府君思念逾節。太淑人仰承意旨，結褵三日後，即洒掃浄室，懸蔡太淑人小影于其中，朝夕供蔬酒如生。歲時饋問蔡家賓客，如蔡太淑人在也。寒族自七世祖臨江太守公諱琦，六世祖太常公諱薇、同弟永州太守公諱芹、禮部公諱萱，世居暹村，子姓繁衍，衡宇相望。太淑人于歸甫旬日，見所居樓外有少年責佃户償逋，逋者不遜，毆之殆斃，咯血不止。時大雨雪，雪沾衣皆赤。須臾，逋者之家聞之，率黨戚相報，勢甚猖獗，少年無所措。太淑人遣蒼頭問少年爲誰，則先府君兄子也，母鍾方寢疾，哭泣不能制。太淑人曰：『吾當治之。』乃舁逋者于煖室中，急令蒼頭延醫診視，給其母米二斛，錢二千，仍縛少年，跪而受杖。衆大感悟，遂散去，逋者之家償租值如故。先王父率先府君上冢歸，聞之驚歎狂喜，曰：『新婦若此，吾無憂矣。』先王母曹太淑人屢遘沉疴，太淑人衣不解帶，目不交睫者浹旬。羹糁藥劑，出太淑人手者，食之必甘。先王父德望，族人素所矜式，行序亦長。每歲時必集族人于家廟，反覆誥誡，數十年中，族子弟相率不敢爲非。將之官信安，族人置酒取别，且請曰：『誰可代翁長吾族者？』曰：『吾新婦陳至孝且慈，吾觀其舉措，家政當出吾右。』族人以爲然。時族世母文學介亭公夫人朱、教授道瞻公夫人陳、嫂文學亦駿公夫人葉、贈觀察公卓公夫人俞，皆以望族，砥礪名節，訓子有法，與太淑人相處，親愛無間，率以勸善規過，相爲酬答，族人咸取則焉。

先府君性慷慨，樂善好施，于學無所不窺。從父半完老人父子，文學子玉、介亭兩先生，同居鄉里，頗爲時論所推。一時碩學，如少宰彭羨門先生、竹垞朱先生、華隱徐先生、今閣學俞穎園先生兄弟，並以志術相尚，裾屐紛披，連檣投轄。家故貧，不能具飲饌，太淑人脱簪珥以供。太淑人幼有倫鑒，聞賓客中有以浮華相尚者，必婉頻勸令遠之。歲丁卯，同村幼穉患痘殤者數人，不孝兄五歲亦殤，不孝甫二歲，瀕死者數矣。太淑人謀于先府君，乃屬不孝于外王母曰：『是兒若保，其婆所留乎？』外王母乃盡去襁褓，解所衣單衣裹之，抱與俱歸。外王母年過四十，孀居將十載矣，乞鄰婦乳喂之，不得，則按方書取藥作乳以飼。太淑人亦時寄衣襪、餺飥等物。不孝年九歲，外王母以所居里中無讀書者，遣還，令太淑人教，時不孝弟峰已七歲，弟界已四歲矣。不孝復患鼠瘡熾甚，百藥皆試，僅以骨立，太淑人撫育備至。比歲歉收，里人乏食，太淑人指所居屋質于郡中富家，糴米以濟。又嘗捐資施棺，戚族有以急難告者，無不竭力以應，于是貧益甚。先王母抱病信安官舍，太淑人聞之，跪禱于神者七晝夜。先府君過江省視，將行，謂太淑人曰：『吾親老，不能咫尺離膝下。諸子學業成敗，由汝矣。』太淑人慨然引爲己任。聞里中有陶先生者，躬耕績學，不干外務，具禮延致。陶先生熟精經學，獨不工舉子業，且又多病，辭不就。太淑人固請曰：『以先生品行純素，故敢相托。經學果通，何患不能成舉子業耶？』每夜必手録不孝日課，彙寄先府君，令壹志親側，勿以兒輩爲念。不孝少居闤市，習嬉戲，讀書不能沉潛，又自恃資性，輒事强記。繼而陶先生即世。所居讀書處，有樓三楹，太淑人在樓下紡織，聲相答。或聞讀書聲輕浮，常潛登梯級覘之，則不孝弟兄俱越席以嬉，讀成誦書塞責也，于是，大撻至流血。數月又如之。一日，召不孝于家廟中，跪竟日，不令飲食。太淑人亦痛哭自責，絶食者兩日。不孝泣曰：『請母勿自傷，兒自是當攻苦讀書矣。』乃手録《朱子讀書法》數則，榜于座隅，置《字彙》等書于紡車傍，曰：『是吾師也。』並命不孝課兩弟。不孝每夜讀《易》一卦，據所見疏之，太淑人手自披閲，夜分不寢。借篝燈餘輝，躬自紡績，晨遣蒼頭入市易米，而先世所遺義田、祭田，歲按所入，分給族人。以本身及不孝等應支米數，積之以周貧乏。十指不給，曾至斷炊，借鄰人粟作飦，食家人，指囷中公田所入米曰：『是不可借也。』

歲戊寅，先王父年八十矣，移疾，偕先王母歸里。不孝年十四，赴郡縣試，以五經拔第一。太淑人憂曰：『若童穉即邀時譽，此子必無成矣。』已而不售。太淑人見不孝色沮，復慰諭曰：『見有通經而不售者乎？但勿自棄可耳。』不孝乃去所坐書几，易以蒲席，跪而卒業。先府君以先王母疾，終日不離床第。先王父每召不孝兄弟，示以難義，輒應聲對。先王父喜甚，作《孝婦行》遺太淑人，黨族榮之。先府君後先居先王父母喪，悲痛逾節，病不能支。太淑人内極哀毁，外理大事，無不盡善。外王母寢疾，率不孝俱侍湯藥，及疾革，獨任後事。不孝兄弟先後以五經補博士弟子員，旋貢于太學。不孝原配俞淑人自幼有賢名，太淑人憐其父母，視之若子。後脆促不永，太淑人手圖其像，命不孝記其淑行以傳之。先是，不孝屢困諸生，先府君輒有憂色。太淑人獨否，曰：『兒能讀書，遇稍遲，何傷？』甲午，以五經中順天鄉試。太淑人寄言訓諭，諄諄以勵實行、慎交游爲勸勉。先府君以兩親未葬，日夜焦勞，薄遊姑熟間，時不孝弟界隨行，見疾轉劇，刲股以療，終不起。喪還，太淑人傷先府君抱才未遇，落拓偃蹇，悲悼不可任。不孝時客津水，聞訃，即日奔歸，見太淑人形容枯槁，長跪請節哀。明年，不孝舉葬事，乃强起指示。既葬，謂不孝曰：『汝父生前純孝，時以兩親未葬，寢食不自安。汝能成父志，吾紡績所餘，悉以助汝。』則對曰：『謹聞命矣。』乃爲擇日卜葬成禮，宗族鄉黨咸服先王父稱許不謬云。

弟峰以哭先府君成疾，是年冬不起，太淑人痛益甚，精力大憊。不孝與弟界期從此不離膝下，願躬耕奉母，不復有進取志。庚子，太淑人促令不孝北上。辛丑，以第七名登聊城鄧君鍾岳榜，蒙聖祖仁皇帝拔置詞苑。太淑人喜不孝之成進士，而悲先府君之不及見也，乃素服上冢，哭甚哀。不孝念自幼遠離，通籍後，即迎養太淑人于京邸。太淑人以弟婦任寡居，遺孤僅四歲，乃挈與俱來。不孝俸禄所入，僅供菽水，顧親老不能修甘旨，忽忽常不樂。太淑人輒慰諭曰：『吾習勞有素。今來就養，所幸在骨肉團聚，豈爲甘旨耶？汝能勤職奉公，雖菽水足矣。』壬寅冬，聖祖仁皇帝升遐，太淑人仆地，痛哭失聲。遭際世宗憲皇帝登極，嚮用詞臣，不孝以庶常得與著作之選。太淑人勖以勤慎，幸免隕越。雍正元年八月，有旨翰林撰擬文字進呈，蒙奬賞者，召入殿廷，各賞内府緞疋，今相國錫山嵇公等九人，不孝名亦與焉。時太淑人方寢疾，不孝恭捧賜物，跪獻床下，太淑人感激歡喜，勿藥而愈。三年，太淑人以留京日久，思瞻掃祖父墳墓，不孝仰承母志，請假奉歸。太淑人未字時，曾夢外王父語曰：『自潞河南下三百里，有村名楊柳青者，吾死所也。他日兒過之，當以卮酒望空而酹，吾當饗之。』至是舟過楊柳青，太淑人命不孝爲文致祭，太淑人臨風哭奠。嗚呼，綵衣侍奉，鶺首南飛，有先物者矣。自八月解維，至十一月初始抵里門，不孝奉侍左右，未嘗寸步離。歸之日，即命不孝備舟楫，謁祖塋展視。同祖兄有貧不能葬其親者，命不孝量力舉行，兄某來謝，太淑人惶恐，益不自安，曰：『吾子力薄，不能厚葬，何以謝爲？』

不孝假滿歸矣，太淑人再三訓諭，以國恩難報，當黽勉盡職，勿以我老爲念。不孝不敢違命，乃留婦侍起居，即束裝入京。明年，太淑人以不孝長子當就外傅，遣婦率孫北上。己酉，吏部以川、廣等五省鄉試應差能員，引見勤政殿，奉旨『湖南地方遼闊，錢陳群明白，着爲正考官』。事竣回京，囊橐蕭然，僅以鹿鳴讌上所得杯幣，及試院紅綾幛子等物遣人齎歸，奉太淑人，喜諭家人曰：『吾子官翰林十餘年，未嘗私蓄一錢。每得清俸，必分治菽水。今不寄一錢，是真無一錢也。奉差若此，庶不遺老人憂矣。』不孝以外王母久未葬，節途中所得俸給，謀治窀穸。太淑人與舅父山鶴公商搉辦理，知不孝貧，不加訶責。是年，不孝弟界以諸生奉旨效力軍前。界幼羸弱，太淑人憐之，不使遠離。及聞西行，則喜曰：『丈夫生三十矣。不于此時爲公家出力，更何俟耶？』尋受醴泉令。醴爲師行孔道，徵發期會，晝夜無寧晷。界恪奉太淑人教，治醴泉三年，邑人安之。制府、冢宰劉公，總理陝西巡撫事務、大司農溧陽史公，保題實授，調繁寶雞。太淑人嘗密諭不孝，遣家人變姓名，徒步往來三輔間，聞遠近州邑士人皆稱醴邑令賢能，體恤百姓，辦運軍糧不加敲撲，人争踴躍。乃具以聞，有喜色，猶諭不孝曰：『汝弟若不才，汝可劾去之，毋遺憂。』不孝奉命宣諭關中，兩河父老人人感激皇恩，急公恐後。而不孝亦祇遵聖訓，諄摯愷切，宣布周詳。其有未喻者，至垂泪相戒。即今深村僻壤，凡經不孝所到之處，有耰鋤德色，箕帚誶語，及卑幼不率長者教，或任性使酒者，父老詰問曰：『爾忘錢使君教耶？』向非太淑人訓誨，何以臻此？

歲餘事竣，時大司農溧陽史公奏請議敘，不孝名列第一，晉階一級，紀録二次，蒙恩以親老回京，方乞假省太淑人，諭令供職坊局。不孝屢以文章受知，癸丑冬蒙恩嘉獎，甲寅三月擢右庶子，四月，遷侍講學士，尋命充日講起居注官。太淑人以受恩深重，當益自奮勉，諄諄寄言訓諭。雍正十三年正月，不孝奉命視學畿輔。二月，恭請聖訓，蒙恩垂憫微臣親老，許科試事竣，給假省視。隨回奏云：『天恩殷渥，舉家感激。惟是學政事繁，實無餘暇可以省視。』上然之，曰：『汝且到任，俟數月後，酌量回奏。』即日賜人參二封，内府緞紬各二疋，乃遣家人恭齎至家，並以恩旨禀知。太淑人即馳諭云：『學政任重，且首善之地，尤須實心體察。生童數十萬人，全看汝爲表率，汝萬不可離職守。吾雖衰邁，行將就養。』得信後，即具以奏，蒙温諭優答。不孝幼承母訓，自蒞任後，精白一心，寬嚴互用，不敢有絲毫苟且。七月試竣，即奉旨供奉内廷。八月初八日，蒙恩褒奬。十六日，奏赴永平補行科試。召見時，蒙恩垂問云：『汝母來京就養，起程否？』奏云：『已在途矣。』天顏甚霽，諭云：『汝永平回來，便可見汝母矣。』跪聆之下，感激涕零。永平試事將畢，驚聞龍馭上賓，慘痛哀號，不知所措，絶食者數日，强起視事，試畢即縞衣奔赴。到京之日，具摺恭請皇上萬安，即懇請瞻仰梓宫，蒙恩俞允，五中慘裂，血泪交迸。隨獲仰見天顏，哀慰垂問，匍匐而出。晚宿翰林院署，家人馳報太淑人已從潞河入京矣，途間聞先帝賓天，悲痛欲絶，至今僅日進粥少許，尫羸不可言。不孝即欲歸寓問安，則又遣人諭云：『吾已進京，相見有日。國服在身，豈可頃刻離班次耶？』乃于十九日釋服後，叩見太淑人，相抱一哭，家人婦女無不哀痛，鄰里見者無不流涕。明日，詣宫門，即奉旨仍在内廷行走。又數日，擢通政使司右通政，仍留順天學政之任。召見養心殿，嘉勉策勵，感悚交集。太淑人每見不孝退食時哀毁號泣，即諭曰：『汝受先帝深恩，未嘗仰報。今聖天子大孝性成，善繼善述，事事仰契天心，正汝竭忠効力之時。宜振刷精神，毋過自損傷。』太淑人雖勸慰及此，然每日下直歸，亟問起居，往往見太淑人追慕深恩，潸然涕下也。不孝幼食貧，無以爲養，謂自此得以養廉之餘，時奉甘旨，少展烏哺之私。顧太淑人春秋高，精神甚衰，每進一饌，嘗七箸而已。又不欲令不孝知爲不能下咽也，輒歡喜曰：『今日安。汝婦所進某饌，吾甘而食之矣。』月餘，忽感寒疾，伏枕者匝月。不孝以外王母撫育之恩未獲少報萬一，恭遇皇上推恩錫類，沾溉九有，乃瀝情陳請貤封，蒙聖慈俞允，外王父誥贈中憲大夫、翰林院侍讀學士，加一級，紀録二次，外王母誥贈太恭人。太淑人感激歡喜曰：『皇恩稠疊，實出望外，報稱愈難矣。』又見不孝以恩鑒，于永隔時，猶見亮若是，是則不孝所飲泣含痛，與生俱永者矣。至不孝弟界，遠羈一官，奔穆，不異庭闈奉訓時，而謦欬已不可得聞矣。嗚呼，痛哉！不孝平日一點孺慕之誠，蒙慈母重撫膺號泣，氣已欲絶。家人啟棺，因得親視衣衾含殮等物。腸斷血枯中，猶及仰見容貌清癯肅後，制府彭城李公來署問唁，明日即移送關防及一切公物于制府，並日馳歸，果殮後三日矣。保陽去京不遠，吾殮後三日，然後蓋棺，可使吾子歸見吾去時面目也。』嗚呼，痛哉！不孝聞訃冗費，萬不可爲。吾子自少遠遊，聞吾病，雖數千里外倉猝歸省。今聞此信，自當并日馳歸。具公服。舅父山鶴公、馮氏妹倩巨欽在側，謂曰：『吾子官貧，全家扶旅櫬歸，需用浩繁，一切勢纏綿，即擬陳請，乞解職奉侍湯藥。嗚呼，已無及矣。三月初七日淩晨，太淑人病篤，呼婦命言試院，必取而閲之，見狀『病勢甚熾』字樣，即令易之曰『吾病漸愈耳』。不孝兩接家信，知病眠食紛不孝念慮。元宵後數日，復患寒疾，旬日漸愈。至二月杪，卧床不能起者數日。諸孫寄輿臺候門，孰意牽衣拜别之日，即爲永隔天人之日耶！太淑人每勖不孝以先公後私，不欲以去，則曰：『汝行矣。吾涼秋薦爽時，當乘軺車，看汝絳帳課諸生也。』嗚呼，痛哉！馬鳴蕭蕭，京。』乃于正月八日恭請聖訓，十一日出京。太淑人猶命家人扶掖至廳事前，見不孝依戀不忍永保之，少成即天性矣。』歲暮時，氣體平復，問不孝曰：『汝今歲即不出巡歲試，明春宜及早出自幼撫于不孝。不孝諸子亦樂于義讓。太淑人每曰：『吾家世爲清白吏，今童穉皆能友于，其應與姪汝鼎，則又喜曰：『汝有四子，獨厚于姪，知汝欲慰吾心耳。』汝鼎者，亡弟峰所遺孤也，赴無期，其抱恨終天，更何極耶。

太淑人慈惠任卹，所居遠近，無論疏戚，周贍惟恐不至。兩至京師，送者無不牽袂流涕。好成就後學，秀水張庚，幼喪父，太淑人見其勤學，命不孝同舍而食，從孫載，幼聰敏，太淑人命從不孝學。今兩人皆以博學鴻詞科應召來京。其他成就人之遺孤者甚衆。又至性孝友，舅父山鶴公，自幼相依，至白首無間。少習繪事，山水、人物、花卉，各造極品。寸箋尺幅，人争寶之。所著有《復菴詩稿》三卷，不孝曾請付梓，則曰：『吾未能自信，焉敢問世耶？』太淑人生于順治十七年庚子二月初三日，卒于乾隆元年丙辰三月初七日，享年七十有七。乾隆元年，恭遇覃恩，晉封太淑人，晉贈中大夫、通政使司右通政、提督直隸等處學政，加三級，紀録二次廉江府君繼室。子三：長不孝陳群，康熙辛丑科進士，由日講起居注官、翰林院侍讀學士、提督直隸等處學政，加三級，紀録二次。娶俞氏，誥贈淑人，吏科掌印給事中諱之琰公孫女，日講起居注官、翰林院編修諱長策公女，進士諱鴻慶公姊。繼娶俞氏，誥封淑人，候選州同知諱爾望公女。次不孝峰，廩貢生，候選訓導。娶任氏，候選州同知公女。次不孝界，陜西寶雞縣知縣，題署隴州知州。娶徐氏，江西瑞昌縣縣丞諱公女。女一，適舉人、候選知縣馮巨欽。孫五：汝誠，監生，聘思南府知府史諱瑗公女、户部尚書諱貽直公妹。汝恭，儒業，聘内閣學士沈諱涵公孫女、甲午科舉人諱柱臣公女。汝懿，儒業，聘甲辰科順天南元馮諱巨欽公女。汝隨，幼。俱不孝陳群出。汝鼎，恩蔭生，娶甲辰科進士屠諱公女，不孝峰出。孫女三：一許户部員外程諱亮祖公子，一許翰林院編修蔣諱恭棐公胞姪，不孝陳群出。一適文學裴接三公子，不孝峰出。

乾隆元年三月望後二日，謹狀。

彭城年家眷姪李衛填諱。

香樹齋文集卷二十七

雜著一

雍正七年湖南鄉試策問五首

問：聖人之學所以法天，聖人之政所以代天，是故有心法以紹精一之傳，即有治法以底協和之績。治法者，心法之推也。心法者，治法之本也。堯、舜、禹授受則曰『允執厥中』，《孟子》言『湯執中』，是心法所由傳也。而夫子贊舜則曰『用其中于民』，仲虺稱湯則曰『建中于民』。然則中者，其兼體用而合一者與？我皇上以生安之質，宏參贊之功，事天法祖，勤政愛民，以至一言一動必本之于誠，持之以敬，所以受福凝釐，休徵協應。然則誠敬者，中之體所以立，即中之用所以行，與朱子釋『凡爲天下國家有九經，所以行之者一也』，以爲一者，誠也。又曰『敬者，主一無適之謂』，誠與敬皆本于一與？我皇上學由天縱，而誨人不倦，誠敬之理，既統會于一心，復體驗于萬事，以研經味道之功，爲敷政寧人之本。

經筵進講，發明聖言，如論『時中』，聖諭有云：『君子之中也，以敬而統庸于中。君子之庸也，以誠而推中于庸。』恭繹之下，字字精義，灼然共著矣。諭『忠恕』，聖諭有云：『忠者，誠也。恕者，應也。存諸己者惟一誠，物來順應，萬事自具萬理，皆一以貫之。』恭繹之下，始知朱子『無待于推』之説，確有實際功夫。蓋誠無不格，上以誠感，下必以誠應。程子曰：『未至于誠，由敬可以入誠。』周子言學聖以一爲要。曰一者，無欲也。無欲則公。夫公私之間，天理人欲之判也。去其私心，而無一毫之雜，則人欲日消，而無偏黨之蔽。純其公心，而無一息之間，則天理日明，而不失其本心之正。此皋、夔、稷、契諸臣得與見知之任者，未有不由于此也。多士訓行有日，其悉心言之，以覘所學焉。

問：民以食爲天。民生莫急于謀食，故王政莫大于課農。周以農事立國，重農之政，莫詳于《周禮》一書。小司徒之井牧，立田制也。遂人之溝洫，興水利也。草人辨其地之剛瀉墳壚，別肥瘠也。稻人掌其水之蓄止均瀉，防旱潦也。自禹則壤成賦，而後似一定而不易矣。而古者授田，又有不易、一易、再易之分，何歟？漢趙過代田之法，使下田易爲上田之獲，可倣而行之歟？夫足食必先籌積貯，常平之制，昉于西漢，而實本于《管子》『重斂輕散』之言。其道可以抑大賈富家之豪奪，而劉般議之，何歟？隋之義倉，宋之社倉，皆本當平之意而變通之，或責之當官，或責之鄉人，其同異可得而詳歟？西北土高資灌溉，東南土卑資蓄洩。然蓄洩得宜，正所以資灌溉，灌溉有法，亦必以時蓄洩。或因勢而利導之，或開鑿防引、設壩建閘以疏通之。水之散布，有多寡之別，田之得水，有後先之次，有日時之限，能悉其制歟？我皇上躬親祈穀，遍舉籍田，重農之政，考驗古今，推行盡善。積貯則按時稽察，水利則因地興修，用是黄輿呈瑞，黎庶効勤，平沮洳爲膏腴，墾石田爲沃壤。蓋訓農之事，至成周而稱大備，至今日而稱大成，洵乎聖人繼天立極，數千載而一見者也。楚南素號土腴，長沙、岳州、常德三府，所屬湘陰等州縣，襟帶洞庭，頗資堤塍保障之力，皇上恩賜帑金，興修完固，現議專員歲修，永賴安瀾之福。隄障之内可開墾者，卑濕固宜于稻，而高亢者或亦有宜于黍者歟？他如辰、沅之間，唐崔嗣業所開澤石、放鶴、槎陂等水，人皆便之，其迹猶可考歟？多士食德飲和久矣，其親切言之，毋有所隱。

問：治天下，以正風俗、端人心爲本。民風者王化之原，而士習者民風之倡。古者教士之法恒詳，誠以士習端，而民風未有不歸于淳者。人自受中，而後莫不皆有愛親敬長之知能，而漸至澆漓者，習爲之也。子曰：『性相近也，習相遠也。』習本後起之事，而可以移固有之性，所係不綦重歟？有虞之上庠下庠，夏之東序西序，殷之左學右學，周之四學，習之地也。自小學灑掃、應對、進退之節，迄乎合舞、合聲、三德、六藝，習之事也。而猶恐見異思遷，所交之不擇，以致比匪之傷，又立師氏、保氏以董之，其義可得而述歟？我皇上以天地父母之心，大教誨生成之德，愛士極其周詳，甚至雪案芸牕，老宿寒素所備嘗之況而不能自言者，無不洞悉其微，而曲加體恤。訓士極其明備，舉凡二帝三王，下及漢、唐、宋盛時所已著之章程，而義有未該，意有未盡者，無不斟酌盡善，而廣爲樂育。士生今日，宜如何黽勉耶？至于觀風整俗使之設，尤仰見皇上愛士愛民之心，有加無已。故于簡任大吏、慎選師儒之外，復設專員，俾宣德教，示彰癉以樹風聲，其與成周保釐東土，而命畢、召諸臣爲之，異其名而同其意者歟？古稱楚南風俗，慧中秀外，三湘七澤之間，劉禹錫所謂『民乘其氣，清惠多文』。近者聖治洪敷，苗猺向化，而剛勇勁悍之氣，或猶未息者，由其慕化之誠動于天良，而相沿之習洗滌未遍。誠欲採風者入五溪之俗，户盡可封，易卉服之民，皆知禮義，其道何由？《書》曰：『會其有極，歸其有極。』蔡《傳》以爲『會者，合而來也』，其化導之始事歟？『歸者，來而至也』，其化導之成功歟？爾多士被服詩書，必思所以倡率之，以底于一道同風之盛者，盍悉陳之。

問：察吏所以安民，而命官分職，代有增損。唐虞詢岳咨牧，而外不及庶司百執事，專以安民，責之大吏。漢時黄霸以吏民嚮化，由太守賜爵關内侯。卓茂以視民如子，由縣令封褒德侯。兩京之吏治，史册稱焉。豈上古之世，民淳事簡，後世生齒日盛，政事殷繁，吏治之難易固有不同者與？夫守令爲親民之官，民生休戚，在守令之賢否，而守令賢否，視大吏之表率，其責誠有均重者歟？我皇上精求治理，簡任督撫司道，始之以其難其慎，繼之以惟和惟一。遇府、州、縣員缺，内而月選揀選，外而保舉調補，亦必詢事考言，以示鼓勵。爲大吏者，誠能體皇上大公至正之心，行激揚勸懲之舉，有成就化導之意，無姑容刻責之私。如《書》所云『寬而有制』，而後可歟？爲守令者，誠能體皇上詳求民隱之念，善催科撫字之方，有功見言信之效，無沽名釣譽之心，如《康誥》所云『若保赤子』，果何道之從歟？清、慎、勤三字，居官之要道，然稍偏焉，而清者或鄰于苛刻，慎者或近于畏葸，勤者或至于瑣屑，是必迭施互用，以成其能。則清恐人知者，小心繼以匪懈，敬慎不敗者，黽勉本于精白，業廣惟勤者，節儉要于正直，非有猷，有爲，有守，何足語于斯歟？

聖天子立賢無方，而與人復不求備，即佐貳等官，亦必揀選録用，俾輔長官所不逮。至因公罣誤者，亦令送部引見，寬其過失以期後效。爲臣下者，宜何如之報稱歟？《記》云：『事君先資其言。』其各抒所藴以對。

問：人君代天出治，未有不急于求賢以爲輔者。《書》云：『舉能其官，惟爾之能。稱匪其人，惟爾不任。』國家之治，係乎賢才，賢才之進，由于薦舉。古之人有舉親不疑，舉讐不嫌者，有昌言于衆，無所引避者，有密封陳奏，惟恐人知者。其能詳其事，言其效歟？我皇上闢門籲俊，加意人才，廣登明選公之路，于野無遺賢之時，猶恐人才未能盡用，使内外臣工，各舉所知。或密封陳奏，或露薦送部，即親戚子弟，不必嫌疑引避，可謂宏收博採，極千載一時之盛矣。有薦人之責者，必有至公之心，至明之識，方不負聖天子求賢若渴之至意。然明與公兼之甚難，欲知人必先觀人。《易》曰：『誣善之人其詞游，失其守者其詞屈。』此以言觀人也。李克曰：『居視其所親，富視其所予，達視其所舉，窮視其所不爲，貧視其所不取。』此以行觀人也。行不可泥而求之心，則又曰『察其所安』，言不可信而審諸貌，則又曰『觀其眸子』，師其意而行之，庶幾無失歟？夫得一賢士，與樹一私人，一則志在自便，一則志存爲國。孰得孰失，必有能辨之者。況以干謁求進者，其居心必不可問。彼且不能自全，其身又何能利及于所舉之人？故古有自薦之賢才，必無納賄請託之良士。爾多士力學有年，爲國家備任使之器，梗楠杞梓，地實生焉，他日酬知之具，養之裕矣。盍詳著于篇。

湖南科場事宜告示

照得三年大比，乃國家掄才鉅典。所以網羅賢俊，原望其明體達用，坐言起行，本讀書稽古之功，裕出身加民之業，非望其馳騁浮華，以文辭而已者，蹈虛車之誚也。楚南爲人文之藪，自屈賈而後，代有聞人。我皇上御極以來，覃敷文教，至治光昭，山陬海澨，無不奮興鼓舞，志切觀光。向者湖南士子就試武昌，遠涉洞庭，致有望洋心悸、裹足不前者。幸遇聖天子愛士心殷，無微不照，特命長沙建設棘闈，分額取中，俾楚南士子去波濤之險，得風雲之便。比聞衡麓湘涘、萌嶠黔溪間，家唫户誦者，視就試武昌時，數幾三倍，文風既日臻于盛，文體宜益進于純。《易》曰：『修辭立其誠。』誠立于先，而辭以達之，是故可以行遠，可以載道，可以章身，可以華國，蓋言爲心聲，文又聲之至精者也。文品不一，實理則同。本院恭膺簡命，珥筆鑑衡，思上副聖天子樂育人才之至意，下體爾多士芸牕雪案之辛勤，期得人以事君，務即文而徵行，亦惟執實理爲憑，理之所是，不敢不取也，理之所非，不敢不去也。查科場條例，開載中式後磨勘處分甚明，内云文有正體，凡篇中字句，務要典雅純粹，不許故摭一家言，以飾爲宏博。前場文字，斷以明理會心、不愧先程者爲合式，後場斷以出經入史、條對詳明者爲合式。如決裂本題，不遵傳註，引用異教，摭入俚言諧語，甚至作全不可解之語，後場問十不憶五者，四書五經文章，策、論、表、判有全篇雷同剿襲者，磨勘時『酌量察參』等語，功令具在，諸生各宜詳慎，毋得玩忽，自誤功名。他如行文筆誤，文内錯落一定字樣，及錯落在題目上者，罰停會試一科二科不等。間有輕浮之輩，平時不能涵養，臨事多致草率，謂糊名易書之後，使者憑硃卷取閱，交卷時不肯細心檢點，以致中式後甘受磨勘之罰，乃如之人，他日出身加民，授之以官，任之以事，安能望其詳慎耶？況添註塗抹，定例所不禁，惟在交卷時從容勘對耳。以上所開條例，奉行已久，自宜家喻户曉，誠恐山村僻邑，新進後生，師傅所未及講論明晰者，合並開示。至于科場積弊，近科以來，釐剔已極澄清。本院恪遵聖訓，矢慎矢公，此心實可自問。陛辭後，同日就道，星馳來楚，並未嘗妄接一人，即沿途地方當事迎接者，亦並未妄通一語。況本院自爲諸生，至通籍以來，從不敢以非理向人干請，豈有仰荷主知，職司文柄，反甘身冒國憲，受人干請之理乎？倘有不法之徒，指稱故舊親戚，招摇生事者，一經發覺，立即題參。諸生讀書明理，各宜自愛，毋致以身試法也。特示。

古今名將用兵異同辨

自古名將其善用兵者，不可以筆罄也。然而有異有同，有異而同者，有同而異者，又不可以不辨也。今因誦讀之暇，嘗採之史册，誌其一二，以爲閫外之助。孫、吴以前，可無論已。惟自戰國以來，有明而上，其間名將迭興，可勝道哉。總之，用兵之道，不可不師古人，又莫患乎執古法而不知變通。如火牛之陣，田單用之以解圍，明代有用之以戰者，敵以砲擊，牛皆反攻，大敗。故用火牛則同也，其所以用之者異也。軍中無戲，而王翦則以投石超距爲可用。《兵法》『右背山林，前左水澤』，而韓信則用背水陣。其用之時不同，則知古法之不可執也。孫臏減竈，虞詡增竈，其事則一，而其理則同，一示敵以弱，一示敵以强也。詡之强弩勿發，而發小弩，即減竈意也。從東郭出，北郭入，貿易衣服，回轉數周者，即增竈意也。廉范之交縛兩炬，道濟之唱籌量沙，張齊賢之列熾燃蒭，皆與增竈同。元昊之銀盒藏鴿，與孫臏之伏兵馬陵，見火發弩同。韓信易趙幟，馮異變服亂赤眉，虞詡采線縫裾，王鎮惡蒙衝小艦，行船者皆在艦内。李光弼穿地道，虞允文授潰卒旂鼓，從山後轉出。之數者，或襲其虚，或亂其實，或示之以神，或恐之以勢，用有不同，其爲駭敵則一也。王霸與衆飲，蘇茂、周建兵射中其酒樽，霸安坐不動。孫堅會飲魯陽東城，董卓兵至，堅談笑自若。他如寇準博飲，宗澤圍棋。之數者，或以之却追，或以之守營，用有不同，其爲安軍心則一也。耿弇與劉歆戰，引精兵横突步陣于東城下。李愬與吴元濟戰，夜半乘雪擒之。韓琦（宗澤）與兀术戰，則選精鋭數千繞出敵後，伏其歸路，金人方敵劉衍，伏兵四起，前後夾擊之。吴玠、吴璘與金人戰，以奇兵絶其糧道，度其困乏，設伏以擊之。韓世忠與金人戰，撤炊爨紿。魏良臣移屯守江，乃移兵勒五陣，設伏二十餘所。金人問良臣消息，擁鐵騎過五陣東，伏兵四起，遂擒撻不野等。之數者，或用奇兵，或用伏兵，用有不同，其爲出于不意，攻其無備，則一也。趙雲與曹操戰，前突其陣，且戰且却，魏兵追至營下，雲入營開門，偃旗息鼓，魏兵疑有伏，引去。孔明之没，司馬懿進兵，姜維令楊儀反旍鳴鼓，若將向懿者，懿亦退。此與李廣入匈奴下馬仰卧之計同也，皆所以恐敵而已矣。度尚擊卜陽，士卒獲其珍寶，驕富而無鬬志，尚乃命射獵，密焚其營，獵還，皆泣，尚使人慰之，曰『陽等財寶足富數世』，遂赴賊營破之。王鎮惡與秦兵戰，至渭橋，令軍士食畢登岸，密使人解放舟艦，水急舟失，因勸之死戰。斯二者，一則誘之以利，一則迫之以害，與背水陣沉舟破釜之計同也，皆所以激戰而已矣。田單之破燕軍也，詐爲神師，曰：『敵人劓其所獲，發我之冢，殊爲可憂。』司馬懿恐孔明屯五丈原，乃曰：『亮若出武功，依山而東，誠爲可憂。若屯五丈原，我無慮矣。』斯二者，同一詐也，而一則愚敵以怒我，一則安我以禦敵，其所以用詐者則有異。周亞夫不救梁，王霸不救馬武，同一鎮重也，而一則欲乘其敝而取之，一則欲示以不救而勝之，其所以用其鎮重者則有異。張巡以槀人取箭，劉錡獻浮橋毒水草以敗金。一則益己之不足，一則損人之有餘，其爲欺敵則未嘗不同。宗澤暮徙其營，吴玠以黄柑遺敵。一則能料敵人，一則不爲敵料，其爲神速則未嘗不同。使臣不可斬，而寇恂則斬皇甫文。降將不可遣，而岳武穆則遣黄佐、楊欽。一則奪其所恃，一則與以可間，其爲弱敵則未嘗不同。桓温戰不利，燕將欲追，吴王垂曰：『温初退，必嚴警備，簡精鋭爲後殿，不如緩之。彼晝夜疾趨，俟其氣衰，無不克矣。』金人之亂，趙鼎勸帝親征。帝欲戰，鼎曰：『敵遠來，利在速戰。遽與爭鋒，非策也。』二者同一不輕進也，然一欲乘其後，一欲老其師，其意有不同矣。陳平艸具供楚使，岳武穆遣間諜齎蠟書。二者同一行反間也，然草具僅可欺項王，蠟書僅可欺金人，其時有不同矣。隋主問取陳之策于高熲，熲對曰：『量彼收獲之際，聲言掩襲，彼必屯兵，廢其農事。彼既聚兵，我便解甲。再三如此，彼必不信，猶豫之頃，我乃濟師。江南土薄，舍多茅竹，當密遣人因風縱火，待彼修之，復更燒之。不出數年，財力俱盡矣。』隋主從之，陳于是始病。劉子羽聞有金師預徙梁洋之積，及金人深入，餽餉不繼，子羽勝之。二者同一使敵人匱乏也，然而掩襲者逸，故較易，徒積者勞，故較難，其勢有不同矣。劉錡埋車輪于城上，撤民扉以爲蔽。劉整畫地爲船，以習水戰。二者同一備不虞也，然錡則行于有事之時，整則行于無事之際，其緩急有不同，故詳略亦異也。王濬以大筏破鐵錐，以大炬燃鎖。金兀术以板鋪船上，破韓世忠之鐵綆大鈎，以火箭射篷，破海船。岳武穆以巨筏破撞竿，以腐木爛草破舟輪，以麻札刀斫拐子馬。數者同一破敵軍也，然水戰者必先期，陸戰者在臨敵，其遲速有不同，故利害亦異也。至若漢之時，李廣與程不識同擊匈奴，程不識則嚴刁斗，謹候望，李廣則不設部伍，隨士卒之便，故兵皆愛廣而苦不識。唐之時李光弼與郭子儀同爲大將，光弼號令一施，旌旗壁壘皆變，子儀則不然，故將士樂子儀之寬，而畏光弼之嚴。此四人者，何一時則甚不相同，而曠代則若合符節也？由此觀之，然後知用兵之道，各因其人，不必强之使同，亦不必求其獨異。惟我之所深信而無疑者，則隨機以應之，斯善爾。雖然，以李陵之勇，未免以輕敵取敗，蓋奇多而正少也。然則古人所未有之事，爲將者安可輕試之哉。

錢子曰：凡爲將者，其當盡之道，莫如相機。遇勁敵，先謀所以弱之，遇小醜，先謀所以威之，然切不可自顧其生。故古人有言：『將不知兵，以其主予敵也。君不擇將，以其國予敵也。』擇將者當擇敢死之臣，知兵者必知敵國之勢，二者乃古今不易之理也。或曰：『圍棋與兵法無異。』愚竊以爲不然。圍棋者，彼衆我寡，先謀其生，天下安有先謀其生，而可以戰者乎？

春秋兵法異同辨

太史公曰：『撥亂世而反之正，莫近于《春秋》。』故爲將者，不可以不知《春秋》。前有讒而弗見，後有賊而弗知。守經事而不知其宜，遭變事而不知其權。所謂失之毫釐，謬于千里，勝敗之機，死亡之患，在須臾間也。古之通《春秋》而善用兵者，有四人焉，關雲長、杜征南、狄青、岳武穆是也。《春秋》有不言兵而兵法在其中者，如晉以男戎勝戎，戎即以女戎勝晉之類，勾踐飾美女以豢吴，其計本此。至若大國三軍，惟晉獨有四軍，此晉之所以獨强也。中軍私卒未有分者，惟邲之戰，楚君之戎分爲二廣，此楚之所以有備也。二者其道一也。故二百四十二年之間，其戰陳之事不一矣。就其大略而言之，則料敵之方有十，驕敵之計有六，先聲之計有二，攻瑕之計有二，應變之計有二，退兵之計有二，激戰之計有二，持危之計有二，怒敵之計有二，陣法有二，伏兵有二，審勢有二，軍政有二，示暇有二，出其不意攻其無備者有二。楚子元侵鄭，鄭人將奔桐丘，諜告曰：『楚幕有烏。』乃止。中行獻子伐齊，師曠告晉侯曰：『烏烏之聲樂，齊師其遁。』邢伯曰：『有班馬之聲，齊師其遁。』叔向曰：『城上有烏，齊師其遁。』三者其言不同，而理則無異。河曲之戰，秦行人夜戒晉師，臾駢曰：『使者目動而言肆，懼我也，將退矣。』平陰之役，齊侯將走郵棠，太子與郭榮叩馬曰：『師疾而速略也，將退矣。』二者其言亦不同，而理亦無異。邲之戰，欒武子能料楚人，復能料鄭人。鄢之戰，郤至、欒書能料楚人，而不能自料。乃能料人者反敗，不能自料者反勝，此二者殊有難解。王孫滿之料秦師也，曰：『秦師輕而無禮，必敗。』姚句耳之料楚師也，曰：『其行速，過險而不整，楚懼不可用也。』此與舉趾高心不固者何異？若乃伯州犁以公卒告王，苗賁皇在晉侯之側，亦以王卒告，又其淺焉者矣。《春秋》所以明料敵之難也。繻葛之戰，先犯陳人，楚子伐隨，季梁請先攻其右，攻瑕之計同也。楚人五用驕敵之計，晉人一用誘敵之計，六者亦同也。莫敖之請敗鄖師，蔿賈之先請伐庸，同一先聲之計也。城濮之役，晉人夢與楚子搏，楚子伏，已而盬其腦。子犯曰：『吉。我得天，楚伏其罪，我且柔之矣。』越椒之亂，射王汰輈及鼓跗，著于丁寧。又射汰輈，以貫笠轂。師懼退，王使巡師，曰：『我先君文王克息，獲三矢焉。伯棼竊其二，盡于是矣。』斯二者，其言皆奇而譎，可爲應變者法。子元侵鄭，鄭人縣門不發，楚言而出，與華元夜半登子反牀，皆所以退兵也，然其計亦甚危矣。荀瑩激士匄，荀偃攻偪陽，王孫賈激大夫叛晉，其詞或急或緩，各因其宜。夫椒之敗越，卑詞厚利以請成。黄池之會，吴王挑戰以争先。同一持危之計，而用有不同。晉文伐楚，兩用譎計，皆欲怒子玉之意也。凡此皆《春秋》之奇計也。先偏後伍，與如荼如火，其陳法同一整暇，而强弱稍異。鄭突三覆敗戎，士季七覆自衛。同一設伏，而勝負有異。晉人好用疑兵，或輿柴疏陳，或多鼓均聲，以强敵弱類如此。曹劌一鼓作氣之説，轍亂旗靡之論，不輕戰，不輕追，何其慎也。宋襄與楚戰，子魚曰：『及其未濟，請擊之。』吴之入郢，夫概王則曰：『半濟而後可擊。』同一濟水之時，而或利于遲，或利于早，何其變也？二者皆所謂見可而進，知難而退者也，以弱敵强類如此。楚莊王之霸也，軍行，右轅，左追蓐，前茅慮無，中權後勁，百官象物而動，軍政不戒而備。越王句踐之霸也，五大夫進策，曰審賞，曰審罰，曰審物，曰審備，曰審聲，則可以戰乎，王曰：『可矣。』二王者可謂能盡軍政者矣。《易》曰：『師出以律，否臧凶。』此軍律也。以强敵强類如此。鄭弦高以乘韋先牛十二犒師，晉欒鍼使行人執榼承飲，何其暇也。兵之勞者示之以逸，類如此。鄭人侵衛牧，以三軍軍其前，以潛軍軍其後。越王軍于江南，乃中分其師，以爲左、右軍，夜中鳴鼓涉江，吴分其師以禦越，越乃以中軍啣枚潛步襲之，斯二者，可謂攻其所不及料矣，兵之分者示之以合類如此。凡此皆所謂以正合以奇勝也。至若練兵之法，《管子·内政》寄軍令爲上，子犯之示義、示禮、示信次之。擇將之法，晉文用郤縠爲上，晉悼之用魏絳次之。任將之法，秦穆之用孟明爲上，晉景之用荀林父次之。又若治兵而不戮一人者，子文是已，下城而不戮一人者，荀吴是也。此皆千古極盛之事也。讀《春秋》者得其一端，則終身用之不窮，故孫權之語呂蒙也，則曰：『涉獵往事，良有以也。』若摘句尋章，以爲文辭之用，此乃書生事耳。』雖然，《春秋》之兵法亦有不可行者，如蒙馬虎皮之類是也。讀《春秋》者，若相機而行之，然後不爲古人所愚。

詩經兵法辨

嘗讀三百篇，而知王者之無敵也。文武之世，有不戰之威。宣王而後，有必勝之勢。反覆之下，益信不得已而用兵者，其道無不盡善也。迄今要而論之，《國風》之言兵者五篇，《小雅》之言兵者四篇，《頌》之言兵者一篇。《擊鼓》之詩曰：『爰居爰處，爰喪其馬。于以求之，于林之下。』言失伍離次也，州吁所以圍鄭東門，五日而空還也。較之《無衣》之言，同仇者偕行偕作，固已大異矣，聖人于此知秦之所以强，而衛之所以弱也。況《小戎》之作，婦人亦善言兵。今讀其詩，而知車戰之善也。西戎騎兵飄忽，追之常恐不及，故利其輕，其詩曰『小戎俴收』，曰『俴駟孔群』，蓋言輕也。中有游環，旁有脅驅，前有陰板可以係靷，有觼可以係軜。車制既詳，而後器械可備。『龍盾欲合』，『交韔二弓』，備不虞也。『蒙伐有苑』，『厹矛鋈錞』，欲自傷也。『竹閉緄縢』，俾之正也。即此一篇，可爲破西戎者法矣。若乃《東山》之詩，將識士心，《破斧》之詩，士識將心，安有不勝者乎？觀此五篇，可以知《國風》之善言兵矣。《采薇》之詩曰：『豈敢定居，一月三捷。』何其樂戰也。『四牡翼翼，象弭魚服』，何其整且備也。三軍之目，必視旗幟，《出車》之詩曰『設此旐矣，建彼旄矣。彼旟旐斯，胡不旆旆』，又曰『旂旐央央，備邊之策』。必守其要害之地，故曰『城彼朔方』。凡用兵之道，馬不可不習，車不可不調，先聲之氣不可失，窮寇之勢不可追，四者唯《六月》之詩盡之。用兵之道，將欲其老成，兵欲其久練，臨陣欲其從容，進退欲其有節，威震中外者，不戰而屈人之兵，五者惟《采芑》之詩盡之。朝廷無事不可以黷武，國家雖安，不可以忘戰，《彤弓》《瞻洛》之詩可詠也。他若《漸漸之石》之詩，不足言矣。觀此七篇，可以知《小雅》之善言兵矣。夫擊敵者賴乎能猛，攻城者賴乎有具，王者之師在略地，天子之師在命將。故善擊敵者莫如太公，善攻城者莫如文王，善略地者莫如召虎，善命將者莫如宣王，《大明》《皇矣》之章，《江漢》《常武》之什，亦既詳言之矣。蓋兵欲其整，欲其有備，欲其不擾民，故曰『整我六師，以修我戎。既敬既戒，惠此南國』，又曰『不留不處，三事就緒』。以衆擊寡貴乎速，故曰『如飛如翰，如江如漢』。止者貴乎堅，進者貴乎鋭，故曰『如山之苞，如川之流』。兵以正合則『綿綿翼翼』，以奇勝則『不測不克』，古今兵法，數語已盡之。觀此四篇，可知《大雅》之善言兵矣。從來小醜之不下者，皆有險可恃，不奪其所恃，其爲害不息。故《殷武》之詩曰：『罙入其阻，裒荆之旅，有截其所。』觀此一篇，可知《頌》之善言兵矣。更有一言而其義無窮者，如『伐鼓淵淵』，明戰者之不可輕進，故鼓聲亦和。『振旅闐闐』，明勝者之不可少留，故鼓聲亦壯。《駟鐵》可以教射，《大叔于田》可以練兵，讀城朔方之語，知黄河之當守。秦築長城，漢開五郡，唐築受降，同一理也。讀《殷武》入阻之語，知長江之不可失。後世吴蜀之争荆川，宋之不可南渡，即此意也。且夫六經莫不言兵，而《詩》皆備之。『師之耳目，在我旗鼓』，故《曲禮》『前朱雀，後玄武，左青龍，右白虎』，即旗旐央央之謂也。《尚書》不愆于六步七步，六伐七伐，曹劌一鼓作氣之説，即『伐鼓淵淵』之謂。《易·師卦》『丈人吉』，即『方叔元老』之謂也，『師出以律』，即『整我六師』之謂也。其軍政悉因乎《周官》萬二千五百人爲一軍。天子六軍，大國三軍，兵車一乘，甲士三人，步卒七十二人，又二十五人將重車在後，凡百人。天子六軍，用車七百五十乘，七萬五千人，《大雅》『其車三千，師干之試』是也。大國三軍，用車三百七十五乘，三萬七千五百人，餘皆謂之羨卒，故《公劉》之詩曰『其軍三單』，《魯頌》之詩曰『公車千乘，公徒三萬』，皆不用羨卒者也。此軍政之定其制者也。仲春以蒐振旅，仲夏以苗茇舍，仲秋以獮治兵，仲冬以狩大閲。三時務農，而一時講武，故春、夏、秋之田皆略，唯大閲獨詳。冬、夏不興師，遣戍者期年而代。《豳風》曰：『一之日于貉，取彼狐狸，爲公子裘。二之日其同，載纘武功，言私其豵，獻豜于公。』即講武之時乎？《六月》之師，不得已而爲之者乎？『昔我往矣，楊柳依依。今我來思，雨雪霏霏。』其即遣戍之期乎？此軍政之定其時者也。至若讀『之子于征，有聞無聲』，而啣枚以止喧譁者可想也。讀『悉率左右，以燕天子』，而皆譟以象克敵者可想也。讀『陳師鞠旅』及『既敬既戒』，而前期之戒、聽誓之文皆可想也。則《詩》不言陣法，而陣法在其中矣。故曰六經兵法，《詩》皆備之。

陳群年十六，以五經補博士弟子員。明年，貢於京師，館婦翁檀溪俞先生邸舍。先生經學精貫，謂群曰：『聞子幼習五經，將僅以博科名耶？抑欲貫穿融會其義耶？』群曰：『貫穿融會若何？願受教。』先生曰：『諸生以經義應舉子試者，僅就訓詁敷衍成文而已。予所謂貫穿者，如串散錢，各從其類，貫則聯屬而共相發明矣，亦不必人云亦云也。』明日，即授群《詩經》，曰：『古人能文者，必兼武備。曷留意。』乃就《詩》之言兵事者，比類聯絡之。按《武備志》言用兵之法，衍《詩經兵法》一篇。先生見之，喜曰：『是豈舉子業耶？』又數月，復就《春秋》所言兵法一篇呈先生。先生又爲批削塗竄付群曰：『是亦紙上談兵也。雖然，加於訓詁一等矣。』先生又授兵法一篇曰：『吾老矣。子年少力學，他日通藉後遭際聖明，當文武並用之時。倘受知九重，得備顧問，或巡邊督師，稍涉將略，効馳驅於盛世，方不負讀經本志也。』先生姓俞氏，名長策，號檀溪。祖昌言，官州牧，有治績。父之琰，以名翰林改吏科給事中。先生幼力學醇謹，寡言語，於書無所不覽。夫人邱氏，名家女，好讀書。先生貧不能購書，夫人問所欲覽者何書，即向書肆借抄。予曾見夫人手抄《莊子》《漢書》及韓、杜詩集數種。夫人德性仁厚，耐貧，女二，陳群爲諸生時，先生見群試卷，極賞之，知群未娶，歸以語夫人，屬所知曹君樞爲媒，願以長女作配。群禀聞，父母甚喜。康熙四十四年，先生應召入京，賜帑金五百治行。先生謂夫人曰：『吾數日即北上矣，汝擇日嫁女可也。』是年，夫人以喪子過痛，抱疾而逝。明年丙戌，先生會試被放，聖祖問大學士李光地曰：『舉人俞長策會榜無名，主司之不明也。』明日，有旨罷會試總裁官李録予、彭會淇，俱削職。先生蒙恩一體殿試。讀卷日，拆第一卷，聖祖問不是俞長策麽，其激賞真異數也。先生一生落拓，身後惟圖書數卷而已。因撿閲少年撰著，追憶淵源，識其顛末，俾陳群諸子及孫曾輩有所考焉。陳群識。

香樹齋文集卷二十八

雜著二

治河略

竊按先天之數，以究方域之圖。艮居西北，二陰在下，上戴一陽，覆碗而最高，東北則震，一陽在下，上戴二陰，仰盂而卑，故黄河自積石入中國，至于碣石入于海。巽居西南，二陽在上，下覆一陰，且土寄生申，故亦最高，東南則上缺之兑，澤也，故江漢皆發源于蜀，至于吴越入于海，豈非自開闢以來一定之道乎？此所謂南條北條也。若淮則自桐柏發源，入于海，是謂中條，皆地之大脉也。自是而南七十餘河，北二十餘河，支連絡貫，無不由江淮河漢以會于海。則水者，血也。河道者，筋竅也。氣引血行，肌膚豐潤，何不善之有？然人之血氣，易于爲疾，惟君子御之以理，則大禹之行水，行所無事，此以理制氣之學也。有克己之功，尤須涵養之力，故掘地使江淮河漢由地中行，而涸出之土不無微窪停蓄之處，又開溝遂洫澮以達于川，即有水潦而溝澮之間皆能受水，是以天下之地，容天下之水也。故既奠之後，底定者數百年。雖至湯建都于商，因河患而屢遷，然考之《詩》《書》，未有如後世之災之甚者也。自齊威公塞九河同爲一河，至周定王五年，河遂徙滎陽。乃下引河東南爲鴻溝，以通宋、鄭、陳、蔡，與濟、汝、淮、泗會，而禹之故道湮矣。且自春秋歷戰國，裂土分疆，各自爲計。觀葵邱之盟曰無曲防，而白圭之治水，自謂愈禹，斯堤堰之所由起也。夫增堤以障濫，乃水浮而不收，是是時已不盡由地中行矣，謂非井田既壞之故哉。其後韓用鄭國間秦，鑿涇水入洛三百餘里以溉田，雖秦獲其利，而兖、豫之間，未聞大害，則上流之有以殺其勢也。至漢而決酸棗，決金堤，決瓠子，二十餘年，爲患特甚。武帝乃自臨決河，卒塞瓠子，河北行二渠。又命鄭當時穿渠，自長安至河二百餘里，而渠下溉田萬餘頃。太始中復穿白公渠，引涇水，首起谷口，尾入櫟陽，注渭，袤二百餘里，溉田四千五百餘頃。朔方、西河、河西、酒泉皆引河以溉田，而汝南、九江引淮，靈軼引渚水，東海引鉅定，泰山下引汶，亦底定者百餘年。及後河決舘陶，潰金堤，氾濫兖、豫，而賈讓之上策以爲放河北流，中策多穿溝渠，增堤培堰則下策耳。明帝因汴河爲災，發卒數十萬修汴渠。自滎陽東至千乘海口千餘里，十里立一水門，使河、汴分流，人慶安瀾。自漢末迄唐，雖間溢，不致大敗如曩日，則河之大概不略可知哉。惟宋都汴梁，輓東南之粟，用齊澣之議，開清水河十八里，意謂導淮入河，不知實引河入淮，沙泥壅淤，遂決濮陽、陽武，繼決滑州韓村，泛澶、濮、曹、濟間。仁宗時決横壠，改而北流，自是而穿六塔渠向北，導二股河，使東河分爲二焉。宋昌言主東行，司馬光主東、北並行，後王安石與光不合，竟閉北流，而河大決溢，貫御河爲一。

迨元祐間，回河東流之議復起，而文彦博、吕大防主之，以爲河不東，失中國之險。其後吴安持築堤七十餘里，障北流而東，而河决内黄，勢全北流。政和四年，孟昌齡獻導河議，穿大邳東、北二山，分二股，而過合于下流，是時水稍就禹故迹，北流而定也。明宋禮濬黄河故道，于中灤導河分流北入海，河以分而安。又陳瑄疏請于清江浦引水，由管家湖入鴻陳口達淮，鑿徐、吕二洪之巨石，築長堤以蓄巨瀦。至正統十三年，河决張秋，又東流入海，遣徐有貞作治水閘，疏水渠，河流之旁不順者堰之，堰長袤至萬丈。弘治河復决原武，支分爲三，一出金龍口，一出下尉氏，一出蘭陽、儀封，瀰漫而不可禁，命白昂治之，乃築陽武堤，濬古汴河，疏月河十餘，以殺其勢，塞口三十六。由是河入淮，汴入睢，睢入泗，泗入淮，以達海。猶以河之入淮非其正道，復自魚臺，歷德州至吴橋，修古長堤，自東平至興濟，鑿小河十二，引入大清河及古黄河入海。迨萬曆初，河淮分决，流沙淤溢，雲梯關入海之路大阻，淮安墊焉。潘季馴乃申陳瑄故畫，築堰以捍淮，築堤以制河。又慮河之内衝閘而蝕漕也，嚴五壩之啟閉，且于黄淮之會，作風神壩，使黄之漲也，不致直入淮，淮之出也直射河，以淮刷黄，而人稱神焉，則疏防有訣，消納有機矣。由是觀之，河之北行者，其本性也，合淮而東行者，後世漸移之勢也，多穿溝渠者，殺水之正法也，建閘設壩，大爲堤堰者，驅水從我之巧術也。此如用藥攻疾，而但能已症，藥一日不服，舊病復作，百病叢來，再服昔藥，未必效矣。蓋築堰以障湖，而設閘以啟閉，是妄啟非宜，妄閉亦非宜矣。而以爲堰設而湖可瀉水，則下流不致肆出，可免東去之溢。不知湖日注而滿，則淮水之暴來，無所頓泊。且河淮既已合流，則風神壩似可不修，不知黄强而淮弱，黄濁而淮清。水之性淫而易昵，河之漲也，勢先就淮，以濁交清，泥沙下沉，則湖底日高，淮底如故。下流不順，上自妄行，再加黄水入湖，淮水不能驟出，向下湍急之意一緩，不能刷沙，海口壅滯，其以釀今之患也，豈一日之故哉。夫地猶是地，水猶是水，法止此法，而有一番之變，在權一番之宜。近聞人自南來者，皆言淮、揚之水漸消，而濟、曹一帶，勢復滔天。而洛陽中，天下心區也。淮、揚、曹、濟，腹肋也。腹肋病水，膨脹大作，二便不行，而謂胸膈以上得以安寧乎？若因淮揚治淮揚，因曹濟治曹濟，是猶閉門捉盜，徒受其殃，無論民之陷溺難除，明歲之漕儲，將何以運輓耶？爲今之計，在考古而不泥古，相度黄河舊代北行之路，有可開者，多穿支河以導之，則河水減，河水減則淮水暢，淮水暢則諸湖落而原隰寧矣。不然，當地翕之時，田若涸出，而明春一闢，本地之水猶且上浮，況益之以河淮之浸漫也哉。且上而山陝，下而東省，雖猶有溉田之渠，而年久官不督理，必有塞蔽。民間自行修整者，當在三月之時，農事未興，畚鍤多暇，及時鳩工，即行通導，以防桃汛之厲，而所涸出之田，亦即整理溝塍。目下免于沮洳，將來便于灌溉，使水之在地者，大以受大，小以受小，皆由地中，豈惟明秋可望復業，不幾數十年長度豐盈乎？然當事之未敢大爲舉動者，以爲大工一興，動費數百萬夫，與其發無筭之帑以賑，而暫救于須臾，又何如爲永逸之計，且免見萬姓之顛連哉。元賈魯開河數十里，數十日而成，近時興一役輒累歲月者，由在河之員惟樂有事，不願無工。有工則有利，無事則糜已，夫莫非王事，何各官俱養其廉，而河員必自備資斧哉。朝廷用人，亦論其才不才耳，富者未必有才，有才者不能盡富，果才矣，則國家方賴之以享無窮之利，而何不可利于彼哉，此又積習之不可不詳察者也。

乾隆十五年江西鄉試策問五首

問：帝王之治本乎學。唐、虞、夏、殷之初，無學之名，其心法相承，見于《詩》《書》者，曰中，曰一，曰敬。三者體用存發、先後合一之際，能括其旨歟？《説命》言『學必歸于修德』，其上接堯之克明，湯之日新，而下啟緝熙宥密，以爲心法者歟？董仲舒言二帝三王之道在設誠，其要安在？揚雄言：『天下雖大，治之則小。四海雖遥，治之則邇。』後儒謂得執簡馭繁之道，能言其所以歟？唐太宗謂：『人主惟有一心，而攻之者衆。』宋太祖曰：『此如我心，少有邪曲，人皆見之。』三代而下言治心者，殆庶幾焉。其于危微精一之義，離合純雜，可得言歟？程顥謂防未萌之欲，程頤謂當擴充此心，楊時謂中即極也，朱子生平所學只四字，元許衡謂欲求典謨，必先明《大學》一書，其言至爲得要，能切實指之歟？周敦頤説一『幾』字，張載説一『豫』字。他如諸儒致力之處，其殊塗而同歸者，可詳言之歟？我皇上姿本生安，而遜志時敏，萬幾之暇，日親典籍。其于二帝三王心法之傳，不惟深知，而篤行之矣。偶遇三農望雨之時，甘澤稍遲，必躬自省察。至卿寮言路，諸臣所未及直陳者，聖心淵乎若谷，披示無隱。《詩》稱『不顯亦臨，無射亦保』，何以加諸。然聖敬日躋之學，有愈進而愈上者，多士承問，其敬獻之。

問：士先迪行，學貴通經。我皇上文教覃敷，崇尚實學，特詔舉明經之士，聖籍光昌，千載一時矣。儒生席珍待聘，夙昔所强學者安在？《周易》重卦之聖人，其説有四，若鄭康成、孫盛、史遷、虞翻是已。今主何家？而《繫傳》『剛柔相摩，八卦相盪』，《説卦傳》之『八卦相錯』，其即重卦之義歟？《復》之『七日來復』，其説有三，孰爲優歟？《尚書》今文、古文，能數其分合歟？在璿璣玉衡以齊七政，解者紛紛，能明辨而折衷于一歟？刪詩之説，殆于史遷、孔穎達嘗疑之，朱子云未曾刪，然歟？誦《詩》叶韻，其體之變者，如每句隔叶、兩字隔叶，能枚舉之歟？《清廟》一詩不能叶，其義安在？《春秋》三傳，于經各有得失，若鄭康成、范武子、劉原武、胡文定、朱子之所論，可得詳歟？又三傳所載經文未可盡信，其非魯史本文，能指之歟？戴禮爲漢儒所述，其最醇者何篇？其爲門人所記及作于戰國者又何篇？《曲禮》之立官，異于周制，《王制》之言封國，異于《孟子》，其義安在？多士躬逢聖運，學守儒先，其必有仰副明經致用之盛心者，各抒所藴于是篇。

問：邑有良宰，則萬户息肩。州有賢牧，則千里解帶。守令，民之師帥，上所藉以承流宣化者也。《周禮》考課有六計、八職、八柄，漢刺史以六條按郡國，唐陸贄以五術定黜陟，宋紹聖之七事，旋增至九事，可備陳歟？歷代言吏治者，莫善于蘇綽之六條，可稱包舉，然歟？否歟？吏治以才德分經緯，此最與善所由名也，能舉其著者歟？國家承平日久，察吏之法稱極備，求如西漢之循吏六人，《新唐書》之十六人，尚不多覯，何歟？我皇上所其無逸，勤求治理，策守令以教養爲本，不啻至再至三。司牧者將何所設施，而可仰承德意也？夫舉一才而踵事者流爲苛刻，爲操切，旌一德而聞風者習爲因循，爲怠緩，其故何歟？郡守職在董率，州縣職在親民。惟直隸州牧兼守令之任，至爲要職，宜以何等官居之，方堪勝任歟？學校師儒，無民社之責，而教董之司，視吏並重，宋元以來，甚慎其選，明中葉以後，乃以舉貢久次者任之，近又以縣令之絀于才而文尚優者改補，今中外諸臣屢請澄别，必如何而師儒咸得其人，士風乃日振歟？諸生坐言起行，講之宜素矣，盍具陳之。

問：積貯者，所以足民天，而坐致久安長治之道也。是必豐其源使不匱，節其流使不滯，其道安在？閭閻之積貯在社倉，邊方之積貯在屯田，大司農之積貯在官天地，能詳其義歟？言平價者，動曰貴則傷民，賤則傷農，後世民日稠則地日密，穀賤之説，幾成虚語，言積貯者，惟籌穀不騰貴而已。其何以使粟無壅于民間，無腐于倉庾，無困于鄰境，無漁于胥吏，能通計而詳言之歟？常平之議，減價爲民也。即以存公故，減有不同，有一定之減，有權宜之減，當何以立差等歟？社倉、義倉之設，所以便鄉曲、通周濟也。而社鼠城狐，或因緣影射，謂當仍治之有司，于是文移申轉，吏胥中飽，弊亦百出，必何如而使受其益、杜其害歟？語云：『萬曰廣採買以裕倉儲，乃未受日後通融之益，先受目前騰貴之害，甚至病于鄰封。進言者皆家之邑，千斛在市。』則價不得踴，採買其仍不可緩歟？我皇上軫念民依，宵旰憂勤，息息與民生日用相關。博咨廣採，所以計興利除弊者，至深且遠。諸生考古證今，凡少有裨于萬一者，其親切以言。

問：錢之爲用，流行無滯，非若穀粟布帛然。穀粟布帛産于地，成于人，然衣食資之，易于見絀。錢則出冶之後，一成而不可壞，行萬里，走千市，而肉好完固。乃國家設寶源、寶泉兩局，歲出錢不可勝計，而價值每易騰貴，其故何歟？富商大賈之積聚有未散歟？販鬻行市之居奇有宜治歟？上古錢制不一，曰金，曰貨，曰刀，曰泉，曰布，曰帛，能明其取義歟？賈誼謂錢法可致七福，能悉數之歟？權輕重以通有無者，子母之説也，其法猶可酌而行之歟？歷代錢法，惟唐開元錢，積十錢重一兩，與今户工所頒相近。然昔之患在私鑄，今之弊在私銷，私銷之罪重于私鑄，法綦嚴矣，而弊猶未盡除者，以利重也。今使銷制錢一千，得銅六斤有奇，值白金一兩二錢，造一二銅器，其價適相等耳，雖驅之使銷弗爲也。《書》曰：『不作無益害有益。』《記》曰：『奇技淫巧，不鬻于市。』以私鑄之銅，造無益奇巧之用，利以倍蓰，可指而禁之歟？邇年以來，地不愛寶，各省産銅之區，置而不採，則委之也。議採則需聚衆，聚而難散，亦有司之責也。其何以條畫，使貨不棄地，民不紛争，公私便之歟？各殫所見，以備採擇焉。

十八里橋募疏引

十八里橋者，南接鎮寺，北帶山村，東注當湖而遥連乍浦，西沿濠股而直溯龍淵，誠津筏之區會也。橋圮以來，四面懸隔，行人之往來者望洋嗟嘆，風晨雨夕，喚渡無從，弛擔而咨，唇焦口燥，莫有應者。既得渡，咸争先而赴，童稺趨蹶，惟溺淵是懼。予曾泛舟至當湖，經過于此，親見其狀。後數月，僧絶塵以募築問序于予。則予又思民間物力維艱，昔人有言『利不十者，勿之舉也』。復遍訊輿人，言橋之係于漢塘者，利濟固多，而砥柱中流，激昂大澤，使郡境東北數百里脉絡連貫，豈止利行人已哉。因絶塵之請，而爲疏以弁之。蓋徒杠輿梁，北方之橋道易舉，亦易毁，故歲舉之，載在《月令》《周禮》。若東南水鄉築橋，工竣則享其利者，且數百年，絶塵之願力，不其偉哉。凡同志者量力而佽之，共襄其成，真盛事也，非是則予亦安能爲行腳，作無益募施哉。是爲引。

廣濟寺募修禪堂引

廣濟寺爲寶坻名刹，靈感神蹟，代有傳紀。余循行畿東，館于此者屢矣。寺僧海貴守律惟謹，少付應習氣。昨阻雨禪堂，見滲漏實甚，自瓦縫流至佛螺，直注趺座，浪浪聞有聲也。進海貴曰：『若不早爲之所則禪堂圮，禪堂圮，則僧衆何由躧腳？數百年福地，誰與守之？』海貴瞿然曰：『是百金功德也。』居士一停蓋間猶見及此，矧住持若海貴者乎？』言已，屏立無一語。乃出行篋中數金付之，曰：『此一椽一瓦資也。若駕車適遠，助于一鞭，絜瓶盛水，始于一滴。子其謀于好善者以集事，不亦可乎？』因爲之引。

行廨劄記

闡理學不得其正，即流爲堅僻。古今來多許學人，自附理學，膠柱鼓瑟，誤人家國，正復不淺矣。

智、仁、聖、義、中、和須要將孝友、睦婣、任恤上體驗。如冬温夏凊，孝也。知此之爲智，行此之爲仁，行之有常而造其極則爲聖，于其中經權合宜則爲義，無過不及則爲中，融融藹藹則爲和。再于友、睦婣、任恤觀之，理一萬殊，無不各得矣。

尋孔顔樂處，于何處下手？須于『君子居易以俟命』下手。無入而不自得，是即孔子之『疏食飲水，樂在其中』，顔子之『簞瓢陋巷，不改其樂』也。然必素富貴貧賤，行富貴貧賤，不怨不尤，始能如此。則尋孔顔樂處舍『居易俟命』，從何處下手？且從何處尋起？做官固以清爲貴，然須清而不刻，于冰堅玉潔之中，有忠厚悱惻之意，方是仁者用心。

作字全在用筆。今試問與你一枝筆，却是爲何？且問你是手寫字乎？筆寫字乎？夫筆所以作字，手所以運筆，總要手即是筆，筆即是手，手與筆合，方能點畫如意。然其源又先須心存敬謹，令精神凝聚，一筆不苟，而後字之結構成，精彩亦從此發露矣。明明德功夫，如磨鏡一般。人之有心，如銅之有質，人心之明昧，如銅質之不齊。銅質有在山中未採者，下愚不知用心者也。有採出未經鎔錬者，愚魯而有一隙之明者也。有鎔錬鑄鏡而未磨者，中人而不肯用功者也。有一磨遂止而復昏者，中人用功而無恒者也。有常磨而明能照物者，斯爲賢矣。有磨之不已，竟成古鑑，而光燭毫芒者，斯爲賢之不可量者耳。總在時時拂拭，不使少昏而已。是即聖德常惺惺之候。

大凡人家興旺，每一二世必衰。從此後或遲一二世又興者亦有之，總未有赫奕不衰者。譬諸花木果實，連年燦爛稠繁，間一二年必稀疎，俗名曰歇枝，蓋亦盛衰循環之道也。《易・繫辭》云：『剥，窮上反下。』又云：『易窮則變，變則通。』陰陽往復，理所必然。《孟子》云：『君子之澤，五世而斬。』人家子弟，常須自思生當斬澤之時，何可無培養之功，如臨深淵，如履薄冰。念念積累，事事積累，一世培養下去，世世培養下去，自然連綿不斷，續箕裘而振家聲，亦所謂君子存之者也。

聖門省身克己之學，誠莫如曾子矣。然猶必于臨終時，始謂門弟子曰：『啟予足，啟予手。』《詩》云：『戰戰兢兢，如臨深淵，如履薄冰。而今而後，吾知免夫。小子！』其不至臨終時，斷不敢出此。一言可知，則平日省身克己之功，其難其慎之心，于斯見矣。夫人生不外出處兩途，其在布衣疏食之士，閉門自好，猶可易告無罪于衾影。若躬膺民社者，教養兵刑，一事不慎，獲咎難逭。雖體用一原，出處之道，本無二理，然天下固有可爲。愚柔善士，而不能爲國棟梁者，斷無有堪稱經綸雷雨，而不能謹身自治者。所以范文正公于作秀才時，已『先天下而憂其憂』，故能『後天下而樂其樂』。學者誠上法曾子，冰淵自矢，反身之學既至，自無不攸往咸宜，文正事業，何難立至？ 是所願與學者共勉之。

古詩不可不讀。 蓋其起轉結搆，似接非接，似斷非斷，皆有天然自然之妙，而其蒼老雄渾，跌宕摇曳，則天姿與學力又和盤托出。 閒中取韓文公詩集内《石鼓歌》，及其《贈張籍》與《符城南讀書》三詩寫二通，因發此論。

習舉子業者，斷不可日日專在時文中討生活。 專在時文中討生活，總幸而得中，名次亦低，況未必中乎？ 蓋筆之平庸，調之油滑，氣之薄脆，詞之粗俗，皆惡爛時文誤之也。 前輩云：『胸中數日不用古人澆灌，則塵俗主其中。 窺鏡則面目可憎，對人亦語言無味，何況作文？』故須古文之筆活調高、氣厚詞醇者，時時諷咏，下筆自然不與人同。

有能爲時文而不能爲古作者，斷無能爲古作而不能爲時文者。

凡人之著作從時文入手者，雖能爲古作，必有俗軟之病。 從古文入手者，即偶爲時文，亦有洒落之風。

凡作時文古文，必須覷定扼要線索在手，一氣作完，斷不可作幾句而參他事以擾之，亦不可作未完而忽暢然得意。 蓋意暢則氣浮，氣浮則心散，而精神外露。 再作時又費一番收攝，所作之文，便少機到神流之勢。

《豳風》八章，章十一句，自秋而冬而春而夏，其中之衣食，酒餚，農事，女紅，染色，築室，武備，祭典，宴獻，稱祝，田家之况味，四時之景色，天地之生息，君相之經營，無不畢具，真是一幅興王仁政圖，包羅萬象，非大聖人孰能作此。

孔子删詩編次，深有妙理。夫《關雎》既爲《風》始，由二《南》以及《檜》、《曹》，正變畢陳。獨至周公，既非周，又非魯，既不可列之爲《風》，又不可紊入于《雅》，却無處安放。詩至此而止，則始之以治，終之以亂，亦大非聖人覺世深心，故于列國之後，結以《豳風》，以見王業所由起。及周公輔弼勳績，亦治極思亂、亂極思治之道，于是而繼以《雅》，終于《頌》，其三百之微旨乎？

凡事于熱鬧場中看出衰敗來，此非識見絶頂者不能。《穀梁傳》云：『玩好在耳目之前，患在一國之後。』中知以上，乃能慮此。然則料事豈易言哉。古來大聖人無過孔子，孔子始説得一句，云：『其或繼周者，雖百世可知也。』其他聖人，誰曾言此？所以然者，一部全《易》，俱在孔子胸中，故神圓知方，知幾其神，正耳順心通之明騐也。若夫推測而知者，烏解辨此？所以誠而明者，性生之哲。明而誠者，學問之功。誠而明者如天，天則神化莫測，明而誠者爲人，人故功夫造就。至誠之道，可以前知，斯之謂矣。

五經者，萬古不易之書，平實切近，正如布帛菽粟，乃人生一日不可離者，自應服習講貫，身體力行。乃人皆不肯真心用功于此，即間有全讀者，不過爲獵取功名計耳，及功名到手，又視爲敲門瓦子，豈不可惜。更可笑者，近來童子讀經應試，希倖進學，亦能自首至尾，五經通熟。學使者喜其童年記誦，冀其將來有成，所以文少明通，遂録取入泮。豈意入學後，志滿意足，不惟不能再有進益，並其已熟經書亦置高閣。及至歲試臨，彼文一荒謬，名入下等。是今日背經入泮之人，即異日下等對讀之人，雖未必人人如此，然如此者甚多，可勝嘆哉。故學問不日進便日退，志氣一暢滿便墮落，此一定之理也。時不可失，人其念諸。

場中風簷寸晷，全要機熟。臨場功夫，斷不可多讀生文，致心氣耗散。只須取平日所讀好墨卷、好名稿中，極得心應手之文，多者十數篇，少者五六篇，刻刻背誦，刻刻吟玩，令其渾化于心，場中下筆，自然可以不假思索，應念而來，正古人所云『網有千目，得魚者一目也』之謂耳。臨場貪讀，是烏合之衆也，亦何不取『兵在精，而不在多』之言，三復之哉。此吾親經閱歷之言，學者慎勿忽諸。

葬會跋後

考《周禮》：『四閭爲族，使之相葬。』東萊呂氏曰：『四閭爲族，相與辦其葬事，不使五家與廿五家供之。』蓋力有所不給耳。吾鄉楊園張先生仿朱子白雲葬法，舉葬會，即古相葬遺意。數十年來，人往風微，其事尚存邑乘。《語》云：『有其舉之，莫敢廢也。』李進士繹芻、吴處士安齋踵而行之，以人心所同具之理，行衆力所可擎之事。其萃也易，其行也遠，其爲功也大，其可垂也久，更無藉族師閭役足及門而頻相勸，自敦仁厚，以種陰德，以視賽神迎會，鄉城醵金，或浹旬奔走，揚揚樂輸，費中人百家之産所不惜者，其輕重緩急，必有能辨之者。

張節母詩題詞

古者婦人之德，姆教婉娩聽從，幼植其基，養成淑質，厥後奉姑嫜，相夫訓子，咸賴是焉。丁其窮而爲節婦，撫畜孤露，以克其家。陰教之重，可以移易風俗，職史乘者方博采以爲之傳，矧井里之近，見聞所及，能勿亟稱之，俾人自樹立？至其子若孫，遵奉母教，以迄于成立，莫不推求原本。丐當代文人一言，以闡揚其母澤，發爲詩歌，述其行事，依古以來，未之或改也。同里上舍張泓，既率其弟淇、濂，羅列母氏孝行苦節，繪爲圖，請予題之。一時紳士聞者，皆樂道之，作詩以紀之，彙至百餘家，詩三百餘首，復請序。其卷端語云：『人之好善，誰不如我。』興孝興行，由委巷而薰乎比閭族黨，達乎聚落州邑，推廣陰教，以樹風聲，于是乎在矣。是爲序。

永定河説

伏查永定河在京城之西。以地形言之，京城正與霸州相對，中間一隴南行，直貫東西。貳淀之中，水分兩腋，左爲北運河、鳳河、龍河，右爲白溝河、永定河，各有自然之徑。揆之永定河形，自固安縣西南流入霸州，則直趨右腋，地窪而易注。若由固安縣東轉入永清、東安，則强歸左腋，地亢而難循。是以《霸州志》所載：『明正德、嘉靖以逮本朝順治、康熙間，均屬由霸州入玉帶河，甚至有時西流而合于白溝河。』今雖改河東行，而地亢流紆，所至淤澱，兩堤夾水，堤日增而河日高矣。現在河流穿范甕口，轉出魚壩口，似乎就其東行之勢，可以別開一道，以入西沽。但范甕、魚壩等口，現在所經，又成淤阻。東行流水能暢，而固安以北設有金門閘並草壩，分洩河流入于霸州故道，但使汛水漲發過壩尺許，即向西南奔瀉。南流既通，東流亦見淤滯，不數日而河底偏側大溜，爲之全傾，再欲挽之東行，勢必不可。是今之永定河，駸駸乎有復歸霸州之勢矣。似應將金門閘並草壩以下之引河，分路疏浚，并將各村莊、堤埝、道口，逐一保護，水未至而先爲之備，庶幾綢繆桑土之意也。至于永定河渾水易淤，乃從前趨入霸州，歷有年所，而不見其淤者，蓋渾水之性，急則通流，緩則淤澱，又入海之道，必須有清水以汕刷之。現由永清、東安一帶地面較亢，既拂其就下之性，而淀中止水無瀾，任其泥沉沙壅，是以旋疏旋淤。若由霸州而行，滔滔順瀉，沙水兼行，及其入于中亭、玉帶等河，河身窄狹，約束數十里。又有西淀各河之清水灌注，而汕刷之急溜轉輸，泥沙涣散，即使入淀之後稍有淤積，亦不過沾及旁澈，而不能阻其中洪也。再查永定河霸州故道，一在州東，一在州西。揣度地形，當以西道爲順，引流注入，必有建瓴之勢。若逕州東而下，尚屬强行。觀㳇牛河新道，開入霸州東南入淀，而流至任村，輒趨白溝河，以歸西淀，則右腋之水，不肯向左，有明徵矣。《明外史·河渠志》：『桑乾河至看丹口分爲二，其一東流，由通州高麗莊入白河。其一南流霸州，合易水至天津東流。』遺迹久湮，而南流故道，迄今不改。此順與不順之分也，是在因勢利導之而已。

香樹齋文集續鈔

目録

香樹齋文集續鈔卷五

香樹齋文集續鈔卷一

謝賜御製詩摺子

奏爲恭謝天恩事。本年二月二十三日，臣同臣沈德潛於常州艤舟亭邊恭迎聖駕，隨蒙恩賜《沈德潛錢陳群來接，因成是什，並書以賜陳群》一首。又閏二月初七日，蒙恩賜錢陳群一首，跪領後，即恭和元韻以進。伏念臣與沈德潛均屬菰蘆下士，遭際昇平，受聖主豢養教誨，一以引年歸里，一以示疾林栖。復荷矜憐，頻叨異數，鴛湖鮮水，並茂增榮。年時賜杖言旋，鄉里咸推九老。今茲聯橈跪接，天題褒以二仙。稽古之榮，於斯爲盛。至臣柳蒲弱質，犬馬餘年。感再造之洪慈，言詞莫罄。拜延齡之至意，屬望尤深。召對蘭舟，體恤實同於家人父子。命賡天藻，榮寵更媿於喜起遊歌。冀長沐夫恩光，益加珍攝。思仰酬夫主眷，倍切脩持。此臣父子所日夜悚惕勸勉者也。合將感激下悃，具摺陳謝。謹奏。

謝恩旨蠲免廣額摺子

奏爲恭謝天恩事。伏惟時巡開盛治，覲民益荷仁民。錫類溥深慈，造士特隆選士。天行以健，南邦四仰堯雲。皇澤如春，浙水疊霑舜露。權騰蔀屋，正供常賦之胥蠲。喜溢膠庠，拔萃採芹之更廣。温綸屢加而無已，盛典廣大而難名。從此原田每每，盡濡霔霒之恩膏。俎豆莘莘，咸入洪鈞之陶鑄。吴山越水，詠太平者負耒而横經。海晏河清，慶安瀾者含哺而鼓腹矣。謹奏。

謝諭祭先祠摺子

奏爲恭謝天恩事。臣等始祖臣錢鏐在唐末有平賊勳勞，又有捍禦江海之績，宋仁宗朝，建立表忠觀於西湖之南。我皇上三舉巡典，遣官祭祀，復荷駕臨親視，賜詩及匾聯示褒，凡屬先臣子孫，人人感激。今乙酉之春，四舉巡典。閏二月初六日，遣閣學臣張若澄焚帛告祭，在先臣幸際昇平，仰蒙聖主褒勳飭往，益加歆格，默佑効靈，以資捍禦。臣等爲先臣孫子者，尤思銘勒報効，庶得永承祀典，勿替家風。所有感激下悃，理合繕摺恭謝天恩。謹奏。

謝特恩加太子太傅並賜幼子汝器舉人摺子

奏爲恭謝天恩事。本年閏二月十二日，奉上諭：『沈德潛、錢陳群，江浙耆宿也，並以卿貳予告里居。曩者省方東南，存問所及，特晉尚書階，優頒廩禄。兹時巡莅至，二臣咸扶杖迎謁，耄耋而神明不衰，惟國之瑞，朕甚嘉焉。其各加太子太傅，以寵異之。沈德潛之孫、錢陳群之幼子各一人，並賜舉人，一體應禮部試。二臣益忻愉恬養，以躋期頤，副朕優高年、眷舊臣之意。欽此。』竊臣自林栖以來，十有餘年，叨沐聖恩，念臣供職卿貳，行走内廷，尚屬勤慎，命在家食俸，以示優眷。二十六年十一月祝釐來京，又蒙特恩加刑部尚書，自慚衰質，負荷未能。茲恭遇皇上四舉巡典，臣與尚書沈德潛聯楫來迎，得於蘭陵水次，仰覲天顔。當蒙温諭霽慰，隨扈從到浙。聖慈稠疊，特加臣太子太傅。伏思宫銜峻秩，國家褒寵耆碩，至爲榮幸。臣何人斯，膺茲異數。又臣幼子監生臣錢汝器年甫十五，知識惷愚，聖主憐臣年耄，訓迪之法，漸不如前，恩賜舉人，以堅其讀書之志，俾小子有造，以娱臣晚景。凡茲委曲矜全之至意，非臣思慮所能冀幸者，高厚深恩，舉家頂戴。臣惟有切實訓誨諸子各自樹立，以期仰報鴻慈於萬一。爲此具摺恭謝天恩。謹奏。

謝賜御臨顔真卿自書告劄子

奏爲恭謝天恩事。本年閏二月初七日，蒙恩特賞御臨顔真卿《自書告》一卷。伏見皇上幾餘游藝，翰墨怡情，於前代名人書法，上自鍾、王、顔、柳，下至蔡、蘇、黄、米，摹仿之下，莫不神似。所謂挹其精華，遺其糟粕者矣。世傳顔真卿《自書告身》爲平原書中傑出者，皇上珍之寶笈，壽之貞珉。茲御臨一卷，萃八法之能，齊萬毫之力。端莊峻潔，剛健舒和。熊光早冠於西清，鳳翥騰輝於南國。臣何人斯，膺茲異數。溯屏書於唐室，但予傳觀。記筆法於宋家，僅圖飛白。臣今恩遇，自古罕聞。奉樵楷以終身，鎮同拱璧。永子孫以世守，共仰奎章。臣曷勝感激榮幸之至。謹奏。

恭書御製紀恩堂記後跋

臣陳群謹案：天生民而立之君，依古以來，積德累仁，受天之祜，未有如我朝之盛者。粤自太祖肇基，太宗應天順人，用集大命。世祖冲齡踐位，誕受帝祉。聖祖聰明睿知，文武聖神。集守創之大成，垂寧謐於奕禩。以保泰爲操存，以貽謀爲重大。庭訓既豫於平時，付畀復神於簡在。世宗憲皇帝建極綏猷，因心作則。誕我皇上，徇齊敦敏，德本生安。幼日侍憲皇帝於潛邸，鑒上器宇，默契於心。乃於承歡燕喜之際，特奏御名，即蒙召見，眷顧特優，遂有隨侍熱河之命。讀書於萬壑松風，自夏而秋而冬，親承提命，聰聽不忘。蓋育愛之殷，付托之重，大聖人先天而天弗違，隱然有與帝謂默相呼吸者，詩書所稱，若合符節。惟我皇上能以天地之心爲心，以祖宗之志爲志。臨御三十年來，仔肩擔荷，業業兢兢。問夜求明，不遑暇食。用能治臻上理，化協休和。綱舉而目張，小廉而大法。凡夫行政用人，型方訓俗，事必求其萬全，道必衷諸至當。而愛民保赤之意，尤聖心宵旰所廑懷。況夫文德既昭，武功丕焕，闢宇宙未闢之地，臣今古未臣之人。琛貢釁來，版圖式廓。所以仰答聖祖仁皇帝之恩者在是，所以上酬世宗憲皇帝之恩者亦在是。而聖德冲抑，鄭重有待，必至於今，而始有《紀恩堂記》之鉅製，所謂謙而彌光者乎。臣陳群盥手莊誦數四，仰見我皇上溯受知之福地，闡繼述之淵衷，與御製《創業守成説》，理歸一致，義可參觀。然則重闈奉侍之日，即爲帝心篤祜之時。列祖列宗，實式憑之，以有此今日紀恩之盛事也。豈非天哉，豈非天哉。臣錢陳群謹拜手稽首恭識。

謝御賜題臣母畫册並賜御跋劄子

奏爲恭謝天恩事。本年九月十二日，臣齎摺家人從熱河行宫歸，捧到恩賞，内有御題臣父母詩畫册詩十首，跋一道。臣叩頭祇領訖。伏念臣母陳書素習繪事，臣年來陸續恭進，仰邀聖主賞鑒，名載石渠，實爲榮幸。昨所進畫册，係臣母中年筆墨。時臣父尚在，隨畫隨題，借歌詠以寫昇平韻事。藉呈睿覽，冀臣父母寒牕辛苦，不致湮没。此臣烏鳥之私情，實亦顯揚之本志。乃荷蒙皇上洞燭下忱，曲加體恤。按圖指示，振天筆以揚華。即景披吟，煦春暉以沛澤。特頒殊典，仍予家藏。復敕專門，另摹筆法。還來真蹟，倍增奎壁之光榮。留弆乙觀，仍並琳瑯而什襲。實藝林之盛事，爲亘古之罕逢。拜此奇珍，永寶生生世世，被兹異數，感貽子子孫孫。所有微臣感激下悃，理合繕摺恭謝天恩。謹奏。原文『感深鐫胷銘心』，硃批賜改『感貽子子孫孫』。又批云：『常言而得奇對，成此佳文，不亦可乎。』天語優獎，益增感悚。

恭跋御製雪浪石記後

臣惟石之在人間，其受形奇偉者，未有不轉移遷徙，不翼而翔者也。至其傳不傳，則又視其人焉。李德裕、牛僧孺皆好聚石，而傳世者絶少。白居易、米芾、僧維則亦有是癖，其人較牛、李稍勝，世猶有稱之者。惟蘇軾一生忠直，去今六七百年，幸遇我皇上重其人品，賞其詩文，即其平生所愛石，亦流連往復，形於歌詠，繪於圖畫。兹恭讀《御製雪浪石記》，持論和平，引據詳晰，分見各路，異形同名，而仰邀睿賞則一也。語云：『人重官，非官重人。』臣又曰：『石以人重，非人以石重也。』

恭跋御製玉璞抵鵲説後

臣惟千聞不如一見，玉璞抵鵲之論，本於桓寬，寬實未曾親見。即晉天福中，張匡鄴、高居誨入于闐，著《西行記》，亦未之載。後之文人學子，取以命題，作賦吟詩，皆就風影之談意爲渲染，終未究其所以。自西師大捷以還，疏勒諸部俱入版圖。和闐新附者，備列羽林，始于閑語間，訪其國俗。上於幾餘，采其土著所云以爲説，不特證寬論之非誣，亦以砭耳食者之訛也。夫同一鵲也，在和闐爲戾，在中國爲喜，地實使之然也。聖天子德化所被，普天率土，上下鳥獸草木咸若，夫安知和闐之鵲，不數年而竟成瑞鵲乎？又俟他日和闐更番入侍者之緒論及之矣。

孟亭馮侍御箋註玉谿生集序

余於乾隆初持服里居，同學伯陽馮翁以司寇予告在籍，邸第與余居近，朝夕過從。時令孫孟亭侍御未弱冠，每侍坐，間出所爲詩示余，余喜而歎曰：『玉谿生再生矣。』司寇心然余言，乃辭謝曰：『初學從玉谿入手，庶不染油滑脂膩之習。今承長者言，當不令改趨也。』又十年，孟亭成進士，爲名翰林，擢侍御史。臺館中評隲孟亭詩者，亦與余言券合。壬申夏，余忽遘沉痾，急請假歸。丁丑冬，孟亭以母憂還里，去余所居更近。考業論文，修乃祖洎余故事，獨念余衰白僅存，情誼益篤。既孟亭服闋，以舊有心疾時發時止，未得赴補。因素愛玉谿詩文，惜諸家所註各有踳駁附會，《舊》《新唐書》本傳各有岐誤，爰細意鈎核，發詩文之含藴，以詳譜其行年。年譜定，而詩之前後各得其所矣，詩得其所，文之前後亦莫不按部就班，而本傳之同異自見，於是作者之心跡大彰灼於卷帙間。書成，以余忝先友之末，問序於余。余惟昔賢聲詩踪跡，其顯晦遲早，若默有定數者。然同一玉谿生集也，余亦稍涉焉。其膾炙人口詩篇，未嘗不流連而諷詠之。餘有闕疑者，往往弗深考。曩者尚書高文良公善詩，愛少陵、玉谿兩家，多所箋記，頗有得解處。每奉旨來朝，退食之餘，余偶詣之，談論至夜分不倦，曾出以相示，惜未成書。今得孟亭箋本，與二三學子首尾繙閱，浹旬始得終讀，挹其聲光，若更異於昔日者，余亦不能自解焉。是可爲玉谿幸，而又多孟亭之深嗜孤詣爲難能也。

光禄大夫經筵講官文淵閣大學士兼吏部尚書議政大臣特贈内大臣賜祀江南河臣合祠謚文定高公墓誌銘

公諱斌，字右文，號東軒，元隸内府佐領，今上特恩賜隸鑲黄旗滿洲。直隸兵備道、累贈光禄大夫諱登庸，公大父也。内府郎中兼參領、佐領，累贈光禄大夫諱衍中，公考也。母李太夫人，誥封一品夫人。公兄弟三人，公居次，伯兄、三弟俱官至總鎮，所至各樹威德，拊循將士，兵民安輯，皆先公卒。公生而端凝厚重，至性孝友，長而好學讀書，於經史外博通先儒諸集，一切稗官野史不接於目。雍正四年，由内府曹郎出督蘇州織造，旋授廣東布政使。未赴任，因太夫人年高，奉命調浙江，就近迎養。歷江蘇、河南布政使，河東副總河，巡視兩淮鹽政兼攝江寧織造，江南河道總督，直隸總督，吏部尚書，議政大臣，軍機大臣，總管内務府大臣，協辦大學士充經筵講官、玉牒館副總裁，拜文淵閣大學士，再出爲江南河道總督。乾隆二十年乙亥三月初九日，以疾卒，奉旨贈内大臣。公生於康熙三十二年五月初四日，壽七十有三。乾隆二十二年，特詔祀公於江南河臣合祠。二十三年，賜謚文定。元配陳夫人、繼配祁夫人、馬夫人俱誥封一品夫人。子恒，巡視兩淮鹽政。女四，孫男四，孫女六。先是乾隆十一年丙寅，恩賜公兆於三陵東南隅之中峪。乾隆二十年九月十五日，恒奉公與三夫人，以壬山丙向兼乙亥三分合葬焉。

公子恒請予銘其藏。憶予於乾隆三年秋，先慈服闋還京，舟過清江浦。公時督理南河，適黄水漫溢，舟不得渡，目睹公於洪濤駭浪中，乘小舟與波上下，每日親自督率員弁相度水勢，巡視隄岸，夜就宿河干行帳者，已四十餘晝夜矣。公之勤於民事，不辭勞瘁視此。予泊舟處逼近公行帳，公過予舟，予亦就公行帳。公曰：『此異漲也。賴皇上鴻福，無大害，水勢漸平。三日後，風潮信過，君可渡河而北矣。』與公相聚河干凡三日，夜不成寐，衣不解帶，剪燭深談，於論文析理、議論風旨間，得公底藴殊悉。後予再視學畿輔，公總制直隸，共事將一載。公餘，叩公防河之法，公曰：『黄流宜合不宜分，固金隄，明疏引，要也。』問治清水，公曰：『可畜不可洩，加培石堰，節宣啟閉，庶無大誤耳。至於費心力，善相度，則非口舌所能盡矣。』與潘印川『但可補偏救弊，無一勞永逸』之語脗合。自後每歲晏入覲，復同直内廷。辛未，公再任河帥。上初舉南巡盛典，予忝扈從，與公同閱召試卷。公平日不喜談詩賦，及評榷試卷，商定進呈數卷，公復就中舉二三卷，曰：『是有清華之氣，他日當有聲詞苑。』不數年，皆如公言。公之鑒别類此。公子恒，稔予辱知公深，諄復以請，自不得以衰老無文辭。夫誌以考行，銘以傳世，公詩文政蹟爲世稱述者，方垂之永久。予惟摭拾其梗概爲公誌，且銘曰：

猗歟高公，醇儒氣象。德惟自修，道在充養。真積力久，渾然天成。喜怒不色，寵辱不驚。事上惟忠，執事惟敬。歇歷中外，治静而正。詞不尚縟，德亦有言。程朱津筏，洙泗淵源。遵不中廢，守益邃密。老而逾堅，終始如一。具此衆善，福乃錫之。哀榮備至，明禋于祠。既顯及身，復昌厥後。國典旌賢，子孫永受。有崇者峪，拜賜自天。吴越老友，來銘公阡。

宫怡雲方伯暨元配李夫人合葬墓誌銘

歲丙子，余訪雅雨盧使君於邗江，始識滇南方伯宫君怡雲。方伯，雅雨鄉人也。時方伯次子去吝官我浙，迎二親就養。後去吝以卓薦遷漢嘉太守，方伯老，蜀道遠且險，不能赴子任，僑居檇李，時與余往還。余聽事前植海棠一株，春暮花盛放，君過而愛之。日後歲逢花時，風日恬暖，君輒命子去矜侍杖屨過余，席花下，命觴賦詩，談讌極歡而罷。蓋余與君相識晚，而十年來寓公地主互酹倡過從，情味甚厚。乙酉仲冬，君病卒於僑居正寢。余年長於君，衰亦甚，力疾赴哭，且唁二子。他日，二子及余門，稽顙請銘君墓，不敢辭。按狀，君諱爾勸，字九敘，晚自號怡雲。先世自鳳陽徙居萊州之高密縣。高、曾以上，代有隱德聞人。祖廩膳生，諱□□。父諱□□，順治戊戌兵部進士，歷官南昌、銅鼓兩衛守府。祖、父以君貴，皆贈如其官。君少而奇穎，二十補博士弟子，二十四舉於鄉，以縣令起家，歷郡守，擢監司，晉方伯，始終服官滇南，所至著有聲績。君下車恩樂時，縣舊隸土司，君爲第一流官。興利剔弊，綱舉目張，善政不能悉舉，其最大釐定錢糧，較初辦善後章程者，減十之五六，力請于上官得行。去之日，邑人爲立生祠以祝。繼同知開化日，烏蠻梗化，王師討賊，君獨力辦軍糈，事叢集如蝟毛，敏手擘畫，了了無滯，屝屨、糗糒、芻茭百所需，咄嗟立應，文武大吏，交相倚重。事竣，議敘一等軍功，旋知開化府事。普思、元新諸大案，君悉心鞫問，開釋矣、刁兩家無辜被誣陷者百餘口，又嘗弁緝賊不獲，俘良民八九十人以獻，將定爰書，君廉得其情，申雪誣枉，逮繫之衆，賴以全活。在監司任十四年，請奏免無着之墾本水冲沙壓苦累之錢糧。賑荒以銀易米，俾自爲通融，災民便之，後遇賑舉以爲例。丁卯入覲，畀任屏藩，又兼攝臬司，出納會計，刃虚絲理，苞苴不入，吏治澄清。而于徐卿一案，慎恤加嚴，肉之白骨，又神明長孫常平之法，調劑損益，至今迤東西猶頌德勿衰。于定國決獄多陰功，杜元凱度支稱武庫，足以方之。君生平遇事不矯厲以爲能，不選輭以至僨，勾稽賦税，平反獄訟，精敏廉幹，物無有遁情者，而于端風俗，正人心，崇學校，講農桑，尤汲汲爲先務。仕宦三十餘年，家無長物，喜讀書，無他嗜好，著有《南滇集》行世。每風雨過從，惟見端坐，手一編，訓子孫以忠孝敦厚。易簀前數日，予視疾于牀笫間，君自知不起，猶執予手論詩，澹定自若，其古成德君子乎。夫人李氏，奉姑相夫訓子，不愧名家女，先君五月卒。子二：去矜，去吝，俱賢而有文，曉習吏事，能繼君志。孫四人，曾孫一人。將于某年某月某日，扶柩歸里，合葬于某。銘曰：

猗猗孤桐，産彼嶧陽。材中琴瑟，貢于明堂。器成才贍，遠牧蠻方。作屏萬里，流澤孔長。晚歲解組，教忠子舍。不倦于勤，分陰是藉。與古爲徒，執德愈下。七十八年，修己隨化。寓公生平，心迹瀟灑。雲馬風旗，歸依東海。用妥雙棺，亘千百載。子孫繩繩，松柏霎霎。

繼室俞夫人行狀

夫人姓俞氏，先世籍隸浙之山陰，以耕讀世守。夫人祖天行公，官至福建副將，以老乞休居天津，稍業鹺務，慷慨好施，不事居積。天行公長子諱爾望，字肅瞻，少敏悟，好讀書，不事舉子業，工詩。析津爲畿南水陸都會，四方帬屐駢集於此者，擘箋分韻，投贈無虚日。時秋谷趙先生、西溟姜先生慕公雅度，稱忘年友。夫人，其長女也，生而静默，寡言笑。八九歲時，先後居祖父母喪，如成人。姑姊間共處，端坐或移時，亘日無惰容。夫人外王父金翁，年七十餘，有人倫之鑑。内外諸孫女歲時環聚三十餘人，指夫人謂肅瞻公曰：『此兒適人遲。他日起居，當列首行也。若早結褵，則不驗矣。』戚黨中慕其德性，求庚帖，卜之輒不吉，以是待字至二十七歲。康熙甲午，予舉于京兆，不數月，遭元配俞夫人之戚。婦翁檀溪先生，肅瞻公無服昆弟也，以愛女脆促，悲悼不能止，寄書於肅瞻公曰：『吾老年喪女，聞姪女賢，可爲錢郎續膠，何如？』肅瞻公謀於夫人金太夫人。金太夫人因記父金翁言，即具以告。金翁曰：『善。』予適下第，以需次留京，遂締姻焉。予毷氉名場，蕭然行李，外母金太夫人無責備意，擇日延至其家就婚。甥館三日後，夫人即掃除一室，設元配夫人小像曰：『吾姊惜年不永，設此可朝夕如在耳。』歲時必潔治一二簋，手捧以祀。兩高堂在浙，晨夕思念，促予歸省。出嫁衣之鮮者，奉姑及吾妹，以未得同歸侍奉爲憾。肅瞻公家故多藏書，夫人請於父，乞列數架於内閫。予埋頭讀書，置燈帳中，夜分不寐，夫人理鍼箱作伴，雖侵晨無倦容。戊戌予再下第，發榜後，歸津水客舍，夫人勸慰備至。猝遘先府君凶問，予亟呼搶南下，客貧不得挈眷奔歸。夫人痛絶者再四。予銜恤里居，營先府君葬事。庚子冬，服將闋，治裝北上，道經津水，見夫人延師課子，兩載中門户井井，即促予入都。明年辛丑，成進士，館選。夫人以兩子痘殤，悲痛抱病，幾致不起。聞先太夫人將來京就養，扶病先入都。時予弟婦任寡居，率孤姪汝鼎侍姑同留子舍。夫人奉侍太夫人，無不先意承志，視孤姪如子。壬寅春，子汝誠生，太夫人喜甚，謂夫人曰：『吾年垂耳順，尚未得孫，用是日夜憂懼。昨渡黄河，默禱於河神。是夕艤舟河干，夢神遣朱衣使者抱一子授予，曰：「付汝善視之，他日當亢汝宗也。」今子婦得孫，此其徵乎？』既而抱汝誠曰：『是子秀厚，可冀成立也。』時太夫人以予京寓乏人，爲置妾沈氏，攜至京寓，夫人待之如妹。時四弟界年三十未娶，夫人察太夫人有憂色，棄簪珥等物以佽，始得歸娶。太夫人在京寓數年，思南還，予請假送歸。夫人奉侍舟行，遇風水稍阻，體察色笑，得太夫人歡心。先是，太夫人北上時，見予同祖昆弟貧無居，即以南樓老屋數椽分假之。及歸，三十口無棲止所，賃屋以居，夫人安之若素。適汝誠及女汝慎出痘，俱安好，夫人請予諏吉，令汝誠出就外傅。時從孫載授孤姪汝鼎及汝誠課，課餘，太夫人即授載繪事。奉姑，供師，督子，皆夫人一身兼之，無少缺。予假滿還朝，太夫人以鰥官難於奉職，遣夫人及子女輩北上。居無何，予奉差典楚南試事，又明年奉使關中，宣諭化導。瀕行，夫人謂予曰：『秦中連年以西師深入，禦邊戎馬織絡，治行當速。』出嫁時物賤鬻之，得值二百金，貯行篋中，曰：『緩急當需此耳。』歲餘召歸，篋中存所貯之半，夫人喜動顏色曰：『自西指後，有人來言使人所過之處，父老感頌聖德，歡欣鼓舞。又聞學官子弟執經問難者，屏墻行解，悉開導之，俾虚往實歸。今者行橐蕭然，使職克稱，可謂上不負君親，下不負妻子矣。』時上有旨褒嘉，以贊善超擢庶子。越五日授學士，命充日講官起居注。數年中，沈安人舉二子汝恭、汝慤，尋以虚症不起，夫人哭之甚哀，撫其子女，畜育周至，曰：『憐其失母也。』又以四弟艱於舉子，爲予置妾黄氏、曹氏，亦體太夫人意也。越年餘，妾黄氏遂舉子汝隨。雍正十二年冬，予奉命視學畿輔，復得旨趨直内廷，此異數也。請訓時，上垂念太夫人年逾七十，賜人參、豐貂、内府緞綢各物，命迎養京師。太夫人感喜交集，即買舟北上。時予循行校士，夫人迎至水次，奉侍入國門，歡然團聚。予於永平學署驚聞世宗憲皇帝龍馭上賓，匍匐奔赴京師，奉今上特旨，許瞻仰梓宫，即蒙召見，晨入暮出，栖止公署。易服隨上還宫，始得歸見太夫人，則太夫人慘痛憔悴，已閲月矣，夫人目不交睫以侍。明年三月，予案臨保陽，太夫人病發，夫人親侍湯藥，晝夜不離牀笫牏厠間，必躬扶掖。太夫人疾革時，命夫人曰：『吾子行廨去京三百餘里，聞吾凶信必倉遽奔歸。吾棺蓋而不掩，當令吾子見吾去時面目也。』夫人痛哭諾。及大殮之次日，予即奔歸，夫人具述太夫人言，撫棺痛哭，氣爲之絶。是年秋，予挈眷屬扶太夫人櫬旋里，明年營葬，終太夫人之喪，夫人勞苦備至，僅以骨立，未嘗告瘁。戊午，予服滿還朝，蒙恩仍督學畿輔。夫人爲長子汝誠娶婦，又遣嫁長女，隨摒擋家務，率上下五十餘人來京師，途次戒家人毋得滋事。將至直隸，訓飭家人等益嚴，曰：『汝主屢有信屬我矣，關防森密，必先自眷屬始。』以故數任畿輔，無絲毫物議，夫人內助居多。予再任學政，任滿由詹事遷閣學，月餘簡佐秋卿。時汝誠、汝恭先後登京兆榜。戊辰，汝誠成進士，館選，尋授編修。是年，以覃恩誥封一品夫人，亦六旬萬壽，夫人偕漢大臣命婦跪祝，蒙賜素珠、如意、緞紬、爐盒等物。恭逢皇太后夫人。後十年，恭遇皇太后七旬萬壽，汝誠官户、刑二部侍郎，子婦史以覃恩誥封一品隨諸命婦同慶萬壽，賚予便蕃，人以爲榮。夫人感予父子遭際盛明，致身通顯，世膺翟茀，時以持滿爲戒。予於壬申夏，猝遘反穀疾，蒙恩召見，慰諭愛恤，有加無已，准予回籍調治，賜詩寵行。又荷賜參藥，命汝誠侍歸，即來就職。自遘疾至旋里七閱月，夫人視予藥物眠食，勞瘁特甚。月餘，夫人即促汝誠還京奉職，諭汝誠曰：『汝父受聖恩至深，汝趨走禁近，尤當益矢純勤，無以我爲念。』十餘年來，予父子每拜恩旨，晉階遷秩，殊榮稠疊，夫人必北望叩頭，早夜焚香，默禱祝釐，寒暑無間也。年來諸子中，汝誠時以廉俸郵寄，奉甘旨，汝恭、汝隨、汝豐等膺一命，爲縣令及丞老，亦以所節俸入少佐藥餌。夫人必問所自，諭令慎職守，飭簠簋，毋貽父母憂，諄諄爲囑。二十二年、二十七年、三十年，上奉聖母南巡，夫人跪迎慈顔，拜賜緞疋。汝誠每扈從南來，聖慈體恤，必諭歸省視其母。夫人感激歡喜，留數日即令赴行在執事。三十年，幼子汝器恩賜舉人。夫人聞之，益爲感喜交集，嚴訓汝器讀書勵行，以圖報稱。時第六子汝弼適遠娶未歸，夫人即疊寄諭，勖其奮志上進，以繼承家學，其教諸幼子尤嚴切如此。夫人同母弟金鰲，肅瞻公暮年所得子也，遺命囑予撫育，少嫻武藝，成進士，以侍衛歷官至副將，有勇略，効力回部，久著勞績，由左江總兵調肅州鎮，夫人喜謂予曰：『吾父易簀時，以幼弟屬君，今得見弟開府，可謂不負所託矣。然尚須教之。』予素慕成就人之孤遺者，夫人輒贊成之。年來所拜恩俸，輒量予戚族。夫人嘗歎與曰：『必如此，方不負君賜也。』性慈愛，人以急難告者，必審疎戚，量力濟之。平生澹泊寡營，不露欣戚。以長女汝慎、三女汝哲少寡，三兒汝愨十七而殤，聘馮氏，予妹所出也，未娶守貞，昨歲物故，歲時令節，忽忽常不樂，又未嘗不以此少傷懷抱也。夫人善自珍攝，無疾言，無遽色，年垂八十，耳不重聽，齒不豁。今年八月杪，偶感寒熱，飲食少減。重陽後稍沉重，猶日進粥二甌。謂汝誠夫婦曰：『吾一生惟存善念，不敢行一毫刻薄事。所處境地，常多順遂。自去年汝蒙恩准歸侍養，母子相聚歲餘，尤得之望外。聖恩高厚，同於天地，汝其何以圖報？吾即不諱，汝以予言諭諸弟可也。』言已，復謂予曰：『今日所服煎劑，吾勿進矣。』頃之，即逝。回憶予與夫人齊眉偕老垂五十年，予叨荷國恩，位至極品，夫人疊膺封典，由安人洊晉一品夫人，子孫繁衍，即先我而去，亦可無憾。惟是夫人雖幼未讀書而德性淑善，其處貧賤富貴也，實有合於不隕穫、不充詘者，其視衆子女，雖各母如己出，實有合於《鳲鳩》之義者。因敘其大略，以示子孫、垂家乘之末云。

跋同年王樓山中丞笠屐圖幀首

同年樓山王中丞，蜀人也，於里中前哲，獨慕玉局蘇翁，而生平宦跡，亦相似焉。其友人松陵沈沃田徵士爲摹《笠屐圖》弆篋中，凡所遊涉，必載與俱。歲壬午春，夜過予齋頭，出以相示。時中丞兩子汝嘉、汝璧，以諸生在予家塾讀書，適在坐，予於燈下題二絶還徵士。又數年，徵士携圖過予，汝璧吏部乞假來吾郡，奉母北上，汝嘉解元將歸蜀取婦，遂趣陳生俞仿此，并請予題原詩於幀首云。

浙江在籍紳耆士庶臣錢陳群等恭謝恩免七省漕米疏

乾隆三十一年正月初二日，内閣奉上諭：『所有湖廣、江西、浙江、江蘇、安徽、河南、山東應輸漕米，照康熙年間之例，于乾隆三十一年爲始，按年分省，通行蠲免一次。欽此。』欽惟我皇上仁涵翔泳，德普甄陶。圖治求寧，宵旰廑懷民莫。持盈保泰，乾惕敬體天行。胞與維殷，醲澤遍禹甸周原而共浹。痌瘝時切，子惠合堯襟舜抱以兼施。知小人之依思惟艱哉，曰祁寒，曰暑雨。爲諸侯之度無非事者，秋省斂，春省耕。蓋賜租賜復之多，雖隸首難窮其算。而議貸議蠲之數，即載筆莫罄其書。雨露之所澍濡，物無不被。天地之所煦嫗，惠罔弗周。於是戴高履厚之倫，怡愉淳化。沐日浴月之處，溥鬯皇風。户詠康哉，酌衢尊而啿啿。人歌樂只，登春臺以熙熙。仰惟寶籙之誕膺，握瑞闡珍，早重申夫帝貺。慶肇昌期於必世，籌添算積，正錫羨乎鴻禧。福必有基，嘉兹累洽重熙之會。善惟推本，敬溯覲光揚烈之謨。天佑聖而昭受用庥，聖法祖而覃施廣被。稽夫漕糧之歲運也，賦成七省，轉利萬艘。囷庾之積於是乎儲，稰穛之頒由兹而出。間有截留之例，從無普豁之條。昔聖祖曾沛殊施，父老猶談爲盛事。欣我后重循曠典，史册懋繼夫前光。爰敷綸綍以遐宣，仍敕度支而廣議。就班分歲，恩輝似七曜之循環。悉予咸除，大德比一元之通復。億萬姓桑麻載蔭，化日彌長。數千里潤澤均膏，春波更闊。此誠今古所希聞，實亦遭逢之罕覯者也。是蓋由九瀛清晏，萬宇乂安。月竁載瑜，乃象來而款塞。天方職貢，爰鱗集以仰流。曾無饋饟之少輸，但有耕屯之倍穫。況夫祥呈丹甑，連莖之穀頻登。兆啟黃雲，合穎之禾疊獻。既倉箱之有備，聿儲偫之常贏。綏以屢豐，廣推行而布愷。受兹介福，用敷錫以同民。惟浙東西，漸澤孔長，緊我疆理，蒙庥尤渥。頻歲觀風於越，海壖鞏固，實勞睿畫之周詳。即今懸象始和，台嶺昆連，普被聖慈之康濟。惠有加而無已，施下逮以旁流。舞蹈遥申，望豫洛青齊而北拱。謳吟相接，界衡湘吴會以南連。皖國山川，均斯慶幸。洪都草木，咸此敷華。臣陳群等榮領搢紳，感叨桑梓。擬華封而晉祝，藉傳黎庶之情。拜嵩岳以歡呼，爲進野人之頌。從兹萬有千歲，綿純嘏以莫不增。所願三耕一餘，繼大有自今伊始。爲此合詞恭謝天恩。謹奏。

恩免七省漕米恭紀

臣陳群謹案：自《禹貢》則壤成賦以來，惟正之供，古今通義。簡策所載蠲復之舉，即施惠未廣，猶亟書之，以爲愛民者勸，至漢文帝今年之賜，尤豔稱焉，然祇及田租之半耳。洪惟我聖祖，寬仁惇裕，久道化成，恩膏時沛，筆不勝紀。歲入條項漕米，皆先後普蠲一次，至今天下臣民傳爲盛事。我皇上誕膺寶籙，法祖施仁，十年免天下額征正賦一次。今三十一年月正二日，詔免七省應輸漕米一次。恩綸宣示，光天之下，海隅蒼生，莫不歡喜雀躍，相謂曰：『上天惠愛斯民，篤生聖人，繼繼承承，俾吾儕得沾厚澤。』又額手爲列祖慶曰：『惟天純畀我祖宗，誕貽多福，燕翼孫子，惠我元元。』自宋、衛、齊、魯，順流而江而浙，達于湘于贛，襟帶數千里，凡納米轉漕之域，萬姓同聲，如出一口。臣憶六七歲出就外傅，臣祖時方八十，引年家居，攜臣隨諸父老叩謝聖祖鴻恩，歡呼蹈舞，填塗塞陌。越今七十餘年，臣馬齒亦八十餘矣，又躬率紳耆暨臣子汝誠瀝詞陳謝。伏思結繩以前，書闕有間，紀傳所陳，斷自唐虞。三千餘年來，未有體天以仁民，足民以裕國，世德作求，惠我無疆，如今日之盛也。《易》曰：『自上下下，其道大光。』《詩》曰：『以似以續，續古之人。』臣駘背餘生，忝三朝史官，受恩至厚，自幼至老，再遇斯典，何榮幸若此耶。敬書謝摺，并識於尾云。

御製唐貫休畫十八羅漢像讚恭跋

臣伏惟阿羅漢既得四果，各具神通，曰千萬恒沙，曰萬二千，曰五百尊者，曰十六尊者，曰十八尊者。其名義品彙大小，如從乳得酪，從酪得酥，從酥得醍醐，謂乳即醍醐，非是，謂醍醐非乳，又失本來面目。皇上識貫人天，學綜儒釋。會經傳之瀝液，擷象教之菁華。潤法乳於須彌，納經海於一滴。每於幾暇，讚歎禪宗，比於旭日初出，萬嶺騰光。兹十八尊者，僧貫休所繪，既各詮其現相，復詳定其位號。當下指示，頭頭是道，能使風竹囊琴，皆成密諦，毒龍猛虎，普蔭慈雲。臣竊考名人書畫譜，載休善畫羅漢，曲盡其態，人問之，則云：『我於夢中所覩如是耳。』又《太平清話》云：『休畫羅漢至十五尊者，尚缺一相。或告之曰：「師之相乃是也。」休臨水作圖以足之，遂成十六阿羅漢像。』今祕府所弆者，殆是耶。休故善學人也，千餘年後，乃蒙賜讚，不知休衲當如何歡喜，如何榮幸云。臣陳群敬識。

教授王君傳

君姓王氏，諱師隅，字文岳，號密成。先世蜀人，由重慶遷漢州，丁明末造，屢罹兵燹。五世祖仕，孑然僅存。仕生景曾，景曾生曰明，年十三，遇獻賊亂，舉家被害。曰明掩伏祖墓之旁荆棘中，夜則草食江干。義兄曰孟者，曰明父景曾恩育子也，從夾江縣尹任歸省祖墓，得之，載與俱至夾江。曰明生萬福，字配庵，性明爽，意致磊落，以遭亂甫定，遺孽未靖，移居崇慶州。尋還，則先代田廬久爲他人有，因家於城北。君生有異稟，總角如成人。十歲能文，父配庵最鍾愛之。年十七，補博士弟子，研窮經史，晝夜不輟，父憐而諭止之，則閉户默誦以爲常。家貧，授徒以供子職，脩脯所入，鮮腆致養，先意承志，族黨咸稱之。以乙科官長壽教諭，居父母喪，毁瘠幾至滅性，孺慕終身。其官長壽也，勸導諸生，膠庠化之，少佻達者。遇貧士，盡力周卹，無幾微德色。學宫傾圮，捐金新之。遷渝城教授，興脩學校，督課生徒，愈殫心力。喜成就後學，教子極嚴。仲子燈登賢書，歷任縣事，有聲。君往復教誡，自安苜蓿。任滿當遷，奉檄敦趣就駕，力辭不赴，遂引年歸，卒於家，壽七十一。家居接鄉里以信順，訓子弟以端謹，尤篤於收族。痛先世罹獻賊之難，播遷無常，按譜上冢，其可考者皆次第繕葺，以成先志。宗人之贅大邑者，三世不返，父寢疾，舉以屬君，越數載，君造廬勸歸。聚居城北，訪塾師某墓，躬親祭掃，歲久無廢。其居鄉醇厚類此。性耽問學，以程朱爲歸，愛讀性理諸書，不雜二氏之説。娶於周，爲夾江周處士女，習勞勤，勤操作，育五子，皆成立，有文行。寓狀乞傳，以章顯其先人者，燈也。

論曰：王氏之盛於蜀者，自中和樂職，四子講德。後州分里處，代有傳述。君先世屢遭兵燹，尋罹獻賊之禍，不絶如縷。君幼承父訓，以三物六行飭躬型士，勵俗訓子，共相敦勉，史稱文黨好教化，見蜀地僻陋，欲誘進之，不數年，人熏其德，比於齊魯。君職僅師儒，無民牧之責，所及未遠，沿流溯源，殆波瀾莫二矣。

香樹齋文集續鈔卷二

重脩嘉興縣學宫碑記

吾郡首邑學宫，明嘉靖間改宋興聖寺爲之，今大成殿東偏流虹亭，其遺蹟也。國朝定鼎，教化涵濡，百餘年來，邑學之規橅釐然大備。蓋自釋奠祭菜，以至授堂、横舍、齋宿、庖湢之所，位置秩如，其他以次建設，俱如令甲。余少歲遊庠，嘗目識之，以爲一郡冠冕，非輔邑、支邑比也。積久摧剥，漸就頹圮，逡巡五十餘年，而有事於學者，顧瞻廟貌，已非復少時之規橅矣。丙戌春，邑宰咸寧王君涖治。甫閲歲，人吏浹和，學故與邑治鄰並，奮欲葺而新之。請於大憲，爲捐俸倡佽，前司諭朱君，令張君，暨司訓王君，相率勸紳士輸貲，屬予手疏贊成。邦人士咸踊躍趨事，諏日計庸飭材，庀徒僝工，分力董之。宋桷之腐橈者，易以堅緻。丹漆之漫漶者，加之采飾。經始是歲孟秋，迄戊子冬告竣，糜私錢一千八百餘緡，不斥公帑，不侵民膏，而輪奂改觀。雖剏構者無以踰之，僉曰：『是役也，宜若可以示後者。』重以屬予。予邑人也，樂觀厥成，不復以不文辭。余惟古昔興學之難論者，每歸咎於二氏之角立，而無以相勝。昔汪太史琬謂時俗尊崇二氏，遇浮屠、老子之廬，施舍不勦。獨於聖人之宫，攢眉援手，彼第見鳴刹注錢，信施坌集，至語以聖賢之道之宜崇，往往扞格而不相入。乃今觀於邑學之脩，人争趨之，有什伯於釋氏。所謂信施者，而又出於改寺者之所爲，則是鼓舞振興之繇，有不期然而然者，非幸生聖學昌明之日，漸摩涵育於久道化成，而曷爲若是其易歟。我皇上治統道統，合揆先聖。近者重脩太學，建立大成門，親製鴻文，昭示海寓。吾邑顒顒嚮風，愈益濯磨於學，將必有醇儒輩出，以黼黻休明，無負吾司牧司教者殷殷相與有成之意。予雖耄老，猶當拭目俟之。王君名士澣，司諭朱名奕曾，張名楷，司訓名錫纓。其董是役者，亦得附書姓氏，以勸來者。

吴蟻園中丞七十壽序

先生世爲齊之海豐望族。祖少參公由，順治甲辰進士，官秋曹有聲，督學雲南，遷山西參藩。初知江西萬載縣，滇逆之變，屢立戰功，擒獲僞諜，事聞，奉旨褒嘉。其他善政所貽，邑人祀其威儀於賢牧祠。至今偶遇水旱，邑人步禱於祠，晴雨輒應。雍正六年，予季弟界與中丞同膺薦舉，官刑曹。予時官坊局，以同譜往來。尋予佐秋官，中丞翔於郎署，每於疑獄及難治大案，必倚重焉。中丞胸無成見，平心静氣，以就於理。乾隆十一年，出守鞏昌。大兵進剿金川，軍需旁午，廩恤便繁，中丞應之裕如。官監司，調劑軍儲，糗糧芻茭，賴以不匱。秉臬滇中，民無冤獄。開藩甘肅，值西陲底定，彫瘵未蘇，中丞擘畫經理，與民休息，元氣旋復。天子知其才可大用，三十一年，簡佐秋官。時次君壇居郎署，壇與予子汝誠同年友也，汝誠以少司馬兼佐秋官，與次君共事五六載。次君幼承家訓，勤慎敏練，由主事歷官正郎，京察列一等，部臣循例請迴避，有旨不必迴避。未幾，特擢巡撫江西兼提督。中丞之涖江右也，開誠布公，不設城府，於吏治民生，未嘗少事操切，而綱紀肅然。吏局協和，民氣寧静。嘗自誦曰：『不爾，吾何以仰報聖主畀倚重任？且吾祖發軔於此，吾何以對萬載邑子也？』今年二月日，爲中丞七十揆辰。長君垣以舉人由州牧候補正郎，次君壇在郎署任内奉差治獄。近而畿輔，遠而於蜀、於秦、於楚、於閩，數歲中行二萬餘里，奏勘案件稱平，蒙恩特簡江蘇臬司。兩江當塗與次君共事者，以中丞父子同受國恩，節鉞屏藩，相望江介爲盛事，製屏爲祝，問序於予。予父子與中丞父子先後共事，遭際聖明，志節相許，交久而敬，與唐之蘇、李，宋之張、吕有相似者。予雖衰耄，不得以不文辭。予維既醉之詩，昔人謂備五福，福必先言壽，而壽必由於德，德本於仁，而仁則獲壽。《尚書》言種德，獨許臯陶于門之高大，卜於治獄無冤。方今聖天子以如天之仁，洽好生之德，中丞世任秋官，復膺封疆重寄，所以宣揚德意，上契天心而幾於從欲之治者，正未有艾。中丞勉乎哉。

孫母王太夫人六十壽序

乾隆二十九年春，有旨以乙酉孟陬舉行第四次巡典。浙江搢紳先期集會城之净慈寺，議建經壇，爲聖母祝釐衍慶，以展萬姓懽忭感激下悃。陳群以齒邁，忝紳耆領袖，乃世居禾郡，數往來於武林公所，因得於衆中識孫子觀察用敷暨弟主政新若，舉止閑雅，商榷公務，才復開敏，予甚器之。而同里士夫頗稱用敷昪弟，自幼能受母教，乃致此也。予心儀之者四五年矣。兹十月中澣，爲太夫人六十設帨之辰，用敷兄弟伻來，出同里諸友徵詩啟，請予一言，以介慈壽。予受而敘次之，曰：

人子之顯揚其親者，曰婦德，曰母教，二者其大端也。太夫人以太原右族，生而婉嫕，父贈公某特饒愛之，嬪於孫爲省齋司馬繼室。先是，省齋公艱於嗣息，太夫人于歸後，暨副室胡安人連舉丈夫子。姑趙太夫人已七十餘，喜曰：『吾嚮者以獨子未得孫且多病爲憂，今頓釋矣。』尋省齋公疾轉劇，太夫人主中饋，飭内政，奉衰姑必誠必謹，滫瀡脂膏，手調秩膳，抑搔扶持，靡間昕夕。又親伺省齋公藥裹，子職婦道，一力兼之。年纔四十，稱未亡人。當是時也，省齋公遺子女七，俱幼，太夫人鳲鳩均年，恩勤備至，自結襪繫衣，以至延師課讀，戒奢敦儉，躬衣澣濯，而款接戚鄰，周卹匱乏，悉合大家《女誡》。太夫人之淑德懿行，雖古所稱鍾、郝、崔、韋，無以加焉。予思壽之爲言酬也，有是德必食其報。回憶三十年前，姑老夫病，二雛髮未燥，孫氏不絶如綫。太夫人以隻身負荷艱鉅，忍泪矢志，以安上全下，慶延奕世，聲流彤管，天之所以酬婦德而彰母教者，若操左券也。方今聖天子光昭孝治，蔀屋茆簷，莫不漸被。嘗按《洪範》言五福，箕疇衍之，以爲斂時者在是，敷錫者亦在是。又言有猷有爲有守，使羞其行而邦其昌，用敷兄弟遭際昇平，益自勵，翼以鄉三物，敦其俗以承母志。他日出身加民，以清、慎、勤三字守其官，以華於國。是則鄙人竊仁者贈人以言之義，以附張老之末云。

敘欽支山遺印

韓子曰：『凡人作文宜略識字，豈必奇字哉。』陳倉石廪，字跡茫昧，讀者澀於口吻而不能驟通，則相與置之矣。蓋自《蒼》《雅》《説文》之學不講，而三體流傳，識者益尠，獨《印史》辨析毫釐，尚存古意。故篆刻雖小技，亦必有師承，不相誣也。森然，而伯戔之奩，季娟之鼎，體各粲如。國初以來，如程穆倩、王受之、胡濤公、江皜臣、顧云美、徐貞木、程受尼輩摹印，爲士大夫所珍，秘以支山所製，參錯其間，當相伯仲耳。其兄子羲，淳古有家法，懼支山没而不傳，刊其遺印問世，乞予一言。予嘗感宋樓璹工詩善畫，浙四明人，曾令於潛，紹興間進《耕織圖》四十五幅，幅各有詩，高宗亟賞之。顧志乘遺之，向非其猶子宣獻公鑰爲之跋識，好古之士，孰從而考之？予於羲所傳其季父遺印，有類於宣獻者，因并及之。

讀墨一隅序

鄉會墨之選所爲，示之表以正其趨，使天下士子奉爲圭臬，以博取科名。《語》云：『閉門造車，出門合轍。』其在斯乎。

國家設科取士，春秋兩闈，萃千萬人於風簷寸晷中。其沈著者，嘔心抑慮，低滯槁木，始一著紙。其豪邁者，一唱三歎，流連灑落，杼柚已成。二者致趣不同，而所入選者，蹊徑咸備焉，凡此皆主司秉公衡鑒而甄拔之者也。藉非操觚家精其識，虛其心，而評隲以行於世，文之佳者，其能不脛而自走耶？人謂選家之權，可以引掖帖括諸生。予以爲使文風蒸然日上而不自知者，方盡選家能事。往時見清獻陸先生、滄柱仇先生、碩園俞先生、同人儲先生所品定選本，至今人遠風微，而譚制義者必舉以爲鵠。方今天子振興文教，體恤士子，無微不燭。分四書經義爲兩場，俾專力締搆，以各抒底藴。又於大比之年，集應差臣工，命題廷試而甲乙之。操進政者，尤當鄭重取材，而登之棃棗，公之同好，以求合乎先民遺軌，此予所拳拳於持選政之二三君子也。眉山蘇氏有言：『藥雖進於醫手，方多傳於古人。』選家之事近之。予反其語而益其義云：『方雖傳於古人，藥仍出於醫手。』讀者即其文而證諸先正，其有合乎？其否乎？是在善學者深思之矣。吴子蘭陔學有根柢，與予論文有水乳之契，因有是選，而序之如左云。

募脩文昌橋引

永慶橋北有文昌橋，居秦塘之中。由郡至鹽官孔道，帆檣如織，非此不得渡。步者，負者，擔者，往者，來者，男婦老幼，率皆由之，日夜以千百計。其舟楫之自橋下過，而東南經積福橋，南至新廟，爲邑之備路。北通壺溪、羅漢塘，直抵郡城。橋之關於行人，不可枚舉。近因久未脩治，日就頹圮，橋危石墜水中，甚至行人之溺者幾斃，遇救得不死者數四。今春予上冢過此，居人爲予言，爲之惻然。僧超宗思募衆力脩治，以予舊居近此，乞予爲引。予不得辭。夫一介之士，苟存心於利物，於人必有所濟，聞者必輸且恐後。況通道路，成橋梁，利隄防，皆王政所必講，工之小者，以居人衆力成之，費不多而工易集，仁人長者，諒與予有同志焉。

福字説

福有五，嚮用歛時，惟聖天子誕膺其全，於以敷錫庶民，普天同慶。受福者益積善以養之，所謂自求多福也。

壽字説

壽居五福之先，猶仁爲四端之首也。聖人有言，仁者壽，行仁以獲壽，長生要道，不外是矣。

福壽衍於箕疇，昔人多有推闡爲説者。予生逢聖世，年臻耄耋，引經揆理，得二説焉，以似同志共敦斯義云。

刲股圖説

女未行而持節於家，謂之曰貞。親有疾而刲股以進，謂之曰孝。然則歸熙甫之論，與昌黎韓子所譏，一據《曾子問》，一援《孝經》不敢毁傷之義，彼皆非歟？解之曰：『聖人立教，以《中庸》爲歸，則熙甫《貞女論》，昌黎譏王友貞不當旌是已。然事有出於賢者之過，與愚者之不可及。則君子亦引而許之，以敦世礪俗。蓋人子不幸遇親疾，醫禱罔効，思所以已親之疾者，無所不至，雖肢體有所不計，而遑計人之訾議耶？同里許母莊孺人，幼有至性，予嘗耳其刲股愈父頭疸一事，閲今四十餘年，孺人不以語人。令嗣文學筠蓀爲圖以識，介其外弟杉屋廣文請題。予樂聞里鄰善事，每怪世之論列貞孝獨行，輒多責備，因推論之如此。

汪季握字説

魚亭第四子名瑜，年十五，問字於予。字之曰季握，而以潤齋爲號。瑜本美玉，席珍待聘，貴能執也。温潤而澤爲仁，仁者壽，復取陳希夷先生以貴壽許省華諸子爲祝。瑜其勗諸。

張母朱太恭人傳

候選郡丞張君芳貽，洎兩弟給諫秋芷、編脩松坪走使，乞傳其王母朱太恭人懿範淑德，予嘗往來邗上，稔知太恭人教諸孫，皆能成學，以顯名當世，而給諫又予乙丑所得士，不復以衰老辭，爲摭其行實而敘次之。太恭人姓朱氏，世籍江都。幼端重，不苟言笑。及長嬪於張，爲贈中憲大夫宗庇公諱世廕淑配。張，故關内新豐右族。太恭人于歸後，脩行婦道，動合《女誡》，部署家政，能以儉勤相其夫。簠簋餁滌，無幾微闕失。生二子，長諱四箴，字景程，即郡丞兄弟考也。次名四科，杜門力學，不干世譽，幼後於叔字仙洲者。太恭人教子有法，課督必嚴，衣帽涖之，不少姑息。中憲公没，長子相繼早世，太恭人連遭艱凶，悲楚欲絶。既又念所遺孤孫，長僅五齡，幼者方髫齔繈褓，涕泣而戒其婦江恭人曰：『吾與若爲張氏婦，忍見此孤露無成耶？汝須强起視諸子，無徒洵涕招膺爲也。』江恭人深體姑諭，侍姑訓子，恩勤鞠育，以養以教。垂十年，江恭人又没，太恭人親撫童孫，以隻手搘門户。閲數歲，見芳貽兄弟才質皆可造就，乃諏日召三孫至閣前，垂涕諭曰：『汝兄弟當分道營業，同心勵志，黽務爲先世所遺，未可荒怠。孫蘭人謹飭，可獨任之。孫馨、孫坦資稟尚可讀書，其壹志攻舉子業，倘邀一第，他日仰報國恩，庶不負吾一生勤苦撫畜。願各勉焉。』三孫跽而言曰：『敬如命。』太恭人爲延名師課督，不數年，馨還關中，省試舉第一，坦亦同榜高掇。明年，馨成進士，入翰林。又數年，坦舉進士，館選，則馨已蒙恩，由臺諫列黄散矣。遠近戚屬，聞者莫不欽服，太恭人之教其孫，爲可師法。至於今，馨、坦奉大母訓，勤於其職，家事一稟家督，而兄蘭亦力任世業，友于其弟，一室之内怡怡如也。太恭人年登九十，孫曾林立，疊被珩璜，褕翟之錫，而躬衣澣濯，食無二葴，曰：『吾素性不愛華靡，願留餘澤以貽後人。』太恭人天性孝友，兄弟皆以貿遷入蜀，移家不返。考妣墓在揚郡西郊，歲時展埽，必精必潔，灑淚松楸，愴焉永慕。款遇宗姻，治具豐腆，存拯貧乏，德色不形，下逮臧獲厮養，俱有恩禮。門庭雍睦，神明不衰。屆九十，帨辰輦下，鉅卿長德，爲詩歌張之。會給諫、編脩先後請急爲太恭人稱觴介壽，賓從闐門，簪纓環侍，里中争以爲榮。太恭人顧愀不自安，猶兢兢以報國承家，爲孫曾勖。踰年，遘疾遂卒，春秋九十有一。貤封宜人，晉封恭人，曾玄輩皆以文學世其家。往予貳秋卿，直禁籞，給諫兄弟於過從時，爲述太恭人撫育教誨，輒誦李令伯《陳情表》，云：『馨兄弟三人，微祖母無以至今日，爲之隕涕。』今本此而爲之傳。

論曰：古之頌賢母者，莫不以善教其子爲難，教其子所以及其孫也。唐柳玭稱崔山南曾祖王母長孫夫人，年高不粒食而康寧。一日疾病，長幼咸萃，宣言願新婦有子有孫，皆得如新婦孝敬。及唐夫人生子頙，孫珙、琯、瑨、璵等八人皆至達官。昆弟子孫之盛，鄉族罕比。柳起之之妻韓氏，家法嚴肅，爲搢紳楷範，常命粉苦參、黄連、熊膽爲丸，賜諸子，每永夜習學，含之以資勤苦。其子仲郢，三爲大鎮，以禮律身。今觀太恭人，有長孫夫人之壽，而教其孫，則與韓氏之教子同，年躋上壽，慶昌枝裔，宜矣。公父文伯之母謂季康子曰：『君子能勞，後世有繼。』不其然乎？

式溪汪君傳

君諱燾，字宇周，號式溪，唐越國公裔，世爲歙人。高祖鑣始僑居維揚，以鹺業起家。祖資政公允信，孝友惇篤，五世同爨，無間言。父奉宸苑卿廷璋，恪守資政公家教，尤敦內行，力疾侍父瘥，竟以毀卒。余嘗爲之立傳。君其次子也。君幼穎異，知讀書，顧見鹺務繁重，不欲祖、父殫其勞瘁，遂棄舉子業，偕伯兄熙分任焉，奉宸公倚爲左右手，戚鄰交稱之。歲庚辰，資政公捐館，時父病亦劇，君方視醫藥惟謹，猝遭大父之變，偕伯兄治喪盡禮，一切附身附棺，弗之有悔。逾月，奉宸公繼歿，君哀毀備至，苫塊之餘，即與伯兄强起經理鹺務。蓋浹月間再罹大故，倉皇摒擋，負荷艱鉅，以弗墜先業，君固已心力交憊矣。君一門食指數百，藉君兄弟同執家棟，門以內聽命家督，門以外君獨搘之，內外斬然，俱有條理。賓客師友，接侍過從，無異祖父在時也。乙酉，君母吳太夫人復歿，君極誠盡哀，一如奉宸公喪。閱一載，伯兄熙相繼下世，君殫力經紀，痛伯兄乏嗣，即以長子承均爲伯兄後。君天性孝友，事祖、父克盡色養，祖、父既先後見背，與伯兄友愛尤篤，生平慷慨好施予，樂善不倦，如敬宗收族、睦媚任卹諸事，皆禀承父志，次第舉行。至經理鹺務，因時制宜，公私交濟，同業者得君擘畫，往往稱大憲指。壬午乙酉，恭逢翠華南幸，君急公趨事，屢邀寵錫，愈自謙抑，勤於職業。君體素羸，比年以來，出治世疇，入理家政，持籌握算，皆出一手，精力爲之日耗。乾隆三十四年十一月疾作，遂不起，年僅三十有六。娶洪氏，子三，長即承均，次承達、承執。予嘗感昌黎《誌殿中少監馬君墓》云：『年未耄老，而哭其祖、子、孫三世，於人世何如也？』辱與君世契，申以嘉姻，既爲奉宸作傳，未十年，又爲君立傳。好懿之誠，固有微尚，而皤皤黄髮，覩居斯世者，亦行自嘅已。

節孝吴孺人傳

乾隆三十二年，巡撫浙江、副都御史、兵部侍郎熊公學鵬疏上節孝姚劉氏等事實請旌，下部核議覆上，得旨准行，給帑建坊，設主節孝祠，有司以時致祭，而嘉興趙節婦與焉。節婦姓吴氏，秀水趙俠室。父德宏，母陳氏，年十九歸於趙，年餘生子雙鯉。時俠父母俱存，祖亦在養，一堂四世，雍雍愉愉。節婦鳴雞櫛縰，衿纓拂髦，晨脩夕膳，佐俠奉父母以事乃祖。翁與姑方喜其子之獲配嘉耦，而戚族里鄰亦咸稱羨，以爲趙氏之得賢婦也。甫三載，婦方娠次子賜鯉，而俠忽病，病且死，俠泣謂婦曰：『我不幸，不克終事我父母，以我父母累若。若慎無以死謝我，蘄若以生竟我事，竟事所以謝我也。我慰我憾，我死瞑矣。』語絶，俠竟死。先是，俠病革，節婦衣不解帶，目不交睫，至是不復寢食，呼天搶地，每慟輒絶，意不復欲生。翁姑急呼曰：『婦爾亦知爾生之關趙氏者綦重乎？爾夫死，爾叔宗孟自血抱繼仲氏，吾無子矣。白頭翁媪，惟爾是賴，是爾婦而子也。我翁且八十，旦夕風燭。既失含飴孫，亦惟賴爾慰藉，是爾婦而子又子而孫也。爾子纔逾晬，爾女亦僅三歲，是顧是復，以養以教，惟爾兼賴，是爾又婦而母、母而父也。爾一旦哭夫死，爾死固得矣，顧龍鍾二老，生誰養？病誰療？死誰收骨？而委縗三尺，饑誰食？寒誰衣？長養誰教誨？成立誰完聚？是爾生，而父無子而有子，祖無孫而有孫，子女無父而有父。爾死，則何如耶？則何如耶？噫嘻。天水氏不其餒，而夫節孝，人倫並重，盡節難，盡孝尤難。婦乎，爾盡其難者。』婦既心傷翁語，而又念倓垂死時所囑，思代竟倓事以報，不忍以一死自完也。遂雪涕受命，勉進糜粥。未幾，翁以哭子死，距夫歿未及月。越一年，太翁亦死。婦倉皇庀治喪事，視飯含，製絞紟，盡哀盡禮，戚族之會哭者又咸稱歎，以爲趙氏婦賢且孝也。婦以姑年既衰，且屢以悲傷成病，時時咳上氣，婦晝夜扶掖撫摩，進參餌調治，疾漸平。或思時果珍味，應聲輒具以進。又恐姑憂傷動疾，每清晝拈針，宵寒坐漏，從容談説，雜引里媪諧笑，以曲抒其懷，色養蒸蒸，二十年如一日也。既一女及笄，教以壼儀，動有禮法，爲訪名族，擇佳壻，適清溪徐氏。而雙鯉漸長，從師授讀，黎明即促起，頮面總角，整捉衣屨，具餐飯進塾。夜歸，必令背覆一日所受書，風簾雪几，寒燈對影，機絲雜誦，聲續續然。蓋節婦黽勉訓勖，心枯淚血，庶幾一日頭角嶄然，於以振趙宗而慰泉下。乃無何，雙鯉年十七又染病死矣。婦拊膺仰天哭曰：『我忍死，爲趙氏一綫耳。奈何賜鯉不育，今又奪我雙鯉耶？』椎心爵踊，慟絶如倓死時。姑復流涕諭曰：『自爾夫死，我病不意至今日。繼爾翁死，我病更不意至今日。至今日，皆爾孝順所致也。我依爾爲命，爾朝以死，我必夕以亡。我年愈邁，病愈深，旦晚與爾夫相見矣。爾曷少茹痛，俟收我以終爾孝乎？』婦聞益悲，心益痛，恐益傷姑心，惟時時飲血，孝養益謹。又三年，姑老病日篤，婦徧求良醫，治療罔效，籲天願以身代，晨夕擁持，歷八十餘日無倦意。姑臨終，亟稱曰：『孝哉，賢婦。孝哉，賢婦。』既殯，婦乃泣告戚鄙之在喪次者曰：『始夫歿時，氏欲死而不死者，以白髮在堂，黄口在抱，受夫之託，而遵翁姑之命也。今已矣，二老往矣，兩子殤矣，未亡人生於世何爲哉？』乃宗老之長者喟然進曰：『爾何可死？爾既受爾夫之託，而以婦代子，則爾必終厥子之事。爾又遵翁姑命，而以母任父，則爾必竟兼父之事。今翁姑雖歿，奉養之責已終。而爾長房也，繼嗣未立，如大宗似續。何況窀穸未定，爾夫猶銜痛九原，是爾代子之職未終也。爾何可死？』婦因自念曰：『彼生者之責我如是，更不知死者之望我又奚若也。且我事實未竟，不得不偷息人間，爲趙氏勞人矣。』於是廩地師，卜兆域，亟謀安葬。又日夜禱於祠，望諸叔得繼嗣，以奉翁及夫之祀。顧頻年多故，節婦心力交瘁，乾隆戊子月正五日，溘然謝去。臨歿時，惓惓於牛眠未卜爲憾，出篋中貲屬宗孟，并割腴田數十畝供春秋祭饗，宗族咸體其志。是年冬營葬畢，以從叔秉淵子某爲後，節婦其可無憾於地下也已。

論曰：古者鄉大夫暨閭胥族師，亦得書其鄉之孝弟、睦婣、任恤者，以貢於天子，此周家久道化成，風俗隆盛，皆由里黨揚厲之法詳也。余蒙恩予告里居，每喜詢里中孝子貞媛，秀民善士，思一一紀載，以彰聖朝治教休明，道化翔洽之盛。且以闡幽發潛，區明風烈，爲里鄙勸。節婦與余家稱戚誼，其苦節孝行，予既耳之熟矣，用備書之，以俟采風者。

鹽運副使蓼塘席君墓表

洞庭東山席氏世有質行。明中書舍人諱本楨起家南雍，散貲財以佽齊魯、三吴之賑，朝紀其績，晉階太僕寺少卿。太僕生虞部諱啟寓，徙常熟。虞部生贈副使諱前席，師事當湖陸清獻公，踐履淳慤，稱高足弟子，趾美接武。前輩如梅村、竹垞、鈍翁諸名家，俱亟稱之，並銘其璲石。君諱襄，字成叔，號蓼塘，爲副使季子。幼明慧，七齡失怙，哀毁如成人。與其兄篤於友悌，嚴事寡母，必誠必敬。既壯，豁達自喜，不屑屑儒生章句學，侍仲兄官鄖陽，究心吏治，慨然有經濟之志。讓所居宅於邱嫂，挈其配移居青浦，遂著籍焉。年近四十，循例謁選人，得鹽運分司於浙。自筮仕至解組，涖官僅五年，其所設施，不足以盡君才，而所至有循績。嘗攝湯溪令，峻卻商户陋規，設匭於四門，便民輸課。邑遇旱，爲除壇墠步禱，雨大沛。其秋又苦潦，山水異漲，漂没田廬，君撫循流庸，力請蠲賑，不欲諉其勞於新令。協力經理吏胥，不得因緣爲奸，大吏倚其材，檄委他邑，散賑亦如之。補運副，釐别榷鹺諸利弊，幹練如夙習。陳鹺要十餘條，皆鑿鑿可施行者。無何，被吏議牽連，當去官，君亦恬淡無宦情。歸里後，稍薙葺其居，蒔花壘石，旦夕召親知飲酒歌詩，徜徉峰泖間，致有遂初之樂云。君天性惇睦，輕數千金，償仲兄之逋。群從以匱乏告，輒分橐無吝色。脩先世義莊以贍族人，且多爲惠於其鄉。值嗛歲，捐數百金以資行糜，重直購藥物以活病者。余嘗感李士謙事，屢散家財，施予無倦。趙郡農民德之，撫其子孫曰：『此乃李參軍遺惠也。』君爲太僕曾孫，而好施樂善之風，世守弗墜。其未竟於官者，莫不暨於其鄉，且將貽後，以大其施也。令子農部紹容，每爲余述其先代懿行甚備，且請表君之墓。嗚呼，惟積善者有餘慶，而託於文字者可以無窮。用綴書之，以爲世勸，俾後之瞻堂斧者有考焉。

文學費雨坪墓誌銘

文學費雨坪，名樹楩，吴興右族。祖金吾，起家孝廉，仕至湖北巡撫，歷任有治行，崇祀鄉賢。父豫游，員外郎。雨坪幼醇謹，寡言笑，讀書外無他嗜好。人以急難告者，輒傾橐應之，無吝色。娶汪氏女，名亮，字映輝，號采芝山人，好讀書，德性温淑。汪故新安仕族，亮祖父遷浙之桐鄉，伯叔兄弟登科第通籍者，行馬相望。亮幼孤，母孫太君撫育，延師課讀，究覽經傳。女紅之餘，學爲詩，無巾幗習氣。年及笄，歸於雨坪，夫妻相莊，戚鄙咸稱爲賢。歲餘，雨坪補博士弟子員，有聲黌序。無何，家難繼作，搆訟數歲，祖業蕩然，殆無棲止處。亮斥奩具資給之，以其餘買數椽於嘉興郡城之天帶橋。夫婦杜門静寄，雨坪數應科目不售，折節讀書如故。亮所從師徵士張君庚，庚詩筆高古，尤精繪事。幼時同予讀書邏水舊居，因得從予母陳太夫人授筆法，畫有宋元諸大家家數，亮亦師承焉。雨坪夫婦藝蘭種菊，門無雜賓，惟汪氏諸彦及徵士至，則擘牋分韻，所爲詩間有呈予點定者。乾隆戊子春，雨坪遘疾，謂亮曰：『吾門户式微，與若偕棲於此，思鍵户讀書，或叨一第，少延祖澤。乃年垂五十，無所成就，後嗣闕如，形影相弔。今病勢日沉，身後之事，悉以累汝。』亮執手敬諾。少間，又屬曰：『吾得首邱於此，實汝之力。吾死不願歸井里，汝可卜葬於所居西偏。吾死之日，猶生之年。』亮涕泣曰：『如命。微子命，吾計亦如是耳。且吾更何求耶？我生爲守冢婦，死爲同穴鬼，如是而已。』移時，雨坪遂逝。殯殮後，亮遺其夫之姪國寶以狀來告，且請予識之。乃銘曰：

一死一生，蓋言友也。今乃見之，則夫婦也。撤其環瑱，戴且負也。僑居偕老，誓白首也。寢疾有言，諾而受也。穿是井槨，在室牖也。馬鬣一抔，鞠兩手也。死而同穴，縠虚右也。嗟哉斯人，胡無後也。我銘以實，可垂久也。

處州太守敬亭倉君墓誌銘

歲己丑四月，處州太守敬亭倉君卒於任。先是，太守元配劉恭人歿，繼室爲高密宫方伯孫女。方伯，予故友也。遺孤介予及門，先期寓狀，請銘窆石。予不獲辭。按狀，君諱聖潢，字倬甫，號敬亭，河南中牟人，系出黄帝史臣頡，邑至今有造字臺址，其族累百世無他徙者。明光禄寺典簿諱一鯉者，君高祖也。曾祖諱牧民，廪膳生，名載邑乘孝義。祖諱沃，太學生。父諱士琅，增貢生。俱以子聖裔貴，贈封通奉大夫。兩世好施予，多爲德於其鄉。大中丞尹公、雅公、蔣公先後表其閭，列其事於《彰善録》。母冉氏，太史諱覲祖孫女、孝廉諱調衡女，家世理學，慈懿有訓識。君幼，後於叔父諱士璠。叔父夭卒，事叔母朱恭人，晨昏無間，能委曲得其歡心。越數年，朱歿，附身附棺，弗之有悔。伯兄宦滇中，父通奉公就禄於滇，命君獨任家秉，事母課弟俱有條理，志在經世，不屑屑爲章句儒。循例得京曹郎，未赴，俟伯兄請養，踰年始謁選人。庚辰秋，在京聞河溢牟境，兼程策騎歸省，遂迎侍邸舍。是冬授刑部，供職惟謹。壬午夏，通奉公捐館，哀毁備至，偕兄弟奉母扶櫬歸，營窀穸，居喪盡禮。服除，仍補西曹，决讞多所平反。丙戌春，出守處州，抵家迎養，太夫人以道遠，有難色，涕泣請，不獲命，乃單車之任。明年，太夫人家居念君甚，率劉恭人來括蒼。未半載，劉恭人得疾，歿於官廨。太夫人以君遠宦，不可無内助，親詣會城謀繼室，婚約既定，即歸故鄉。君成禮後，常鬱鬱念太夫人不置，偶感痰疾，旋接家問，聞太夫人訃，哀痛不勝，病轉劇，逾月遂卒，年僅三十有九。君天性孝友，與弟聖脈分嗣兩叔父，皆早世，惟依太夫人，孺慕終身，一門之内，雍雍如也。居官待僚友以誠，字下多慈惠，惜未竟其設施。娶太學生劉名如濤女，婉嫕有文，即太夫人甥也。續娶嘉定太守宫名去吝女，以悲痛過毁，繼卒。子一，思謙。女四人，並劉出。銘曰：

我聞造書古三士，少者蒼頡爲左史，觀法蹄迒文字始。遺蹟猶傳有熊氏，四千餘年守其祀，太守倬甫暨昜弟。以聖爲名表厥里，潢也一麾殞浙水。年命脱促未强仕，配劉繼宫孤毁齒。反葬於牟若堂是，誰與銘者錢後嗣。芘乃雲仍澤永被，更千億年錫繁祉。

考城縣絅堂張君墓誌銘

乾隆己丑八月，河南考城令張君卒於官。配查孺人，予女甥也。扶櫬歸，僑居吾郡。既踰年，悲哀痛疾不自勝。一日，持其夫之弟所爲狀，踵予第舍，稽顙涕洟請曰：『未亡人不幸隕所天，猶視息人世者，嗣子在襁，遵夫治命也。今就封得吉日，星家言獨不利於未亡人，審如是，未亡人得死所矣。微舅氏，誰爲銘？』語訖，嗚咽不能起。予雅知孺人賢，侍夫疾，露禱，乞減己算以益壽。夫歿，嚙指出血，翦髮納槥中。歸涉江河，見風起濤湧，以身絙槥，誓與俱存亡。考城君友愛甚篤，其弟狀君行事，徵實可信，因諾之，則又肅拜以謝。案狀，君諱光復，字海周，一字絅堂，又自號寄庵，杭之海寧人。曾大父士蘅，諸生，贈奉直大夫，直隸灤州知州。大父曾禮，以太學生贈承德郎，福建漳州通判。父嘉論，太學生，知江寧縣，有名，事具縣志。妣查氏，封孺人。君生四歲，父口授唐詩數首，朗然成誦。年十四，通九經，日夜討論，有所論駁，援據有本，雖老宿莫能難也。攻舉子業，屢試不售。歲庚午，以監生考授縣丞。丙子，河帥白公慕其才，奏留河東河工，奉旨録用。凡河隄脩濬防禦，君區畫悉中窾要，白公專倚入告。會丁母艱歸里，儀封張慤敬公耳其名，延入幕府，嘗削牘多至百函不加點竄。有以暮夜無知，遺金請私事者，峻拒之曰：『奈何賄取我也。』張公益倚重焉，每進謁，戒勿以屬吏見。尋補蘭陽丞，遷鄭州倅。是年秋，黄河泛溢，自楊橋南延袤數百里，君督防險要，寢食於茅葦者五閲月，河流復故道，上游皆交口薦譽，名列一等，擢考城縣。縣故濱大河，地勢窪下，每歲潦，城濠積水，城易圮。會有旨敕脩豫省城垣，前令議建新城於蘇家集，君莅任後，率士人往復勘視，議曰：『考邑形似覆盂，無平原高阜可以更建新城。蘇家集北距沙河不及里許，伏秋河水漲發，難免冲決之虞。設城所以衛民，民未受其利而水患浸至，非所以爲治也。按舊城建於前明，保障垂二百年，毋庸輕議紛更，應仍其舊。俟冬月水涸，城根透露，興工脩築，以籌永固，則事半功倍，不致糜帑病民矣。』議上，大中丞葉公韙之，列疏於朝，得旨允行。其他脩横舍，治杠梁，諸有利於民者，以次興舉。性明敏，尤善讞獄。通許邪教案起，株繫數百人，大憲檄君會鞫，置其魁於法，餘得釋。邑有梁氏女字於閻，將請期矣，閻父入蜚語，謀別娶。梁知泣訴於庭，君廉得其實，召兩家子女，鼓吹合卺於聽事，諭之曰：『縣官主婚，最吉祥也。』閻父爲之感悔。生平孝友，好賙人之急。弱冠，父没官廨，君哀毁備至，喪歸，躬營窀穸，衝寒，手足盡皸裂。後客任城，聞母訃，徒跣至家，號踊幾絶。歲時奉祀，淚涔涔溢尊俎間，二十年如一日。鞠其幼弟光湜，以撫以教，至於成學。君狀其所爲也。縣尉某病歿，身後多逋，累君經紀之，喪得還。友壻陳早卒，字其孤，無異己出。君既好學，勤纂述，歷河防、劇邑，卷不去手。詩格老成，尤工詠物。書酷摹魯公，亦能出新意。著有《飱和軒》等稿，《書課》《書譜》《三傳異同考》《禹貢圖説》《治河偶編》《公牘録存》若干卷。病革，屬孺人曰：『有嗣子在，慎無效兒女子態，以死殉我。我癖嗜山，子窆我於多山處，植野梅數百本，彷佛郁泰元墓清寂也。』既歿，發其篋，僅俸餘數鎰，君可謂以文學飾吏治者矣。昔王新城尚書每感文吏如靈璧令馬驌輩，皆卓然有所撰述，以自顯於世，因歎下僚之中不乏佳士。君殆其人耶？君生康熙壬寅十月初八日，卒乾隆己丑八月二十九日，年僅四十有八，惜乎未竟其設施也。配查孺人，贈朝議大夫、翰林院編脩雲在公諱祥女。子二，女二，俱殤。嗣子繼勳。銘曰：

生也有學作脩士，有猷有守作循吏。死也有妻能作誄，有弟能作誌。用柳下惠妻及蘇轍事。雖無兒，有猶子。雖無金滿籯，腹中富經笥。遇雖嗇，不終躓。位雖卑，亦小試。年雖促，文何斐，天之報施不薄爾。銘斯藏者老柱史，永安幽宅宜後嗣。

祭馮勖齋別駕文

嗚呼。晚近論交，相知落落。白頭初逢，如踐宿約。我卧林泉，翁亦邱壑。心焉寫兮，契以淡泊。曾幾何時，忽來夢噩。赴哭扶藜，如蹈寥廓。翁生畿近，古范水城。相門之裔，上舍之英。學富而邃，行飭而清。醇儒氣象，廉吏聲名。用未竟量，施必中程。河渠奏績，一展其能。翁來河渠，歷試諸險。如塞兒啼，隄防泛濫。異漲洪濤，衝波周覽。爲文以祭，默禱神頷。捷葦稭束，平值以斂。翁德入人，罔勿懷感。石林之役，暴漲是漫。勢趨沛邑，三版僅全。奉檄搶護，危而獲安。所活者衆，咸頌翁仁。河帥嘉悦，曰爾來前。按所坐席，勝此非難。翁心益勤，性本坦率。守理不違，執事以實。其不諒者，意見多拂。翁固恬然，無所於鬱。尋奉恩旨，還我故物。辛府督河，交章薦達。翁益振刷，以酬所知。每當艱鉅，衆望所推。翁亦勿却，是任是仔。長君捧檄，劇邑能治。禀翁之訓，清慎而慈。賢聲雀起，於浙東西。翁乃引年，就養吾郡。山水清娱，時領餘善。予一見翁，誼敦繾綣。懿德所薰，同臭斯戀。謂此哲人，衰齡是伴。天不慭遺，潸焉永歎。

題臨本海岳天馬賦後

古人論書云：『通則變。』歐陽變右軍體，柳變歐陽體，皆得法後自作神通也。朱子文圻臨《海岳天馬賦》，神采駛邁，要有自家筆行乎其間，不必盡刷字本色。殆所謂臨帖須有我者耶？

與高安徐明經

自尊大人即世後，每念賢昆以幼穉支持家累，恐失學，少墜先師之澤，積忱數載，無時或釋。昨冬聞世兄得與拔貢，殊慰遠懷。春初，僕按試保陽，公車經過，承俛諒扃鑰，未曾相聞。隨罹大故，倉卒奔歸，昏迷之際，亦不知尊駕已來輦下也。今者念僕困守廬次，匍匐走視一見。世兄眉宇軒發，器度冲和，且緒論間以躁進爲可恥，以力學爲恒業，以親近正人爲可取法，以勤督諸弟爲分内事。如此存心，如此勉勵，貧不足慮。方信玉汝於成，周子之論爲是矣。此種見地，恐履盈席厚者未易解耳。吾師靈爽，實式憑焉，使僕十年來積憂頓釋。至今叔三世兄官麟遊，數歲不能遠顧家室，實力所未能。僕三四年前，奉差到陝，深知他努力做好官，始則見識未能融洽，致同城兵弁，或未能盡喻。後僕留賓館深談，即以范堯夫『持己要嚴，待人要寬』『常以責人之心責己，恕己之心恕人』二語，諄切勸慰，令叔頗採愚誠。未數月，而同城共事者無不心折。際此聖明之世，廉吏循良，當有好消息也。皇上政勤宵旰，雖盛暑不暫停引見。日内宜調攝體氣，嫺習應對趨走，總以從容爲主。而從容必從敬謹得來，自然動必中禮也。僕撿閱夏衣，有數件可以奉留世兄替换者，又新紗二疋可製時服，薄意四金附用。其餘倘有所需用而僕可以量力應付者，《泂酌》之義，何敢忘之。

楊竹坡續刊竹雲題跋序

金石文字，流傳最爲奥賾，而考評題識，雅不在多，顧非好古而能察書者，尠克與焉。康熙間，翰林金壇王君竹雲工八法，酷嗜前賢遺墨，所得金石刻，一一鈎稽真贋，手題掌録，必研審再三，而後著於篇。往予見竹雲京邸，圖史左右，其積帙至梁梠者，率古法書也。既同館相善，每退直過從，見竹雲昕夕丹鉛辨析，窮苗髮不少置，則進規曰：『子欲爲張仰揚、柯丹邱其人耶？』竹雲笑謝予曰：『人各有癖，樂此不爲疲也。』竹雲歿數十年，人稍稍知愛其手蹟，并其題跋，而裒輯之者不一家。家壽泉得而刻之，凡四卷。同里楊子竹坡復得其續成十卷，校梓以傳。抑顧寧人所謂同此好者繼而録之者，非歟？昔孫莘老守吴興，網羅僵仆斷甋於荒陂野草之間，莫不甄録。其墨妙亭石刻，大半載王象之碑目，而劉原父在長安，其地多古簋敦、鏡甗、尊彝之屬，愛其款識文字奇古，因以考知三代制度與先儒所説不同者。予嘗惜吾鄉曹倦圃先生，聚法書數十年，自大禹《峋嶁碑》以下，凡八百七十餘卷，自爲表示後，迄今散佚，不傳一字。曩曾舉似竹雲，竹雲顧不少懈，使其得孫、劉覽古之地，輯而識之，吾知其所得，必有與歐、趙諸人相頡頏者，而豈僅此一刻再刻已也。

跋自書蘇文忠表忠觀碑後

眉山此碑，爲集中有數文字。王半山讀而咨嗟不已，歎爲馬遷《秦楚之際諸侯王年表》後又得是篇，真足雄視百代。碑中所述清獻疏語，陳群嘗考趙參政全集，未載。此文意以非眉山莫辨，故委之耶？如張忠定《諫用兵書》，亦倩坡老捉刀。古人立言，期於事之可傳，文之行遠，人己畛域，有弗計也。此碑今嵌祠壁，皇上初巡我浙，臨幸祠中，手摩碑石，得句云：『蘇碑餘腕力，亦敵弩千鈞。』眉山有知，亦應感聖主千載一時之真賞也。

跋唐俊公榷使自相吟卷子後

往予爲翰林，假歸禾中，道出淮壖，過俊公先生榷使行廨，留信宿，話舊之餘，偶涉風雅。時令子芝圃館丈年未弱冠，侍其師錫山華丈及一二賓從，相與擘牋分韻，即事唱酬。先生詩每先成，風格豪邁，如其爲人。性曠達不羈，喜緩急人於困厄中，幕下士相依者，多不忍去。課諸子甚嚴。芝圃官翰林，執事黄門，夙夜勤慎，恪守家法。先生歸道山後，又十餘年，芝圃奉命榷吾浙，則予已予告林栖二十年矣。芝圃出先生《自相吟》卷子，讀之多見道語，多醒世語。詩則從香山、樊川入手，後漸近石湖、誠齋。此卷爲華丈所得，芝圃請予題識，因憶淮海舊遊，綴數語歸之。

跋自書與劉諸城倡和詩册後

客有盛稱諸城相公制義功深，屢掌文衡，所録多士，文皆可矜式，獨詩學未必如香樹原本三唐，爲後進楷則耳。予聞而撫掌曰：『客稱諸城制義好，信然。謂詩學不及老夫，何所見耶？』客無以對。乃隨手取拙詩中與諸城倡和之作付讀，客頫首曰：『近年始得大集，僅讀過數卷，不謂先生之服膺諸城乃爾也。』予與諸城還往詩什不多，録此以見片羽一斑，均足寶愛如此。越數日，客持此册來歸，曰：『末學後生，悔未讀《秋水篇》耳。』遂綴此數語，一笑。

汪恬齋詩序

丁卯孟冬，予從豫章典試假歸，還朝時道經維揚，馬君嶰谷出《邗江雅集》示予。讀之，各體皆備，就中澹適安雅，則數汪君恬齋，有許丁卯、秦隱君之風。又八年，予以養痾旋里，薄遊邗上。將返棹矣，乘夕陽秋霽，復訪蜀岡，酌弟五泉，袷衣散步，見松下小亭，有客據方几，啜茗吟詩，就之，則嶰谷兄弟及汪君恬齋也。嶰谷介之，登予舟，因語恬齋曰：『予未識君時，讀《禹廟》《移梅》諸詩，早想見其風度矣。』遂相視如夙晤者。嶰谷請予留一二日，邀集中諸子再舉擘牋之會，予以遄歸不果。丁丑秋，盧雅雨同年訂遊紅橋，問及諸詩人，則前輩程君香谿、馬君嶰谷、汪君恬齋皆先後遊道山，泫然涕下。昨恬齋令嗣長馨録恬齋古今體詩六卷，問序於予。予性懶漫，不能爲譽詞，見時賢詩文有與古合轍者，每低徊而不能去。恬齋爲人以誠樸重，其詩以清真勝，其氣味春和，無矜張淩厲之習。蓋同此花柳，同此風月，一入高曠之襟，自然融洽。恬齋之詩，恬齋之人也。松間月上，邂逅數語，遂成陳跡，爲之憮然。

節孝張母王太孺人傳

孺人姓王氏，父佩，國子生，母繆氏。康熙三十五年，適張兆梧爲室。既歸，夫貧，寡兄弟，姑潘孺人方在養。孺人躬操作，習勞勩，雞鳴盥櫛，潔進盤匜，佐夫治生理，夜分不輟。姑染病不離床褥者經年，兆梧以侍疾過勞，亦嬰痼疾，孺人遞奉湯藥，左右維持，寢食俱廢。每夜露禱願一身兼代。是年五月，姑棄養，夫病亦篤，倉皇庀治喪事，弗遺良人憂。八月，兆梧繼歿，孺人呼天搶地，絶粒不欲生。舅氏老諸生繆本中喻之曰：『汝夫歿，遺孤三，長甫九歲，次六歲，其幼髮未燥。汝今以身殉汝夫，此藐諸孤者飢誰哺，寒誰衣，長成誰教誨？汝奈何以夫故并棄三子？三子棄，終無補汝夫之死。三子全，即不啻汝夫之生。汝身繫張氏存亡，奚事效兒女子爲？』孺人瞿然有省，拭淚起謝。喪畢，既合葬舅姑，復爲夫營窀穸。孺人拆衣簪俱盡，鞠三子，幾無以爲生，則取給十指，提刀尺，擲機梭，以朝夕易食，雖隆寒手皸裂弗惜也。又十餘年，諸孤以次成婚。長泓，仲淇，季濂。泓尤有才幹，所與遊多上大夫，而孺人之節，稍稍有聞於時，以格於年例，不得請旌。乾隆二十八年，孺人年八十，諸孤率孫曾輩舉觴，集梓里所贈節孝詩，請予序。予以『巾幗風人』顏之。越七年庚寅十二月，孺人得疾歿。先是，泓以縣丞就銓，辭不赴。孫楷亦補太學生。門内怡怡，家亦隆隆日起，孺人苦節之貞，亦足少慰矣。予於戚鄙中節孝懿行，尤樂爲人稱道，且悉孺人睦婣任衈，訓家儉勤，他善事皆足紀，而節孝其大者，因從泓請，而爲之傳。